Ursula Merbach

Pinaruh

Dana Verlag

Merbach, Ursula
Pinaruh
Osnabrück, Dana Verlag 1991
ISBN 3-9801976-4-6
2. Auflage Mai 1993

Titelbild und Illustrationen (Seidenmalerei): Ursula Merbach
Herstellung: STEINBACHER DRUCK GmbH, Osnabrück

INHALT

Pinaruh

Es dämmerte. Langsam schob sich der neue Tag mit seinem Licht über die hohe, von Efeu und Waldreben bedeckte Mauer, die einen uralten Garten vor kalten Winden und wilden Tieren schützte. Es floß in den Garten, tastete sich vorwärts, über Büsche, Bäume und über Gräser, auf denen noch Rauhreif lag, bis in den hintersten Winkel hinein. Das Licht erreichte überall ungehindert den Boden; dort konnte man schon das Scharren kleiner Vögel hören, die im Laub auf Futtersuche waren.

Selten kamen Menschen in diese Stille, denn in dem alten Haus, das inmitten des großen Gartens stand, wollte niemand mehr wohnen. Die Natur hatte das Haus mit Moos und Efeu bedeckt, so daß man es kaum noch entdecken konnte. Wenn auch keine Menschen mehr dort wohnten, so war der Garten doch voller Leben. Er war bevölkert von kleinen Geschöpfen, die in Blumen lebten, die mit ihren Flügeln aussahen wie Schmetterlinge und mit ihren Kleidern den Blüten glichen, in denen sie wohnten. Noch fehlten die Farben im Garten. Nur die Unmengen kleiner Schneeglöckchen, die die Wiese bedeckten, erinnerten mit ihrem Weiß noch an den nun endlich geschmolzenen Schnee. Die Erde war feucht und locker, man meinte, das Gras wachsen zu hören.

In der alten Ulme mit der ausladenden Krone lagen, in einem verlassenen Meisennest, die Bewohner des Rosenbeetes. Auf dem weichen Moospolster schlummerten sie eingerollt unter welkem Laub. Auratus, der Rosenkäfer, wurde von einem lauten Knurren wach. Sein Herz pochte; er lag reglos. Die Fühler und die Beine hatte er fest an den Körper gezogen und stellte sich tot. Da - da war es wieder, ganz in seiner unmittelbaren Nähe knurrte es. Schließlich bemerkte er, daß es sein Magen war, der ihm so große Angst eingejagt hatte. Er betastete seinen Leib und spürte die Leere darin. Auratus krabbelte unter den Blättern, die ihn einen ganzen Winter lang vor der Kälte geschützt hatten, hervor und zog sich hoch zum Flugloch, denn das Nest lag tief in einer Höhle des uralten Stammes der Ulme. Doch von dem, was er zu sehen erhofft hatte, gab es nicht eine Spur. Wo er auch hinblickte, alles war grau in grau. Auch in Richtung des Rosenbeetes, seines Rosenbeetes, zeigte sich nicht eine einzige grüne Knospe, von saftigen frischen Blättern ganz zu schweigen. Sein Magen knurrte erneut. All seine Sehnsucht galt diesem Rosenbeet, das er mit geschlossenen Augen anfliegen konnte, denn so weit war in der Blütezeit der Duft der Rosen zu riechen.

Langsam krabbelte er zurück unter sein Ulmenblatt und schloß enttäuscht die Augen. Doch weil ihm noch so viel Zeit blieb, bis es wieder richtig Frühling wurde, spielte er sein Lieblingsspiel, das er immer spielte, wenn er nicht einschlafen konnte. Er rieb seine Augen so lange, bis er Sterne und bunte Kreise sah. Der Rosenkäfer Auratus stellte sich vor, daß es Rosen wären, und glaubte, ihren berauschenden Duft zu riechen. Dabei schlief er ein und versäumte den Anfang all der Aufregungen, die noch folgen sollten.

***

Die zunehmende Wärme der Sonne und der kostbare Regen vollbrachten wie jedes Jahr ihre Wunder. Sie gaben Blüten und Blättern Kraft, ihre Knospenhüllen zu sprengen. Zuerst zaghaft, dann ungestüm kamen nun auch die anderen Bewohner des Gartens aus ihren Verstecken. Auratus wurde ziemlich unsanft geweckt. Jemand zwickte ihm in die Beine. Seine Freunde, die er um Hilfe rufen wollte, lagen nicht mehr neben ihm. Er fühlte sich hochgehoben, und als er blinzelte, blickte er in die Augen einer Meise, die ihn aus dem Nest warf. Unwillkürlich öffnete er seine Flügel. Ungeübt nach langem Winterschlaf, versuchte er eine Landung auf dem erstbesten Ast. Sie gelang, und er begann, seine schmerzenden Beine zu putzen. Aufatmend stellte er fest, daß er keinen Schaden genommen hatte. Seine Augen gewöhnten sich langsam an die Helligkeit. Um ihn herum war alles weiß. O nein, es war immer noch Winter, und er, Auratus, saß im Schnee. Oder? Er fühlte keine Kälte an seinem Körper. Verdutzt betastete er das, was er im ersten Schreck für Schnee gehalten hatte. Sonderbar, es sah aus wie die Blüten einer Ulme, aber es war nicht hellgrün, sondern weiß oder, besser gesagt, fast weiß. Jetzt, da er die Blüte genauer betrachtete, wunderte er sich, daß er alles für Schnee gehalten hatte. Als Rosenkäfer bekam er zwar nie Schnee zu sehen, aber an manchen Regentagen, wenn der Himmel gar nicht mehr hell werden wollte und die Nässe bis unter die Flügel zu kriechen schien, lauschte er gut geschützt Pinaruh, dem Märchenerzähler, den jedermann liebte und der sogar die Sprache der Vögel verstand. Von ihm wußte Auratus, daß der Schnee weißer war als die Blüten der Wildkirschbäume, die im Garten wuchsen, und daß, während er und seine Freunde trocken und geschützt ihren Winterschlaf hielten, der Garten unter einer wärmenden Schneedecke lag. Sein Magen meldete sich wieder und damit die Erinnerung an sein wunderbares Rosenbeet. Vergessen war seine Verwunderung über die blassen Blüten der Ulme. Er startete in die Richtung, in die sein Hunger ihn führte. Das Rosenbeet war eigentlich schon ein Garten für sich. Es begann am alten Haus, dort, wo früher einmal die Terrasse gewesen war. Die einstigen Besitzer liebten Blumen sehr und hatten von ihren Reisen in ferne Länder besondere Schätze mitgebracht. So wie andere Gold und Edelsteine, sammelten sie wunderschöne Blumen und pflanzten sie in den großen Garten. Dort wuchsen sie nun üppig und ungestüm, denn niemand war mehr da, um ihr Wachstum zu bremsen. So eroberten sie sich nach und nach den ganzen großen Garten. Sie umarmten Bäume und erklommen die Mauern. Auch so manche Rose streckte respektlos ihre dornigen Arme nach dem aus, was früher einmal für Menschen gebaut worden war, und aus den Fensternischen schauten jetzt Rosengesichter.

Dieses wilde Wachsen war aber nicht das Auffallende an den Rosen. Sicher, die Farben waren wunderschön, doch durchaus nicht ungewöhnlich, und daß es auch einige ohne Dornen gab, war selbstverständlich. Das Besondere an ihnen war der berauschende Duft, der wie eine Wolke während der Blütezeit über dem Garten lag, und die dauerte sehr lange. Ja, hier gab es sogar Rosen, die dufteten nach Apfelblüten, nach Myrrhe, nach Hyazinthen und nach Bananen. Das war auch der Grund, aus dem sich im Garten ein ganz besonderes Völkchen angesiedelt hatte. Die meisten Bewohner waren einst mit den Pflanzen gekommen, als der Garten angelegt wurde, und hatten hier ein neues Zuhause gefunden.

Auratus, der Rosenkäfer, liebte diesen Duft auch, noch mehr aber interessierte er sich für die zarten Triebe der Rosen. Nichts auf der Welt konnte besser schmecken als diese zarten ersten Blätter. Er konzentrierte sich auf das nächste Blatt und biß zu.

"Mit vollem Mund spricht man nicht!" ertönte eine Stimme hinter ihm.

"Ich habe mit niemandem gesprochen", sagte Auratus, ohne sein Blatt loszulassen.

"Aber jetzt hast du!" kicherte es.

Er blinzelte gegen das Licht der Sonne und sah nur die trockenen und geknickten Rosenblüten, die das alte Jahr übriggelassen hatte, die der Wind jetzt schüttelte und so Platz schuf für die kommende neue Pracht. Und dann blickte er in die Augen einer Rose. Tatsächlich! Er blickte einer Rose in die Augen. Seit wann hatte eine Rose Augen? Langsam bewegte sie sich auf ihn zu. Na so was. Erst sah er weiße Ulmenblüten, und jetzt sah er auch noch wandelnde Rosen. Es war sicher der große Hunger, der ihn solche Dinge sehen ließ. Ja, er war wirklich sehr krank und mußte schleunigst wieder etwas essen. Ganz gewiß würde er sich nicht mehr durch solche Albernheiten stören lassen.

"Auratus", sagte die Stimme hinter ihm, "wie kann man immer nur ans Essen denken, wenn so ernste Dinge geschehen?"

Als Bewohner des Gartens hätte er eigentlich wissen müssen, wer mit ihm sprach. Es war ganz offensichtlich wirklich der Hunger, der Auratus taub und blind werden ließ für alles, was um ihn herum geschah. Deshalb sagte er: "O ja, es ist wirklich eine ernste Sache, wenn ein Rosenkäfer verhungert." Und drohend: "Geh mir aus dem Weg, sonst zwick ich dich!"

"Sag mal, wie sprichst du denn mit mir?" fragte Rosantha, denn es war niemand anderes als seine gute Freundin, eine der vielen Rosenfeen, die mit ihrem vertrockneten Kleid vor ihm stand und die er für eine verwelkte Rose gehalten hatte. Sie zog das Blatt, das er gerade verspeisen wollte, zur Seite, so daß er gezwungen war, sie anzusehen.

“Oh, hallo, Rosantha. Schön, dich zu sehen. Was hattest du doch gleich gesagt?” fragte er abwesend und war mit den Gedanken schon wieder beim Essen.

“Vergiß es, ich komme ein andermal wieder!” Nach unten kletternd, betrachtete Rosantha ihr Kleid. Es war zwar welk und matt, aber noch immer haftete ihm der Duft des letzten Sommers an und erfreute sie.

Für Rosantha und alle Blumenfeen, die den langen Winter verschlafen hatten, war es nun höchste Zeit, daß es endlich blühte und sie zu neuen Kleidern kamen. Mit den alten war wirklich kein Staat mehr zu machen, denn sie hatten durch das lange Liegen doch arg gelitten. Rosantha liebte besonders die zarten Farben der Rosen und freute sich schon auf das erste neue Kleid. Doch noch dauerte es eine ganze Weile, bis es wieder soweit war, und man mußte schon sehr aufpassen, um die alten Kleider zu schonen. Sie setzte sich auf das Moos und schaute nach oben, dorthin, wo Auratus gierig in sich hineinmampfte. Der machte sich um nichts Gedanken, dachte nur daran, seinen Bauch zu stopfen. Rosantha schwirrte noch immer der Kopf von den Eindrücken, die sie gewonnen hatte bei ihrem ersten Streifzug durch den neuen Frühling. Der Himmel über ihr war seidigblau. Wenigstens er scheint noch seine richtige Farbe zu haben, dachte sie, so wie das Gras und die Blätter. Aber Rosantha waren Veilchen aufgefallen, die merkwürdig blaß aussahen. Auch die Primeln, der Ehrenpreis, die Vergißmeinnicht, alle waren so blaß, als hätten sie noch kein Licht gesehen. Mit irgend jemandem mußte sie darüber sprechen, aber außer Auratus war niemand zu sehen. Sie begab sich auf die Suche nach ihren Freunden, lief in den Wind und ließ sich von ihm tragen. Das vertrocknete Kleid hatte den Vorteil, sehr leicht zu sein, und so konnte sie besonders hoch fliegen. Und ihre Flügel, am Morgen noch ganz steif, waren jetzt wieder beweglich. Oh, machte das Fliegen nach der langen Winterzeit Spaß. Die Kletterrosen, die hier eine richtige Laube bildeten, ließen zu dieser Jahreszeit noch sehr viel Licht durch. Neugierig und erwartungsvoll spähte sie in alle Winkel, ob sich in dem alten Laub etwas bewegte. In einiger Entfernung sah sie Schmetterlinge zwischen den Bäumen. "Hallo, wartet auf mich!" Doch der Wind verwehte ihre Stimme wie den Blütenstaub, der von den Bäumen auf sie herabrieselte.

Sie folgte den Schmetterlingen zwischen den Bäumen hindurch, die, früher einmal gestutzt, in Reih und Glied zu beiden Seiten des Weges standen, der schnurgerade bis zum alten Seerosenweiher führte. Das heißt, die Bäume standen natürlich noch immer an derselben Stelle; allerdings war niemand mehr da, der ihre Zweige schnitt. Der Weg war nach so langer Zeit kaum noch zu erkennen, endete aber wie damals am Weiher. Dort stand eine morsche Bank, von der aus man früher einen herrlichen Blick über das Wasser hatte. Doch heute stand an dieser Seite des Weihers das Schilf ganz dicht. Es hatte die Bank erreicht und fest umschlossen und gab den Blick nicht mehr frei zu dem kleinen Gartentempel, der auf einer kleinen Anhöhe auf der gegenüberliegenden Seite stand. Auch er war wie alles, was die Menschen in diesen Garten gestellt hatten, von Grün überwuchert, diente den Vögeln als Nistplatz und gab den Schmetterlingen wie den anderen Bewohnern des Gartens Schutz vor starkem Regen. Hier konnte man auch immer jemanden zum Plaudern treffen, wenn einem danach zumute war. Dort standen auch die wildwachsenden Kirschbäume, hinter denen die große Wiese begann. Sie war zu jeder Zeit ein besonderer Anziehungspunkt für Schmetterlinge, Bienen und andere Liebhaber süßen Nektars. Das Angebot für sie auf der Wiese wechselte noch schneller als die Jahreszeiten. Die warmen Sonnenstrahlen lockten alle, die hungrig waren. Manche der Honigsuchenden bevorzugten bestimmte Farben. Blau war eine davon, aber auf der Wiese und im Garten nicht oft zu finden. Im Frühling blühte nur die Iris und im Sommer der duftende Salbei himmelblau. Für alle, die Weiß und Gelb liebten, war das ganze Jahr hindurch gesorgt, der Tisch reichlich gedeckt. Ob es auch in diesem Jahr wieder so werden würde?

Die Schmetterlinge, denen Rosantha folgte, taumelten auf die Kirschbäume zu, die just in diesem Moment eine Wolke ihrer

Blütenblätter fallen ließen, die den Boden mit einer weißen Schicht bedeckten und die Schmetterlinge ihren Blicken entzog. Staunend erlebte sie den neuen Frühling, als ob es ihr erster sei. Aber es war ja auch ein besonderer, ein fast beängstigender, ein nie dagewesener Frühling ohne Farben.

Plötzlich spürte Rosantha, wie eine Hand die ihre ergriff und sie hineingezogen wurde in Blütenschnee, Vogelgezwitscher und Bienengesumm.

"Wir haben schon lange auf dich gewartet." Vor ihr, im Gewirr der Äste und Zweige, sah sie die Gesichter der Elfenbrüder Pompon, Dudel und Billfor. Pompon, der immer noch ihre Hand festhielt, küßte sie auf die Nasenspitze. Dudel blickte verlegen zur Seite. Er war ein bißchen schüchtern. Er wagte niemals, irgend jemanden zu küssen. Weil alle das wußten, wurde er oft absichtlich in für ihn peinliche Situationen gebracht. Billfor war der älteste der drei Brüder. Er war der größte und schlankste von ihnen. Vor langer Zeit war er einmal in Rosantha verliebt gewesen, bis er Alanda begegnete, und das kam so.

Eines Tages fiel ihm auf, daß von einem Baum, der an der Mauer stand, ein weißer Schleier herabhing. Er blickte an ihm entlang nach oben und sah in das Gesicht eines zarten Wesens inmitten weißer Blütensterne. Es war für ihn das Schönste, was er je gesehen hatte. Große hellgrüne Augen mit goldenen Pünktchen sahen schelmisch auf ihn herab. Seit dem Tag waren die beiden unzertrennlich: Billfor, der grüne Elf, und Alanda, die schöne Fee mit den langen, fast weißen Haaren und den weißen Kleidern.

Wo Billfor war, konnte Alanda natürlich nicht weit sein. Doch inmitten der Kirschblüten fiel sie nicht auf, und Rosantha hatte sie deshalb noch nicht bemerkt. Fast alle ihre Freunde waren da. Es war schön, sie wiederzusehen, und jeder, der neu hinzukam, wurde herzlich begrüßt. Der Tag, den alle schon vor dem Winterschlaf voller Ungeduld herbeigesehnt hatten, war endlich gekommen. Ach, war das herrlich. Alle Augen glänzten. Es wurde durcheinander gesprochen, als wolle man all das nachholen, was der Winterschlaf verwehrt hatte. Auch Rosantha kam endlich dazu, den anderen mitzuteilen, daß ihr Seltsames aufgefallen war. Im Frühlingstaumel, hungrig nach Sonnenschein und Liebesglück, waren den Elfen und Feen die Augen für solche Dinge verschlossen gewesen. Keiner außer ihr hatte bemerkt, daß den Blumen die Farben fehlten; zumindest hatte niemand diesem Zustand Bedeutung beigemessen. Es gab großes Erstaunen und Verwunderung.

“Du hast dich geirrt, Rosantha!” oder “Vielleicht hast du nicht ausgeschlafen, und deine Augen sind nicht mehr an so viel Licht gewöhnt.” oder “Ach, weißt du, Liebste, so früh kann man nichts dazu sagen. Warte ab, unsere Blumen werden so schön bunt sein wie immer.”

“Wie wär`s denn, meine lieben Freunde”, sagte Rosantha, “wenn ihr alle zusammen mit mir kommen würdet. Dann könnte ich euch zeigen, was ich meine.” Schnellentschlossen und ohne auf Antwort zu warten nahm sie Alanda bei der Hand, gewiß, daß Billfor ihnen folgen würde, was dieser auch tat. Aber die beiden waren die einzigen, die mit ihr kamen. “Oben haben wir einen besseren Überblick.” Durch Blütenwolken voller Bienen und Schmetterlinge flogen die drei zu den oberen Ästen eines Baumes. Bis hier oben konnte man das Lachen der Elfen hören.

“Seht ihr die Ulme, da drüben?” Rosanthas Finger zeigte in Richtung des großen Baumes. Er war höher als die Kirschbäume und auch höher als alle anderen Bäume im Garten. Er war nicht zu übersehen und verdeckte mit seiner gewaltigen Krone die Sicht auf das Haus und den Rosengarten. “Da seht, das ist es, was mir so seltsam vorkommt, seine Blüten sind viel zu blaß.”

“O ja, er sieht beinahe so schön weiß aus wie die Kirschbäume. Wenn ich nicht genau wüßte, daß er anders aussehen müßte, könnte er mir gefallen”, meinte Alanda. Ihre Vorliebe für alles Weiße war Rosantha bekannt.

“Wieso hast du ihn denn nicht gesehen, Billfor? Oder Pompon und Dudel? Ihr seid doch vorbeigekommen. Es ist mir schleierhaft, daß keinem von euch die helle Ulme aufgefallen ist.”

“Wir sind schon ein paar Tage hier”, entgegnete Billfor. “Ich wollte zu Alanda, das verstehst du doch. Pompon und Dudel sind

mir gefolgt. Die Ulme hatte da aber noch nicht geblüht. Wir übernachteten hier oben in den Kirschbäumen, zusammen mit Klimber." Billfor sah sich um, blickte nach oben. "Vorhin sah ich ihn noch."

Klimber bevorzugte die luftigen Höhen der Baumwipfel. Dort hing er, meist allein, seinen Träumen nach. Von da konnte er weit ins Land jenseits der Mauer blicken und zu den Wolken und zu den Sternen. Hier oben lauschte Klimber, der schweigsame Elf, den Stimmen der Bäume, die ihn glücklich machten. Und dort oben, irgendwo, hofften ihn auch die drei Freunde zu finden. Denn Klimber entging nichts.

"Wir sollten ihn suchen", dachte Rosantha laut.

"Weißt du eigentlich, daß hier unendlich viele Bäume wachsen? Wo sollen wir beginnen, Rosantha?" wollte Billfor wissen.

"Aber, Billfor, wir kennen doch seine Lieblingsbäume", sagte Alanda. "Es sind ganz wenige, zehn oder fünfzehn oder dreißig, das weißt du doch."

"Woher wißt ihr das?" wunderte sich die Rosenfee.

"Ist dir nicht bekannt, daß ich neugierig bin?" lachte Alanda.

"Ich sagte es ihr", erwiderte Billfor. "Klimber spricht nicht viel, wie ihr wißt. Und da ich oft überlegt habe, wo er seine Zeit verbringt, bin ich ihm des öfteren heimlich gefolgt." Billfor erzählte, daß Klimber ihn eines Tages bemerkt und ihm zu verstehen gegeben habe, daß er mitkommen solle. Gemeinsam setzten sie sich in den Wipfel einer Pappel.

"Hörst du`s? Klingt das nicht wunderschön?" hatte Klimber ihn gefragt. "Der Baum macht Musik."

"Dann erklärte mir Klimber, daß es an den langen Stielen der Blätter liegt, die, durch den Wind bewegt, diese Töne erzeugen. Lange saßen wir da und schwiegen und lauschten zusammen. Er zeigte mir auch noch andere Bäume, die Musik machen können, wie er sagte. Es war ein wunderschönes Erlebnis", schloß Billfor seinen Bericht. Seine Augen glänzten. Er war gefangen in seinen Erinnerungen und begann: "Ich wollte Alanda auch daran teilhaben lassen. Wenn Klimber nicht da war, bin ich mit ihr in die Wipfel dieser Bäume geflogen. Aber wir kamen zum falschen

Zeitpunkt und haben kaum etwas gehört. Nur Klimber weiß, zu welcher Zeit man in welchen Bäumen sein muß, um deren Musik zu hören."

Billfor voran, machten sich die drei Freunde auf den Weg. Es war nicht so einfach, wie sie es sich vorgestellt hatten. Die Bäume waren eben erst dabei, Sonnenstrahlen einzufangen, damit aus ihren zarten Blättchen große Blätter werden würden, mit denen die Winde spielen konnten. Trotzdem waren die Kronen schon so dicht, daß sie Klimber nicht entdecken konnten.

"Nun haben wir alle seine Lieblingsbäume abgesucht und Klimber nicht gefunden." Müde lehnte sich Billfor gegen die Zweige. "Wo er sein könnte, ist mir ein Rätsel."

"Mir ist ganz schwindelig von dem vielen Rauf und Runter." Auch Alanda wirkte abgespannt. "Ach, bleiben wir doch eine Weile, hier ist es so schön." Sie schloß die Augen und drehte ihr Gesicht der Sonne zu. "Sie wärmt so schön. Wartet, bald wird es so heiß sein, daß wir froh sind, wenn wir im Schatten sitzen können, und um uns herum wird es blühen und duften." Erschrocken hielt Alanda inne. Ohne ihre Freunde anzusehen, kannte sie deren Gedanken. Ihre Blicke trafen sich, und sie wagten nicht, den Narzissenteppich, der sich unter ihrem Baum ausbreitete, anzusehen. Die meisten der Blüten waren schon verwelkt. Doch konnte man deutlich sehen, daß sie nicht gelb gewesen waren wie in den früheren Jahren. Wie all die anderen Blumen, die zur Zeit blühten, wirkten sie kränklich und verwaschen. Alanda senkte den Kopf und ließ ihren Tränen freien Lauf. Rosantha strich Alanda über die schönen weißen Haare, die wie ein Schleier über das Gesicht fielen und so ihre Tränen verdeckten.

Billfor sagte so etwas wie: "Mir ist etwas in die Augen geflogen" und rieb sie. "Nicht auszudenken", fuhr er fort, "wenn die nächsten Blüten auch keine Farben bekommen." Damit sprach er aus, was seine Begleiterinnen in ihren Gedanken schon weitergesponnen hatten, und es wurde ihm angst dabei, wenn er an die Folgen für alle dachte. Keiner der Gartenbewohner war fähig, Dinge dieser Art zu verändern. Doch vielleicht, wenn sie Glück hatten, würde es auch nichts zu ändern geben, weil schließlich doch alles wieder so bunt werden würde wie früher. An diesen Gedanken klammerte er sich.

Sie machten sich Sorgen um ihre Freunde, für die so viele Nachteile entstehen würden, wenn die Farben fehlten. Viele der Schmetterlinge würden außerhalb der Mauer auf Nektarsuche gehen müssen, denn sie gehörten zu denen, für die die Farbe der Blüten wichtig war. Ach, es hatte keinen Sinn zu denken, was wäre, wenn ... Die Zeit würde es zeigen. Billfor rückte näher an Alanda und Rosantha heran. Sie beschlossen, die Suche nach Klimber für diesen Tag einzustellen, und fanden eine bequeme Stelle, um zu schlafen. So nahe beieinanderzusein gab ihnen Trost und machte sie stark und zuversichtlich. Der Tag schickte einen letzten Schimmer der untergehenden Sonne über die Mauer, wo er die kleinen Freunde fand und ihre Gesichter rosig färbte. Ein kühler Wind erhob sich und erinnerte daran, daß der Sommer wohl noch eine Weile auf sich warten lassen würde. Sie schauten zu den ersten Sternen, die sich am Himmel zeigten, bis ihnen die Augen zufielen.

Nicht alle Gartenbewohner wurden bei Dunkelheit müde. Im Gegenteil. Viele große und kleine Falter wurden, wenn es dunkelte, erst so richtig munter. Wenn die Abende warm genug waren und der Mond schien, konnte man sie in seinem Licht tanzen sehen. Es gab auch Elfen und Feen, die die Nacht und die Dämmerung liebten. Sie hatten, genau wie die Falter, besonders schöne große Augen, um in der Dunkelheit besser sehen zu können. Sie mieden das Sonnenlicht, weil es ihren Augen weh tat. Auch trocknete es ihre zarten Flügel aus und ließ sie brüchig werden. Den Tag verbrachten sie in dem alten Haus, dort, wo zwischen hohem Farn die riesigen Rhododendronbüsche standen und wo es herrlich moosig und modrig roch. Die Rhododendren waren voller Knospen. In all den vergangenen Jahren waren sie ständig gewachsen, so groß wie Bäume geworden und hatten unermüdlich geblüht. Auch sie waren einst auf einem Schiff über das Meer gebracht worden, wie der Tulpenbaum und so viele andere Bäume, von denen noch viele lebten, obwohl sie nicht mehr von Menschenhand gepflegt wurden.

Pinaruh war es, der es gern erzählte, wenn er danach gefragt wurde. Und er wurde sehr oft danach gefragt, denn er verstand es geschickt, immer wieder die Rede auf die alte Geschichte zu bringen. Niemand konnte es besser wissen als Pinaruh, denn er lebte schon in dieser Gegend, als es noch kein Haus und keinen Garten mit kostbaren Pflanzen aus fernen Ländern gab. Es war eine laute und unruhige Zeit gewesen damals, erinnerte er sich. Viele Steine wurden in großen Wagen herangekarrt, und viele Menschen waren da, um zu arbeiten. Oft hatte er überlegt, ob er sich nicht eine andere Bleibe suchen sollte, denn der Lärm wollte nicht mehr aufhören. Es schien ihm, als solle das Haus niemals fertig werden. Als es dann endlich soweit war, atmete Pinaruh auf. Aber er wunderte sich, daß noch so viele Steine übrig waren, und wartete darauf, daß man sie abtransportierte. Doch überrascht sah er, daß die Menschen weiterbauten. Sie errichteten eine lange hohe Mauer, über die man nicht mehr schauen konnte. Sie wurde lang und länger, umschloß den ganzen See und das große Haus. Aber das war noch nicht alles. Als die Menschen, die all das gebaut hatten, ihre Arbeit beendet hatten und gingen, kamen wieder andere, die große Kisten brachten. Nun wurde es interessant, und Pinaruh beschloß zu bleiben. Er sah, wie ein neuer Garten entstand. In den Kisten waren Pflanzen und junge Bäume aus fernen Ländern, die behutsam eingepflanzt wurden. Es waren Gewächse, die Pinaruh zuvor noch nie gesehen hatte, mit seltsamen Blättern und fremdartig duftenden Blüten. Viele Schmetterlinge und Falter, die als Puppen unter den Baumrinden die langen Reisen mitgemacht hatten, entfalteten ihre prächtigen bunten Flügel. In Pinaruhs Geschichte gab es auch einen Teil, den er nicht so gern erzählte, weil er dabei immer traurig wurde. Einige dieser neuen Bäume hatte er sterben sehen, nicht alle vertrugen die mitunter recht langen Winter ihrer neuen Heimat. Doch das war nicht alles. Da waren auch noch die Elfen, die nur in diesen Bäumen leben konnten und genau wie die großen bunten Falter, unter Rinden und Wurzeln versteckt, in den neuen Garten eingezogen waren. An Winterruhe nicht gewohnt, hungrig nach Sonne und krank vor Heimweh, verloren sie wie ihre

Bäume an Kraft. Als Pinaruh nach einem besonders langen Winter ging, um seine Freunde zu suchen, ahnte er schon, daß es vergebens sein würde. Der kalte Wind hatte sie verweht, zusammen mit den Blättern der Bäume ihrer Heimat. In seinen Träumen sah er sie oft ganz deutlich, als würden sie noch leben. Und sie sprachen zu ihm in ihrer merkwürdigen Sprache, die er im Traum verstehen konnte.

Pinaruh war kein Träumer, der wie der schweigsame Klimber Bäume singen hörte. Doch er war der einzige Gartenbewohner, der richtig träumen konnte, weil er in einer blauen Rose geschlafen und ihren süßen Duft eingeatmet hatte. Sie war auch eine der Blumen, die damals in den Garten gebracht worden waren. Nur einen Sommer lang hatte sie geblüht, und dann nie wieder. Doch seit dieser Zeit kamen ihm wunderbare farbige Träume. Ganz gleich zu welcher Tages- oder Nachtzeit, Pinaruh setzte sich still in eine Ecke und konnte träumen. Stundenlang saß er da, bewegungslos, mit geschlossenen Augen und überkreuzten Beinen. Niemand wagte dann, ihn anzusprechen, damit er seine Träume zu Ende träumen konnte. Sie wußten mit Sicherheit, irgendwann würde er sie ihnen erzählen.

Da in einem richtigen Sommer nicht nur die Sonne ihren festen Platz hat, sondern auch der Regen und das Gewitter, brachten Pinaruhs Geschichten eine willkommene Abwechslung in diese Zeit. Faszinierende Dinge geschahen in diesen Träumen, und die Zuhörerschar aus dem Garten lauschte atemlos seiner Stimme. Er konnte so bildhaft erzählen, daß man glaubte dabeizusein, inmitten seiner Träume. Klimber war sein größter Bewunderer, und Pinaruh, der Gesprächige, liebte den ruhigen Klimber, denn Klimber gehörte zu denen, die fast schon so lange im Garten wohnten wie Pinaruh selbst. Es bestand ein stilles Einvernehmen zwischen den beiden Elfen. Oft besuchten beide zufällig zur selben Zeit denselben Baum. Unten saß Pinaruh auf seinem blauen Kissen, um zu träumen, oben im Wipfel hockte Klimber, der sich glücklich im Rhythmus der windbewegten Äste wiegte. Zusammen mit Pinaruh hatte Klimber den Winter im alten Haus verbracht. Dort, im Schutz der dicken Wände, ließ es sich wunderbar schlafen bis zum Frühling. Das Haus war ein bevorzugtes Winterquartier vieler Gartenbewohner. Es gab dort noch vollständig erhaltene Räume. Ohne Fensterscheiben zwar, doch von außen so gut durch dichte Hecken geschützt, daß kein Regen eindringen konnte. Hierhin zogen sich auch die lichtempfindlichen Feen und Elfen zurück, mit ihren Freunden, den Nachtfaltern, wenn draußen die Sonne am Himmel hochkletterte und ihre Wärme verschwendete. Auch sie erfreuten sich an Pinaruhs wunderbaren Traumgeschichten, die auch diesesmal der Anlaß dafür waren, daß Rosantha und ihre Freunde vergeblich nach Klimber gesucht hatten.

Ganz entgegen seinen Gewohnheiten war dieser im dunklen Teil des Gartens geblieben, bei Pinaruh, um zuzuhören, was sich während des Winters an Traumgeschichten angesammelt hatte. Es stellten sich immer mehr Zuhörer ein. Immer wieder mußte Pinaruh von vorn beginnen, da jeder, der neu hinzukam, auch den Anfang wissen wollte.

Während der Nacht zogen schwere Wolken auf. Ein Frühlingsregen, der mehrere Tage dauern sollte, kündigte sich an.

Der neue Tag weckte die drei Schläfer Alanda, Rosantha und Billfor mit kräftigen Regentropfen. Das Blätterdach war noch nicht dicht genug, um ausreichenden Schutz vor dem Regen zu bieten. Nichts war mehr übriggeblieben von der seidigen Bläue der vergangenen Tage. Der Himmel war wolkenverhangen und von den zarten Blättern über ihnen lösten sich schwere Tropfen.

"Oh, das hat mir gerade noch gefehlt. Hätte es nicht noch eine Weile trocken bleiben können?" Rosantha sah mit Schrecken, wie die welken Rosenblätter an ihrem Kleid sich vollsogen. "Alanda, sieh dir das an. Ist das nicht schrecklich? Wenn nun die Blätter abfallen? Es ist noch viel zu kalt, um ohne Kleid herumzulaufen." Ängstlich versuchte sie, mit ihren Händen das Kleid zu schützen. "Rede nicht so lange, suchen wir uns lieber schnell eine trockene Bleibe." Der praktisch veranlagte Billfor blickte sich um, den kürzesten Weg zum schützenden Haus suchend. “Es bleibt uns nichts anderes übrig, als noch ein Stück durch den Regen zu fliegen. Los!”

Alles, was fliegen und krabbeln konnte, versuchte, sich vor dem Regen in Sicherheit zu bringen. Vor dem alten Haus wurde das Gedränge groß, denn alle wollten so schnell wie möglich ins Innere. Es hatte sich herumgesprochen, daß auch Pinaruh da war. Dieser hatte zum soundsovielten Male seine Geschichte unterbrochen und wartete nun, bis alle versammelt waren. Pompon und Dudel waren die letzten.

“Könnt ihr nicht aufpassen, wo ihr hintretet?”

Es hagelte Proteste, als sie, ohne auf die anderen zu achten, sich hineinfallen ließen.

“Hättet ihr euch nicht wenigstens entschuldigen können?” rügte Grimett, einer der Elfen aus dem Rhododendrongarten; er blickte die beiden mit seinen großen Augen strafend an. Pompon sah schuldbewußt zu Boden und brummte etwas wie: “Tut mir leid, tut mir sehr leid.” Als der kleine Dudel aber zu allem Überfluß auch noch den Regen aus Gewand und Flügeln schüttelte, wurde es Grimett zu bunt.

“Wenn du nicht augenblicklich mit dem Gespritze aufhörst, verfrachte ich dich in die hinterste Ecke. Daß du klein bist, gibt dir noch lange nicht das Recht, dich so schlecht aufzuführen, mein lieber Dudel!”

Der so Gescholtene machte sich noch kleiner und leckte sich einen Regentropfen mit spitzer Zunge von der Nase.

“Aber Dudel ist so naß geworden!”

Alle lachten. Dudels Angewohnheit, von sich selbst in der dritten Person zu reden, erregte immer wieder Heiterkeit bei denen, die ihn nicht so gut kannten. Verdutzt ob des Gelächters, wußte Dudel nicht, ob er mitlachen oder ob er weinen sollte. Was hatte er jetzt wieder falsch gemacht? Sein Bruder Pompon kam ihm zu Hilfe. Es war ihm nicht recht, daß sie soviel Aufsehen erregten. Er zog ihn hinter sich her in eine nicht so dicht besetzte Ecke.

“Du bist ein Tolpatsch, Dudel. Wie kannst du nur so etwas machen?! Wenn Billfor das erfährt, wird er ...”

“Was wird er?” Billfor war hinzugekommen und blickte in die erschrockenen Augen seiner Brüder. “Also?” fragte er noch einmal.

“Das war so”, begann Pompon und überlegte dabei, ob er etwas für ihn Nachteiliges weglassen sollte.

“Dudel war so naß!” unterbrach ihn Dudel.

“Was ist daran, was ich nicht erfahren soll?” Billfor sah streng hinunter auf den kleinen Bruder.

“Dudel hat sich den Regen abgeschüttelt!”

“War das alles?” fragte Billfor wieder.

“Dudel hat Grimett naßgespritzt.”

“Und dann haben alle Dudel ausgelacht”, sagte Pompon.

“Dudel ist immer noch naß!” Er schüttelte sich wieder.

Billfor ahnte, warum sein Bruder wieder einmal für Heiterkeit gesorgt hatte. “Wir sind alle naß geworden, schau mich an oder Alanda. Wie soll sie ihre langen Haare trocknen? Rosantha gar muß um ihr Kleid fürchten. Seht ihr, Grimett war also im Recht!”

Es war ruhiger geworden im Haus. Die Unterhaltungen wurden im Flüsterton geführt. Man hörte den Regen rauschen und wartete darauf, daß Pinaruh anfangen würde zu erzählen. Daß es bald soweit war, sah man daran, wie er sein blaues Kissen aufschüttelte, vorsichtig hinlegte, glattstrich und sich zur Probe draufsetzte, es erneut hochnahm, die untere Seite nach oben legte, es klopfte, wieder glattstrich und schließlich darauf Platz nahm. Dann begann er, seine Beine zu sortieren. Er hatte natürlich nur zwei, doch er probierte alle möglichen Stellungen aus und das mit Absicht, um die Spannung zu erhöhen. Anschließend öffnete er den Gürtel, der seine Beinkleider an der richtigen Stelle hielt. All dies tat er sehr bedächtig. Alle wußten, daß es eine lange Geschichte werden würde, und hatten dafür Verständnis, daß er es sich so bequem wie möglich machte. Nun ordnete er umständlich die Quasten seines blauen Seidenkissens. Damit war die Zeremonie beendet, die zu Beginn einer jeden Erzählung Pinaruhs stand. Er hob den Kopf und blickte noch einmal in die Runde seiner Zuhörerschar, die gebannt jede seiner Bewegungen verfolgte. Langsam senkten sich seine schweren Lider über die

Augen, bis sie nur noch einen Spalt weit geöffnet waren, und sein Blick richtete sich nach innen, wo seine Träume darauf warteten, erzählt zu werden. Seine Gedanken konzentrierten sich auf die kleine Gestalt in seinem Innern, die schon so lange seine Träume begleitete, und er begann zu erzählen, als würde er in einem Buch lesen:

* * *

Ranunculus
Distel

Sich vorsichtig bewegend, kam etwas aus dem Dunkel des Waldes heraus. Auf den ersten Blick konnte man nicht genau erkennen, was es war. Zuerst sah es aus, als würde sich ein buntes Kissen langsam aus dem Wald schieben. So hätte es das Eichhörnchen, das die Szene von oben beobachtete, erzählt, wenn man es danach gefragt hätte. Doch dann sah es eine spitze Nase und ein Paar Beine, die in unförmigen Hosen steckten, und Füße in spitzen Pantoffeln. Das alles war leuchtendbunt und fiel sofort ins Auge. Es hob sich ab von den erdigen Farben des Waldes, in denen sich ein Eichhörnchen gut verstecken konnte, und ein Versteck war der Wald für den kleinen Kerl gewesen, der in seinen bunten Kleidern und mit dem riesigen Turban die Aufmerksamkeit des Eichhörnchens auf sich gezogen hatte. Dazu kamen noch die sonderbaren Töne, die das Gefährt des kleinen Turbanträgers von sich gab und die den Ohren des Tieres fremd waren. Sie kamen von den quietschenden Rädern, die dringend Öl brauchten.

Doch das war nicht die Sorge, die Ranunculus Distel, das war der Name dieser bunten Gestalt, zu schaffen machte. Er wurde von einer Katze verfolgt. Dadurch war Ranunculus zu großen Umwegen gezwungen, und von seinem Ziel, das er sich gesetzt hatte, entfernte er sich immer mehr. Manchmal war ihm, als laufe er im Kreis. Er war jetzt heilfroh, aus diesem dunklen Wald heraus zu sein, obwohl dieser ihm zahlreiche Versteckmöglichkeiten geboten hatte. Mehr als einmal war er hingefallen, weil er eine Wurzel übersehen hatte. Alles, aber auch wirkliches alles, ging daneben in diesem Jahr, dachte er ärgerlich.

Vor ihm lag, wie er zu wissen glaubte, noch das schwierigste Stück seines Weges. Hohes, dürres Gras vom vergangenen Jahr, viel Gestrüpp und Brombeerdornen. Das war etwas für Kaninchen, aber nicht für ihn! Ja, das dichte Gestrüpp, wer darin nicht alles auf ihn lauern konnte. Hunderte von Katzen könnten da auf ihn warten. Dann waren da noch die Brombeer- und die Himbeerhecken und die Hecken der Wildrosen. O wie furchtbar, o wie fürchterlich - wie fürchterlich gut würde ihm nun ein Brombeer-, Himbeer-, oder Rosenlikör schmecken! Er bekam glänzende Augen bei diesem Gedanken und vergaß die Katze für eine Weile. Nach dieser anstrengenden Tour durch den Wald hatte er sich redlich eine Stärkung verdient.

Ranunculus zog seinen Wagen ins Licht und begann, die Schnüre, mit denen er den kostbaren Wageninhalt sicherte, zu entknoten. Behende, wie man es einer mit vielen Kleidern behangenen Gestalt niemals zugetraut hätte, kletterte er hinauf auf sein Gefährt und griff zielsicher in die Ecke, wo er seinen Reiseproviant aufbewahrte.

Das sollte nicht bedeuten, daß er eine besonders ordentliche Person war, das krasse Gegenteil war der Fall. Doch seine Fläschchen stellte er akkurat so, daß er sie mit einem Griff erreichen konnte.

"O ihr süßen Süßen", kicherte er und streichelte liebevoll die Fläschchen mit dem erquickenden Inhalt. Daß er ein wenig lispelte, fiel selten auf, da er hauptsächlich mit sich selbst sprach. Seine Süßen im Auge behaltend, setzte er sich auf den Teppich, mit dem er seinen Wagen stets bedeckt hielt.

"Verflixt, welche von euch soll ich zuerst öffnen. Den Brombeer-, den Himbeer- oder den Rosenlikör. Warte, warte ... zuerst den Himbeerlikör. O ja - o nein, zuerst den Rosenlikör, denn die Blüten kommen stets vor den Früchten. Ja, so wird`s geh`n. Aber nein, nein, nein, so geht`s auch nicht, im Alphabet kommt das B vor dem R, also trinke ich den Brombeerlikör zuerst, basta."

Erleichtert über seinen guten Einfall, holte er die kleine Flasche aus ihrem Versteck hervor und zog den Korken heraus. "Blub" machte es, ein köstlicher Duft reifer Brombeeren entströmte der Flasche und kitzelte seine Nase.

"Halt!" sagte Ranunculus zu sich selbst. "Feine Leute trinken nicht aus der Flasche" und "Die verflixten Becher, wo die wohl wieder sind." Er kramte in den tiefen Taschen seines Kaftans und versuchte hineinzusehen. Dabei rutschte ihm sein viel zu großer Turban vor die Augen. Ärgerlich über die Zeitverschwendung, die mit der Suche nach den Bechern verbunden war, wühlte er weiter in seinen Taschen. Schließlich fand er sie zwischen Bonbons,

Muscheln, Schnüren und Kieselsteinen. Er stellte sie behutsam auf den Rand des Karrens und begann zu sortieren, denn darin war Ranunculus Distel sehr eigen. Für jeden Likör hatte er einen eigenen kleinen Becher. Und er hatte sehr viele davon. Schnell fand er, was er brauchte. Zuerst den Brombeerlikör, dann den Himbeerlikör, schließlich den mit dem stärksten Duft, den Rosenlikör. Genüßlich schlürfte er seine süßen Stärkungen, eine nach der anderen. Nachdem Ranunculus die kleinen Becher mit seinem großen weißen Taschentuch blankgeputzt hatte, verstaute er sie wieder in seinen tiefen Taschen. Nun fühlte er seine Kräfte wiederkommen. Und jetzt noch ein Bonbon und noch eines. Natürlich hatte er wieder vergessen, in welcher Tasche er die Bonbons erfühlt hatte. Na endlich, da hatte er sie. Diesmal überlegte er nicht lange, welche Sorte er zuerst in den Mund schieben sollte. Obwohl seine Auswahl an selbstgemachten Bonbons ebensogroß war wie die seiner diversen Marmeladen, Liköre oder Kräutertees. Im Moment stand ihm der Sinn nach Salbeibonbons. Er konnte den blauen Salbei direkt vor sich sehen, mit seinen silbergrauen Blättern, die er perfekt zu kandieren verstand. Seine Erinnerung zauberte ihn nun direkt zwischen das hohe Gras vor ihm, bei den Heckenrosen und Brombeerbüschen. Doch als der Wind das Gras bewegte, wurde er mit einemmal an die rauhe Wirklichkeit erinnert. An die Katze.

"Soll sie nur kommen!" Ranunculus drohte mit seinen Fäusten in Richtung des Waldes, wo er seine Verfolgerin vermutete. "Soll sie nur kommen, diese Katze, diese verflixte, der werd` ich`s zeigen, darauf kann sie Gift nehmen." Er stand mit zornig blickenden Augen auf dem Wagen, holte einen seiner Stöcke aus dem Wageninnern und fuchtelte wie zur Unterstützung seiner Drohung in Richtung Wald.

Das Eichhörnchen, das ihn immer noch von einem Baum herunter beobachtete, ließ vor Schreck eine Nuß auf seinen Wagen fallen. "Klack" machte es, und Ranunculus, eben noch so mutig, war mit einem Satz unter dem Wagen. Der Turban rutschte ihm über das Gesicht, und mit laut pochendem Herzen lag er nun da und wartete. Nichts geschah. Seine Spannung ließ nach. Langsam, ganz langsam kam seine spitze Nase unter dem Turban hervor, und er hob den Kopf. Die Nuß, die ihn so aus der Fassung gebracht hatte, lag direkt vor ihm. Mit Erleichterung, aber verärgert, weil er sich so ins Bockshorn hatte jagen lassen, streckte er den Arm aus, um die Nuß zu greifen. Aber das Eichhörnchen war schneller.

"Na so was!" rief Ranunculus verdutzt und schaute, wie es flink zwischen den Ästen verschwand. Er kam unter seinem Wagen hervor, rückte den Turban zurecht und klopfte den Staub aus seinen weiten Hosen. Das war noch einmal gutgegangen.

Der junge Tag kam ihm sehr gelegen. Er hoffte, eine große Strecke zurückzulegen bis zum Mittag, wenn ihm nichts dazwischenkam. Mit Katzen hatte Ranunculus noch nie etwas zu tun gehabt. Er hatte also keinerlei Erfahrungen mit ihnen. Weder gute noch schlechte. Ja, hätte man Ranunculus Distel vor Beginn seiner Reise gefragt, was er von Katzen hielte, würde er gesagt haben, oh, Katzen sind sehr hübsche Tiere. Sie haben wunderschöne Augen und laufen so geschmeidig wie große Tiger. Ranunculus wußte, wovon er sprach, denn er hatte schon echte Tiger gesehen, und Leoparden und Affen und Elefanten. Früher, als er noch jung war, weit fort in seiner Heimat, dem fernen Indien. Doch hier gefiel es ihm auch recht gut. Hier war es nicht so heiß. Hier konnte er, wenn er wollte, den ganzen Tag seinen geliebten Turban tragen. Während all der Jahre, die er hier verbracht hatte, war seine Turbansammlung sogar immer größer geworden. Indische, türkische, und alle aus feinster Seide oder Brokat. Reich bestickt mit echten Perlen und Edelsteinen, mit Gold und Silber. Für einen vielgereisten Mann wie ihn war es nicht schwer, solch ein gutes Stück zu ergattern. Wenn er unterwegs war, so führte er stets eine große Auswahl dieser herrlichen Exemplare in seinem Wagen mit sich. Dazu natürlich die passenden Beinkleider, Pantoffeln und Kaftane. Er legte stets großen Wert auf gepflegte Erscheinung, auch auf der Reise. Oder vielmehr gerade auf der Reise. Denn nichts machte ihm so viel Freude wie sich Umzuziehen und etwas Neues auszuprobieren. Außerdem liebte er die Pausen, die er dann einlegen mußte. Er

nahm sich dabei die Zeit auch seinem Magen etwas Gutes zu tun. Ebenfalls war es für sein Selbstbewußtsein außerordentlich wichtig, immer die passende Garderobe zu tragen. So hatte er stets etwas für den warmen und etwas für den kühlen Regen, für Wind mit und ohne Sonne, und für Sonnenschein. Nicht zu vergessen für Bergstrecken oder für eine Reise durch Täler. Für all das benötigte Ranunculus seinen Wagen und für vieles mehr. Da waren ja schließlich noch die Nächte, die mitunter sehr kalt sein konnten. Dafür hatte er viele Kissen. Große und kleine, alle wunderschön, genau wie die Teppiche, die er mitführte. Denn er wollte nicht auf dem Boden schlafen. All das war es, was den Wagen so kostbar und schwer machte. Viele dieser Schätze hatte er eingetauscht. Seine selbstgemachten Köstlichkeiten waren von hoher Qualität und daher sehr begehrt. Manches bekam er auch geschenkt für seine Dienste, die er anderen erwies, denn er war Zauberer von Beruf. Ein ganz kleiner zwar, da er seine Lehre vorzeitig hatte beenden müssen. Aber immerhin reichten seine Kenntnisse aus, um viele glücklich zu machen, und das war das wichtigste für Ranunculus. Doch ganz ohne Werkzeug kam er dabei nicht aus. In einer kunstvoll verzierten Lackschachtel bewahrte er seinen kostbarsten Besitz auf, die Zauberstäbe. Gar keine Frage, daß er auch davon eine große Auswahl besaß. Er hatte sie sich redlich erworben. Für jeden Lehrabschnitt, den er als Zauberlehrling erfolgreich hinter sich gebracht hatte, bekam er von seinem Meister einen weiteren Zauberstab. So konnte er eine beachtliche Anzahl vorzeigen, aber um das Zauberkästchen füllen zu können, reichte es leider nicht aus. Sonst hätte er den zum Katzenwegzaubern auch, und er hätte ihn jetzt dringend gebraucht. Ranunculus konnte sich einfach keinen Reim darauf machen, warum er diese dumme aufdringliche Katze nicht los wurde. Obwohl sie ihn verfolgte, angegriffen hatte sie ihn bis jetzt noch nicht. Ranunculus dachte nach, während er den Wagen durch die Wildnis der hohen Gräser zog. Was mochte sie nur an ihm finden? Vielleicht wollte sie ihn gar nicht fressen, dazu hatte sie schon viele Gelegenheiten gehabt. Auch mit seinen Kissen und Turbanen konnte eine Katze nichts anfangen. Blieben nur noch seine Lebensmittel. Daß eine Katze Bonbons fraß, glaubte er nicht, und seine Liköre ..., ja, vielleicht waren es die Liköre? In seiner Heimat Indien gab es Vögel, die den Saft gegorener Früchte tranken; auch von Elefanten, die eine Vorliebe für diese Art Speise hatten, wußte er. Was lag also näher als dieser Gedanke. Eine Möglichkeit wäre, wenn es ihm auch schwerfiele, die Katze mit Likör zu ködern. Das könnte sie eine Weile von seiner Spur ablenken. Es war ihm klar, daß er diesen Trick nur im Notfall anwenden würde. Der Gedanke, seine kostbaren Tropfen opfern zu müssen, bereitete ihm höchstes Mißbehagen. Sein Vorrat war sowieso sehr knapp bemessen. Andererseits, überlegte Ranunculus, wenn er gezwungen war, noch einmal so viele Umwege zu gehen, hielt das weder sein Vorrat an Getränken noch sein Wagen aus, denn dessen Räder quietschten schon. Doch dieses Opfer würde er bringen müssen, das wußte er nur zu gut. Der letzte Rest seiner guten Laune, in die ihn seine Stärkungspause versetzt hatte, war wie weggeblasen. "Diese verflixte Katze wird von meinem Likör betrunken und weiß die Mühe nicht zu schätzen, die ich mir damit gemacht habe. So eine verflixte Barberei", sagte er ärgerlich. "Aber darin liegt ja genau der Sinn der Sache", überlegte Ranunculus Distel laut. Blieb für ihn nur noch die Frage zu klären, welchen Likör er opfern sollte. Sorgenvoll runzelte er die Stirn. Doch andererseits war er mit sich zufrieden, glaubte er doch die Lösung seines Problems gefunden zu haben.

Die dürren hohen Grashalme waren verfilzt, und der kleine Wanderer mit seinem schweren Wagen plagte sich sehr. Oft mußte er sein Messer benutzen, um sich den Weg freizuschneiden. Die Pfade in diesem Gräserdschungel waren schwer zu finden, und die Katze würde es auch nicht leichthaben, so hoffte er wenigstens. Manchmal, wenn er genau hinsah, fand er Stellen mit jungem Gras, und das erfüllte ihn mit großer Freude. Wenn sich auch noch Blumen darin zeigten, kannte sie keine Grenzen. Da war er wieder voller Zuversicht, denn mit ihnen war der Frühling da. An diesen Stellen legte er mit Vorliebe eine Rast ein, um Kleider zu wechseln oder einen Imbiß zu sich zu nehmen.

Vorher vergewisserte er sich aber immer, daß die Luft rein war, denn es dauerte ziemlich lange, bis er in seinem Wagen die richtige Kleidung zusammengeklaubt hatte. Es kam schon mal vor, daß er sich aus Versehen ein rundes Kissen aufs Haupt setzte, das natürlich herunterfiel, während ihm meistens seine Turbane ein wenig über die Ohren rutschten, weil sie ursprünglich nicht für seinen Kopf gedacht waren. Doch das störte ihn nicht. Wichtiger fand er den Stil und die Farbzusammensetzung seiner Garderobe. Hatte er sich endlich eingekleidet, setzte er sich auf seinen Teppich und ruhte. Oder wenn er eine besonders schwere Wegstrecke geschafft hatte, machte er einen Kopfstand, um sich zu erholen. Das erfrischte Ranunculus ungemein, und sein Kopf wurde klar. Ärgerlich wurde es nur, wenn er einen zu engen Turban trug. Der saß nach seinen Übungen so fest auf dem Kopf, daß er Mühe hatte, ihn abzusetzen. Für Feinde, dazu rechnete er die Katze, wäre es ein Leichtes gewesen, ihm in dieser verflixten Situation den Garaus zu machen.

Die Katze beobachtete ihn öfter, als er ahnte. Keine ruhige Minute hätte er gehabt, wenn er sich ihrer Nähe bewußt gewesen wäre. Seiner vierbeinigen Begleiterin war es immer wieder gelungen, ihn aufzustöbern. Wenn sie ihn einmal für eine Weile aus den Augen verlor, war das nicht weiter schlimm. Er verriet sich durch das Knarren seines Wagens. Immer wenn er eine Ruhepause einlegte und das Knarren für eine Weile verstummte, konnte sie ihn mit Sicherheit als bunten Fleck in der an Farben noch so armen Landschaft ausmachen. Und wenn das alles nichts half, verließ sie sich einfach auf ihren guten Geruchssinn.

Ranunculus, der kleine Zauberer, übte eine merkwürdige Faszination auf die Katze aus. Als sie eines Morgens vor einem Loch, in dem sie eine Maus vermutete, auf der Lauer lag, krabbelte aus diesem etwas hervor, was keineswegs wie eine Maus aussah. Bunt wie ein Papagei war es und duftete interessant nach Maus und Kräutern. Anfangs war sie sehr irritiert. Sie überlegte, wie das bunte Ding wohl schmecken würde, nach Maus oder nach Kräutern? Ranunculus, der zum erstenmal solch einem Tier Auge in Auge gegenüberstand, war damals genauso verdutzt gewesen wie die Katze und dachte, daß es bei dieser einmaligen Begegnung bleiben würde. Doch die Katze wollte es anders. Von nun an folgte sie ihm auf all seinen Wegen, angezogen von seinem Geruch und fasziniert von seinem Aussehen. Ob dieser Geruch nach Maus und Kräutern Auswirkung auf den Geschmack haben würde, wußte sie nicht. Solche Überlegungen hatte sie im Moment auch nicht nötig, denn sie brauchte sich keine Sorgen um ihre Mahlzeiten zu machen.

Doch all das wußte Ranunculus nicht. Er ging den Weg, den er gehen mußte, Jahr für Jahr immer mit dem gleichen Ziel, immer aus dem gleichen Grund. Und wie immer steckte er sich für jeden Tag ein Etappenziel. Das waren für ihn besonders markante Stellen, zum Beispiel knorrige Bäume. Doch in einem Jahr konnte viel geschehen, um das Aussehen eines Baumes zu verändern. Ein Blitz konnte einschlagen, Äste konnten abbrechen. Dann versuchte er sich an andere Dinge zu erinnern. So hatte er es stets in all den Jahren gehalten. Dieses Jahr war eine Ausnahme. Ausgerechnet eine dumme Katze stellte all seine Pläne auf den Kopf. Er verlor viel Zeit und sah keine Möglichkeit, das zu ändern. Es gab nur Umwege, an Abkürzungen war überhaupt nicht zu denken. Ranunculus wußte, daß er erwartet wurde. Das heißt, seine Zeit war begrenzt, und das bereitete ihm zusätzlichen Kummer. Mochte er unordentlich und schusselig sein wie kein zweiter, er war stets pünktlich an Ort und Stelle gewesen, wenn es ihm auch manches Mal nicht leichtgefallen war. Mit kleineren Zwischenfällen war auf so langen Reisen, wie er sie zu machen gewohnt war, immer zu rechnen; die mußte er von vornherein einplanen. Doch es machte sich immer wieder unangenehm bemerkbar, daß er seine Zauberlehre abbrechen mußte. Sich eben mal schnell an eine andere Stelle zu zaubern war ihm nicht gegeben. Ein fliegender Teppich, wie ihn einige seiner Kollegen in seiner alten Heimat benutzten, wäre in seiner Lage genau das richtige. Dieser Gedanke kam ihm in letzter Zeit häufiger. Abends, wenn er sich einen Platz für sein Nachtlager gesucht hatte und er sich auf einem seiner Teppiche ausstreckte, wünschte er sich sehr, daß dieser sich in die Luft erheben möge und mit ihm davonsegeln könnte. Doch dieser Wunsch würde immer ein Wunsch bleiben. Und so lief er von Sonnenaufgang bis Sonnenuntergang, seinen Wagen hinter sich herziehend und die Katze immer dicht auf den Fersen.

***

Außer Pinaruh war niemandem im alten Haus aufgefallen, daß es aufgehört hatte zu regnen. Er erlaubte sich deshalb eine Pause. Nicht daß diese Geschichte schon zu Ende gewesen wäre, o nein! Es war noch lange nicht soweit. Und überhaupt, das Ende kannte er ja selbst noch nicht. So viel, wie er während dieses langen Regens erzählt hatte, konnte er unmöglich in einer Nacht geträumt haben, das hatten auch seine Zuhörer bemerkt und sich schon gewundert. Neu an Pinaruhs Erzählstil war auch, daß es nur eine Geschichte war, die er in dieser langen Zeit erzählt hatte. Er mußte also den ganzen Winter lang immer wieder von diesem Ranunculus Distel geträumt haben. Sehr bemerkenswert erschien ihnen auch, daß er kein einziges Mal den Faden verlor. Und ihre Bewunderung für den Geschichtenerzähler stieg ins Unermeßliche. Als Pinaruh aufstand, wußten sie, daß er zumindest vorläufig nicht weitererzählen würde. Fest stand außerdem, daß diese Geschichte eine Fortsetzung hatte. Dieser Pinaruh war schon sehr geschickt, er hörte meistens an einer spannenden Stelle auf. So konnte man seiner Phantasie freien Lauf lassen. Es gab verschiedene Möglichkeiten, wie die Geschichte weitergehen könnte. Ranunculus würde von der Katze angegriffen oder gar aufgefressen. Oder er machte die Katze mit seinem Likör so betrunken, daß sie seine Spur verlor. Was den zuhörenden Elfen und Feen natürlich sehr viel lieber sein würde, denn dieser Ranunculus mit seinen vielen kleinen Schwächen war ihnen sofort ans Herz gewachsen. Unklar war ihnen ebenfalls, was er alles zaubern konnte. Pinaruh hatte es nie erwähnt. Auch die Ziele, die Ranunculus Distel verfolgte und die so ungeheuer wichtig für diesen zu sein schienen, waren mit keinem Wort in der langen Geschichte aufgetaucht.

Die Zuhörergemeinde löste sich langsam auf. Selbst dem quirligen Dudel, der mit offenem Mund gelauscht hatte, war anzusehen, daß er in Gedanken bei ihr war. Diese Katze war schon zum Fürchten. Obwohl er sich, wie viele im Garten, überhaupt nicht vorstellen konnte, wie eine aussah. In den folgenden Nächten sprach er oft laut im Schlaf. “Laß sie nur kommen, laß sie nur kommen!” und schlug seinem ihm nächsten Schlafkumpan fest auf die Nase. Sosehr waren seine Gedanken mit diesem Tier beschäftigt. Die Geschichte hatte für ihn noch andere Auswirkungen. Das Wort "verflixt", ob mit oder ohne Katze, konnte man von nun an bei jeder passenden und unpassenden Gelegenheit von Dudel hören. Er brachte eine Menge Gartenbewohner damit in Verwirrung, wenn er es aussprach. Wie vom Blitz getroffen blickten sie sich um in dem Glauben, irgendwo sei der Zauberer Ranunculus Distel in der Nähe. So sorgte Dudel dafür, daß Pinaruhs Geschichte immer wieder Gesprächsstoff war.

Ein anderes Ereignis kündigte sich an, dessen Ausmaße noch nicht übersehbar waren und die Gartenbewohner aus ihren Träumen riß. Der Regen hatte zusammen mit der darauffolgenden langen Sonnenscheinperiode viele Blütenknospen geöffnet. Die Folge waren erstaunte und erschrockene Gesichter, wohin man schaute. Plötzlich erinnerten sich wieder viele an das, was Rosantha ihnen vor einiger Zeit erzählt und wofür sie sie insgeheim belächelt hatten. Seit Bestehen des Gartens war es noch niemals vorgekommen, daß die Blumen ohne Farbe waren. Farbe war einfach eine Selbstverständlichkeit, die zu den Blumen gehörte wie der Duft und die Schmetterlinge. Nun waren sie fadgrünlich oder schmutzigweiß. Wer jedoch glaubte, daß das alles war - was auch wirklich gereicht hätte -, sah sich getäuscht. Nicht nur die Farben waren fort, nein, auch der Duft. Manche der Gartenbewohner, die insgeheim hofften, daß ihnen wenigstens der Duft bliebe, wurden bitter enttäuscht. Selbst Pflanzen und Sträucher ohne Blüten, deren Blätter sonst aromatisch dufteten, waren nicht verschont geblieben. Niemand konnte sich die Ursache erklären. Was war daran schuld? Die Blüten der Ulmen und Kirschen waren längst herabgeregnet, ihr Schnee verschwunden unter dem Gras. Bald würde die Zeit der Iris und der Rosen kommen. Alle hofften immer noch, sie in alter Farbenpracht zu sehen, aber keiner wagte so richtig daran zu glauben. Viele Tränen flossen in diesen Tagen, und einer tröstete den anderen. Die Elfen und Feen überlegten, ob ihre Blumen Schmerzen empfanden, und pflegten sie mit ganz besonderer Hingabe, entfernten Verblühtes und welke Blätter, mitunter auch gefräßige Raupen und Käfer, wenn diese eine Pflanze gar zu arg belästigten. Es schien, als ob es die Pflanzen ihnen danken wollten, indem sie versuchten, besonders reichlich zu blühen. Doch bei aller Blütenfülle war nichts von ihrem früheren, starken Duft geblieben. Dieser Duft hatte vor Zeiten auch Alanda in dieses Paradies gelockt. Sie kam aus einem weißen Garten, das heißt, es gab dort nur weißblühende Pflanzen und Sträucher mit silbrigglänzendem oder graufilzigem Laub vor dunklen Bäumen. Selbst das Gras war dort silbergrau und blühte in langen weißen Rispen. Es war ein sehr großer Garten, der auch von vielen Menschen geliebt wurde. Doch selbst dort, zwischen all den schönen weißen Blumen, erzählten sich die Feen von einem Garten, dessen berauschende Düfte in warmen Sommern über die Mauer ins Land wehen sollten. Die Neugier plagte Alanda sehr, und so ließ sie sich eines Tages von dem Wind weit ins Land hineintragen. Der Wind, als könne er ihre geheimsten Wünsche erraten, zeigte ihr mit Düften, die er von weither mitbrachte, den richtigen Weg, und Alanda verfiel ihrem Zauber. Auch hier gab es genug weiße Blumen, um sie glücklich zu machen, und in ihr war große Freude. Die alten Mauern waren übersät mit den weißen Blütensternen der Waldrebe und ähnelten sehr denen ihrer Heimat, die sie verlassen hatte. Selbst wenn sie damals Billfor nicht kennengelernt hätte, gab es ausreichend Gründe zu bleiben. Nicht eine Sekunde, die sie hier verbracht hatte, hatte sie je bereut. Gerade jetzt in diesen schlimmen Tagen, wo alle ihre Freunde kopflos zu sein schienen, fühlte sich Alanda sehr verbunden mit ihnen und diesem Garten. Doch für sie gab es nicht so viele Probleme wie bei den anderen Feen und Elfen, die sich gern Kleider aus Blumen anzogen. Sie zog es vor, Blüten als Haarschmuck zu verwenden, und nahm sich als Kleider verschiedenes Blattgrün. Sie wußte, daß das wunderbar zu ihren Augen paßte. Oft betrachtete sie sich im Spiegel des Sees, kämmte ihr langes silberweißes Haar und probierte allerlei Blütenschmuck aus. Ja, Alanda war schon ein wenig eitel. Und obwohl sie nur weiße Blüten liebte, steckte sie sich doch öfter gelbe, rote oder andersfarbige Blüten ins Haar. Alanda konnte sich das erlauben. Sie war nicht gebunden an bestimmte Blüten wie viele ihrer Freunde, die sich zu sehr auf eine Pflanzensorte verließen und davon abhängig waren. Manche Freunde hielten sogar eine verlängerte Winterruhe, um erst zur Blütezeit ihrer Lieblingsblumen wiederaufzuwachen. Rosantha tanzte da aus der Reihe. Sie war immer die erste der Rosenfeen, die wach wurde. Rosenfeen hatten es fast so gut wie Alanda, die weiße Waldfee, denn es gab eine unendliche Vielfalt an Rosen in diesem Garten, und sie blühten fast alle bis zum Frost. Rosen gab es außerdem in allen Farben, in fast allen Farben. Eine blaue Rose gab es natürlich nicht, nicht hier. Das war einmal. Aber irgendwo auf der Welt würde es vielleicht noch eine geben, so dachte Rosantha. Noch im letzten Jahr hatte sie sich von ganzem Herzen ein blaues Rosenkleid gewünscht. Heute hätte sie, wie ihre Freunde auch, alles dafür gegeben, überhaupt ein farbiges Kleid zu haben. Blätterkleider, wie sie Alanda bevorzugte, sahen an ihr nicht gut aus, davon war sie fest überzeugt. Es war eine alte Gewohnheit der weiblichen Gartenbewohner, sich an das Wasser zu setzen, um sich in seinem klaren Spiegel zu betrachten. Dabei stellten sie sich vor, wie sie wohl aussehen würden, gäbe es die Möglichkeit, ihre Kleider zu tauschen, denn es war nicht erlaubt, daß eine Fee sich das Blüten- oder Blätterkleid einer anderen anzog, denn das, so glaubte man, würde Unglück bringen.

Vor langer Zeit nämlich, so hatte Pinaruh ihnen erzählt, sollte in diesem Garten eine Fee gelebt haben, die aussah wie eine indische Prinzessin. Mit ihrer goldfarbenen Haut und dem nachtschwarzen Haar glich ihr keine der anderen im Garten. Ihr Name war Nada. Nur die Elfen des Schattens und der Dämmerung hatten auch dunkle Haare, doch ihre Haut war silberblau und schimmerte, wenn das Mondlicht auf sie fiel. Das Unglück wollte es, daß eine dieser Feen sich in den Gefährten der Fee Nada verliebte; so sehr, daß der Gedanke an ihn ihr den Schlaf raubte. Sie konnte an nichts anderes mehr denken. Eines Nachts, als das Mondlicht die Farben verzauberte, beschaffte sie sich ein fremdes Blütenkleid, das den Waldgeruch von ihr nahm, und schlich zu dem Schlafplatz des heimlich Geliebten, der sie in der Dunkelheit für Nada hielt. Nur einmal wollte sie in seinen Armen liegen, nur ein einziges Mal. Doch das Schicksal wollte es, daß sie einschlief. Als das Morgenrot Nada weckte, fand sie ihren Liebsten in den Armen der Waldfee. Darüber war sie so erbost, daß sie die beiden verfluchte. "Niemand von euch soll weiterleben. Eure Unsterblichkeit sollt ihr verlieren, und alle anderen, die es euch gleichtun. Gleich Blättern sollt ihr verdorren, vom Wind verweht, vom Schnee bedeckt." Und so ist es dann auch geschehen. Die schwarze Fee Nada aber bereute bald ihren Fluch und wurde vor Kummer dünner und dünner und leichter; bis sie eines Tages der Wind über die Mauer tragen konnte, zusammen mit den ersten bunten Herbstblättern. Niemand hat jemals wieder von ihr gehört. Seit dieser Zeit hat keine Fee und keine Elfe mehr das Kleid einer anderen angezogen, aus Furcht, daß der Fluch der schwarzen Fee Nada sie treffen könnte.

Als sie sich heute im alten Haus trafen, um miteinander zu reden, drehten sich die Gespräche um ernste Dinge. Das Problem, das sie besprachen, ging alle an. Für jeden von ihnen ergab sich daraus ein anderer Nachteil. Hatten die Elfen und Feen am Anfang nur den neuen Kleidern nachgetrauert, sahen sie jetzt auch die Möglichkeit auf sich zukommen, daß ihre Nahrungsquellen versiegen könnten. Würden solch blasse Blüten überhaupt genügend Nektar erzeugen? Und wenn, würde sich die Qualität ändern? Würden die Bienen genug Pollen eintragen können, und könnte daraus richtiger Honig werden? Das waren Fragen von enormer Bedeutung. Glaubten doch einige schon einen Unterschied zu früher bemerkt zu haben. In der Tat, viele der Gartenbewohner, ob mit oder ohne Flügel, ernährten sich von dieser süßen Köstlichkeit. Doch damit nicht genug, wurden doch aus Blüten Früchte. Konnten unter solchen Umständen diese überhaupt reifen und so gut schmecken wie früher? Ja, auch die Lagerfähigkeit wäre vielleicht beeinträchtigt. Die meisten Gartenbewohner hielten während der kalten Jahreszeit Winterruhe. Trotzdem mußte ein Vorrat angelegt werden, der bis zur nächsten Ernte auszureichen hatte. Vielleicht, wenn sie sparsam waren und alle Vorräte redlich teilten, könnte es gerade reichen. Immer vorausgesetzt, es würde überhaupt eine Ernte geben. Was aber, wenn im nächsten Jahr das gleiche Unglück auf sie zukommen würde?

Pinaruh, der sich all die Tage wieder mit seinen Träumen vergnügte, bekam von den Ängsten der anderen nicht viel mit. Er vergaß zu essen und zu trinken, und als er endlich einmal wieder die Augen öffnete und noch immer keine farbigen Blumen sah, nahm er sein blaues Seidenkissen und machte sich auf den Weg, seine Freunde zu suchen, denn er fühlte, daß sie Zuspruch und Abwechslung nötig hatten. Als er sie fand, zusammengedrängt und schweigend im Tempel am See, wohin sie sich nach der langen Beratung zurückgezogen hatten, war sein Herz voll Mitleid. Wortlos setzte er sich in ihre Mitte und begann sein Zeremoniell. Doch diesmal kürzte er es ab. Mit Zufriedenheit stellte er fest, wie die Gesichter sich entspannten und ein kaum wahrnehmbares Lächeln sich in ihnen zeigte, und er schickte Ranunculus Distel, den kleinen Zauberer, wieder auf Abenteuer.

❄ ❄ ❄

Der Zauberer lag zusammengerollt zwischen seinen Kissen und schlief unter dem Wagen. Den unteren Teil, um die Räder herum, hatte er mit Teppichen verhängt, zum Schutz gegen die Kälte ... und die Katze. Im Lauf der Zeit hatte sich der Abstand zwischen ihnen immer mehr verringert. Irgendwo unten in seinem Wagen, fiel ihm ein, befand sich ein langstieliger Wedel, mit dem er, wenn er im Sommer unterwegs war, die Fliegen und Mücken verscheuchte. Ranunculus war sehr erleichtert, als er ihn nach langem Suchen fand. Seitdem lag er griffbereit neben ihm. Es gab ihm ein sicheres Gefühl, für den Notfall gerüstet zu sein. Zu dem es aber, so hoffte er, nie kommen würde.

Ganz in der Nähe, von Ranunculus unbemerkt, hatte auch die Katze Nachtruhe gehalten. Doch ihr Schlaf war leicht. Kein noch so leises Geräusch entging ihren feinen Ohren. Hinter dem Morgennebel zeigte sich langsam ein neuer Tag. Die Katze streckte sich genüßlich und gähnte. Sie blinzelte in Richtung des Wagens und stellte fest, daß sich unter den Teppichen noch nichts regte. Sie hatte also Zeit, sich ein wenig umzusehen. Und wenn sie Glück hatte, fand sie auch noch ein leckeres Frühstück. "Kikeriki!" Was war das? "Kikeriki!" Hellwach registrierte sie den Weckruf eines Hahnes und beschloß, einen kleinen Ausflug zu machen. Sie folgte dem Krähen, und schon bald stiegen ihr fremde Gerüche in die Nase, Gerüche von Tieren. Ein Bauernhof war in der Nähe. Der Hof, zu dem die Katze unterwegs war, war nur einer von vielen auf Ranunculus` Weg, aber er war nicht sein Ziel. Vielmehr machte er einen großen Bogen um ihn herum und hielt sich im Schatten der Bäume, um nicht gesehen zu werden. Wenn er Pech hatte, konnte er vielen Hunden und Katzen begegnen, was ihm äußerst gefährlich hätte werden können. Mit *einer* Katze hatte er wahrhaftig mehr als genug zu tun. Aufatmend stellte er am frühen Morgen fest, daß sein schwarzer Schatten ihm nicht folgte. Die Katze war anscheinend nicht mehr da. Er blickte zurück. Es gab keinerlei Anzeichen, daß sie in seiner Nähe war, und so wählte er den kürzesten Weg, um zu dem Ort zu gelangen, wo er gebraucht wurde. Er bewegte sich nun auf gut ausgetretenen Wegen und kam schnell voran. Ranunculus Distel wußte, daß Eile geboten war. Es war Frühling, und er hatte sich verspätet. Deswegen würde er diesmal seine Sache besonders gut machen. Jetzt nicht mehr abgelenkt durch die verflixte Katze, konnte er sich ganz auf seine Arbeit konzentrieren. Er suchte das Loch in der Mauer, durch das er früher immer den Garten betreten hatte. Es gab viele Löcher zwischen den dicken Steinen, doch nicht jedes Loch war groß genug, seinen Wagen durchzulassen. Endlich fand er es, nur schien es ihm kleiner als im vergangenen Jahr zu sein. Ranunculus Distel kam es nicht in den Sinn, daß es vielleicht an seiner Wagenladung lag. Diese war zu hoch und in der Tat beträchtlich gewachsen. Zuerst versuchte er, mit Gewalt hindurchzukommen. Doch er mußte einsehen, daß er damit dem Wagen nur Schaden zufügen würde. Seufzend machte er sich daran, ihn zu entladen. Doch nicht ohne sich vorher zu versichern, daß er keine Zuschauer hatte. Er breitete auf der Erde einen Teppich aus und holte Stück um Stück der Ladung durch das Mauerloch in den Garten. Zum Schluß schob er seinen Wagen in das Garteninnere. Dann suchte er den Stein, den er zum Verschließen des Loches bereitgelegt hatte. Tatsächlich, er war noch da. Gut getarnt mit Reisig, an derselben Stelle, die er im vergangenen Jahr dafür ausgesucht hatte. Also, folgerte Ranunculus daraus, hatte noch niemand das Loch entdeckt. Er atmete auf. Jetzt konnte er in Ruhe seine Vorbereitungen treffen. Da es noch verhältnismäßig früh am Tag war, würde ihn sicherlich kein Mensch beobachten. Auch gab es keine Hunde und Katzen innerhalb dieser Mauern. Dafür sorgten schon die Eigentümer dieses Gartens, der Vögel ganz besonderer Art beherbergte, Pfauen, sogar weiße. Das war auch ein Grund, weshalb er ihn gern aufsuchte, denn er sammelte die prächtigen Federn dieser Vögel, mit denen er seine Kleidung und sein Heim schmückte. Doch zuerst galt es, seine Pflicht zu erfüllen. Zu diesem Anlaß wollte er sich ganz besonders fein einkleiden. Ranunculus durchsuchte den Kissen- und Kleiderberg. Endlich war er fertig, und als er sich in seinem Spiegel betrachtete, war er wirklich sehr mit sich zufrieden. Er fand, daß er, was seine Kleidung betraf, den Pfauen an Schönheit in nichts nachstand. Es waren Vögel seiner

Heimat. Er kannte ihre Gewohnheiten und verstand ihre Sprache. Ja, er, Ranunculus Distel, beherrschte sie sogar ausgezeichnet. Und in all den langen Jahren, die er fern seiner Heimat war, hatte er sich auch die Sprachen der hier heimischen Vögel angeeignet. Das kam ihm oft zugute. In Notsituationen, wenn er befürchten mußte, von einem Menschen entdeckt zu werden, imitierte er die Stimmen der Vögel. Das rettete ihn dann vor dieser Gefahr, denn die Menschen glaubten tatsächlich, irgendein Vogel würde im Laub rascheln, und sahen nicht genauer hin. Es bereitete ihm stets ein besonderes Vergnügen, wie ein Vogel zu zwitschern oder zu pfeifen. Damit lockte er oft angenehme Weggefährten für seine langen Reisen an. Es freute ihn immer sehr, wenn seine Vogelfreunde ihn daraufhin begleiteten, war es doch ein Zeichen, daß er ihre Sprache gut beherrschte. In diesem Jahr jedoch verzichtete er aus Vorsicht darauf, da er der Katze nicht noch mehr Gründe geben wollte, ihm zu folgen. Doch hier, hinter diesen Mauern, konnte er wieder nach Herzenslust zwitschern und pfeifen, wann immer ihm danach war. Während er unter seinem Kissenberg nach seinem Lackkästchen suchte, kam ihm die Idee, daß ein besonderer Duft zu dieser besonderen Gelegenheit gerade das richtige sei, denn selbstverständlich hatte er auch diverse Duftwässer dabei, und er entschied sich für eine mit orientalischer Note, passend zu seinen Pfauenfedern und der Stimmung, in der er sich gerade befand. Endlich hatte er auch sein Kästchen mit den Zauberstäben gefunden. Seine Kissen und Kleider mochten eine Weile im frischen Wind liegen. Es war sowieso höchste Zeit, sie einmal richtig zu lüften. Dann endlich war es soweit. Beschwingt ging er durch den Garten. Alle Vorsicht, die er bisher hatte walten lassen, konnte er hier außer acht lassen. Die Menschen schliefen noch. Die Feen, Elfen und anderen Gartenbewohner lagen irgendwo zwischen Moospolstern versteckt und warteten darauf, daß es wärmer wurde. Hätte eine von ihnen aus ihrem Versteck herausgeschaut, so hätte sie feststellen können, daß der Frühling schon Einzug gehalten hatte. Die Krokusse waren verblüht, und die Tulpenzwiebeln schoben auf dicken Stielen ihre Blütenknospen empor.

Zielstrebig lenkte Ranunculus, der Blumenzauberer, ein solcher war er nämlich, seine Schritte in Richtung Tulpenbeet. In Gedanken wählte er schon die Farben aus, die er ihnen geben wollte. Seine Kenntnisse in der Zauberei mochten nicht sonderlich groß sein, doch was Blumen betraf, machte ihm keiner etwas vor. Die Farben, die er den Blumen geben konnte, waren außergewöhnlich leuchtend und unvergleichlich schön. Ebenso hervorragend war sein Gedächtnis die Farben betreffend. Immer hatten die Blumen die gleichen Farben wie in den vergangenen Jahren, oder wenigstens fast immer, denn manchmal veränderte er die Farben ein klein wenig, um seinen Freunden eine Überraschung zu bereiten. Und so griff Ranunculus mit sicherer Hand die Stäbe aus dem Kästchen, die er für die verschiedenen Blüten brauchte. In diesem Fall waren es ein roter und ein gelber Stab, mit denen er den Tulpen feurige Flammen auf die Knospen malte. Für ihre Nachbarinnen, die Hyazinthen, deren dicke Knospen wie Ostereier in einem Blätternest lagen, wählte er zarte Farben wie Rosarot und Himmelblau.

Aufatmend stellte er bei seinem Gang durch den Garten fest, daß seine Verspätung nicht so schlimm war, wie er befürchtet hatte. Da die Menschen, die den Garten pflegten, nicht wußten, daß er für die Farben ihrer Blumen verantwortlich war, schoben sie es auf den langen Winter, daß der Frühling etwas später als üblich begann. Flink arbeitete er mit seinen bunten Stäben, die er handhabte wie ein echter indischer Gaukler. Er holte sie aus seiner Schachtel und ließ sie schnell wieder verschwinden. Zwischendurch jonglierte er ein bißchen damit und fand es sehr schade, daß er außer den Pfauen und den kleinen Vögeln keine Zuschauer hatte. Langsam und vorsichtig arbeitete er sich ans Haus heran. Er mußte damit rechnen, daß irgend jemand aus dem Fenster sah. Doch es beobachteten ihn nur ein paar der stolzen Pfauen. Der Zauberer kannte sie alle. Seit dem letzten Jahr waren wieder ein paar Jungvögel dazugekommen. Er konnte sie an den kürzeren Schwänzen erkennen. Erfreut, sie alle wiederzusehen, schickte er einen Begrüßungsruf zu ihnen hinüber. Vielstimmige Antwort kam zurück. "Gut, daß du hier bist" und

“Warum kommst du erst jetzt?” Er hörte ihren unmelodischen Stimmen zu und versuchte dann, ihnen eine Erklärung zu geben. Doch wie sollte er ihnen das Wort Katze erklären? Ihnen, die noch nie im Leben von einer gehört, geschweige denn eine gesehen hatten. Verwundert lauschten sie. Dabei spreizten sie ihre Schwanzfedern zu wunderschönen Rädern. Ranunculus konnte sich gar nicht sattsehen. Er trank diesen Anblick mit seinen Augen, um ihn in seinem Innern zu speichern, denn auf dieses Schauspiel mußte er wieder ein ganzes Jahr warten. Da er nun seine Pflichten in diesem Garten erfüllt hatte, gönnte er sich noch das Vergnügen des Federnsammelns. Dabei vergaß er, daß es für ihn höchste Zeit war zu gehen. Erst als er Fenstergeklapper und das Geräusch zufallender Türen hörte, wurde er an die Wirklichkeit erinnert. Gut gelaunt, unter der Last der gesammelten Pfauenfedern, bewegte er sich wieder in Richtung Mauer.

Bei seinem Wagen angekommen, begann für ihn das Räumen noch einmal. Diesmal umgekehrt, Stein wegräumen und mit Reisig bedecken, Wagen durch das Loch schieben, um alle Kissen, die er abgeladen hatte, wieder einzuladen. Als endlich alles verstaut war, fiel ihm auf, daß er vergessen hatte, sich umzuziehen. Ihm wurde bewußt, daß er viel zu auffällig angezogen war für seine weitere Reise. Er sah aus wie ein Pfau. Ei verflixt, seine kostbaren Pfauenfedern hätte er beinahe vergessen. Er kroch noch einmal zurück in den Garten, um sie zu holen. Würde die Katze ihm Zeit zum Umziehen lassen? Die Umgebung nicht aus den Augen lassend, zog er sich aus. Ach, hätte er nur beim Wageneinräumen besser aufgepaßt, wo er seine Kleider hingelegt hatte, die er für die nächste Wegstrecke benötigte. Wenn die Katze nun zurückkam, bevor er sich angekleidet hatte, oder wenn er gar noch im Hemd dastünde, wäre ihm das sehr unangenehm. Er glaubte nicht, daß es ihr etwas ausmachen würde, einen Zauberer in Unterwäsche zu sehen. Aber wenn er, Ranunculus Distel, die Flucht ergreifen mußte, ohne richtig angezogen zu sein ... Der Gedanke ließ ihn erröten, und er beeilte sich, um das nicht zur Wirklichkeit werden zu lassen.

Als er den Garten hinter sich ließ und ihn am Horizont ver-

schwinden sah, hatte er ein gutes Gefühl. Einen Teil seiner Arbeit hatte er erledigen können, und die Katze, diese verflixte, war, dem Himmel sei Dank, noch nicht wieder aufgetaucht. Ob er sie jemals wiedersehen würde, war nicht vorauszusagen. Wenn er weiter so gut vorwärtskam wie jetzt, konnte er am folgenden Abend schon bei der Brücke sein, immer vorausgesetzt, die Katze ließ sich nicht blicken. Sein Lackkästchen hatte er in einer der tiefen Manteltaschen verstaut. Wenn er eine besonders kümmerlich aussehende Pflanze entdeckte, konnte er der Versuchung nicht widerstehen, sie mit einem seiner Zauberstäbe zu berühren, das gab ihr Kraft. Unter besseren Bedingungen hätte Ranunculus eine seiner besonderen Kräutermischungen, die für schwache Pflanzen, an ihnen ausprobiert, denn er verstand sich auch ein wenig in der Heilkunst. Darauf war er sehr stolz.

Um die Mittagszeit beschloß er, eine Pause einzulegen. Er steuerte dazu einen Hügel an, von dem aus er weit über das Land blicken konnte. Sein Magen knurrte, und ein Turbanwechsel war dringend vonnöten. Die Sonne schien wunderbar warm, und durch das forsche Wandern war er ins Schwitzen geraten. Seine Hände schmerzten vom Wagenziehen, und seine Füße brannten. Oh, wenn er doch jetzt einen kleinen Bach fände. "Eine Schüssel Wasser würde es auch tun", dachte Ranunculus laut, "selbstverständlich mit frischen duftenden Rosenblättern darin. Ach, wäre das schön." Doch da er weder eine Schüssel Wasser noch frische Rosenblätter hatte, beschloß er, gleich, wenn er oben ankommen würde, die Pantoffeln auszuziehen und einige Minuten auf dem Kopf zu stehen. Voller Vorfreude auf die Genüsse, die ihn bei seiner Ankunft erwarteten, pfiff und zwitscherte er allen Vögeln zu, die vorüberflogen. "Wie geht`s, wie steht`s, was macht die werte Frau Gemahlin, sind die lieben Kleinen schon geschlüpft?" Mit jedem Vogel in dessen Sprache. Er erwartete keine Antworten, denn sie waren sehr beschäftigt. Ranunculus lachte laut bei der Vorstellung, wie es wohl sein würde, er, der Zauberer, auf dem Boden nach Würmern suchend. Igitt, igittigitt. Da lobte er sich seine feinen Bonbons oder eine Handvoll Nüsse. Gut gelaunt erreichte er die Anhöhe.

***

Im fernen Dorf machte sich die Katze auf den Weg, um Ranunculus zu suchen. Die Spuren waren nicht mehr so frisch, denn es waren schon einige Tage vergangen, seit sie beschlossen hatte, sich für eine Weile von der bunten Gestalt und ihrem quietschenden Wagen zu trennen. Es dauerte einige Zeit, bis sie den Geruch wieder aufnahm, sehr schwach, aber doch unverkennbar. Er führte sie zu dem Garten bis an das Loch in der Mauer. Schnuppernd hob sie ihre Nase. Als sie noch überlegte, ertönte hinter der Mauer ein lauter Schrei. Angewurzelt, mit hochaufgerichtetem Schwanz und gesträubtem Fell, verharrte sie einen Augenblick regungslos, dann sprang sie in großen Sätzen davon. Sie wußte nicht, daß es die Stimme eines Pfaus war, die sie soeben gehört hatte. Er ließ die Katze einen Augenblick ihre Absicht, Ranunculus zu suchen, vergessen. Sie konnte nicht sogleich seine Spur wiederfinden. Als ihr dies aber gelang, war sie sich anfangs nicht sicher, ob es auch die richtige war. Zu den bisherigen Gerüchen waren eindeutig ein paar neue hinzugekommen, ein sehr schwerer, süßer Duft und ein Geruch von Vögeln. Doch immer noch deutlich genug, der alte Geruch nach Maus und Kräutern. Zuversichtlich, auf dem richtigen Weg zu sein, lief sie los. Sie hatte es nicht eilig. Irgendwann, vielleicht am nächsten Tag schon, würde sie ihn eingeholt haben

***

Ranunculus indessen, nun ausgeruht und gestärkt, zog mit seinem schwankenden Wagen durch ein kleines Tal. Da die Katze noch immer nicht zu sehen war, hatte er seine Pause ausgedehnt. Aus den wenigen Minuten, die er verweilen wollte, war ein ganzer Nachmittag geworden. Solch eine Gelegenheit, sich auszuruhen, würde er so bald nicht mehr haben. Er nutzte sie, um seinen Wagen umzuräumen und seine Vorräte zu prüfen. Sie waren arg geschrumpft. Da die Sonne so herrlich schien, machte er ein ausgedehntes Nickerchen und nicht nur einen Kopfstand. Es war ein angenehmes Gefühl, die Sonne an den Füßen zu spüren. Er hatte sie ausgiebig massiert, mit einer erfrischenden Salbe, die er selbst hergestellt hatte. Seine Hände waren dabei selbstverständlich nicht zu kurz gekommen. Schwielen und Blasen konnte er sich nicht leisten auf seiner Tour, denn seine Hände und Füße waren genauso wie seine Zauberstäbe wichtige Werkzeuge, und Werkzeuge mußten gepflegt werden, wollte man gute Arbeit leisten. Seine Stäbe lagen blankgeputzt im frischpolierten Lackkästchen. Sie leuchteten in allen Regenbogenfarben, und das Kästchen spiegelte. Frische Wäsche hatte Ranunculus außerdem bereitgelegt, dazu eine Laterne und natürlich den Fliegenwedel. Seinen Plan, die Brücke bis zum Abend überquert zu haben, konnte er nun nicht mehr einhalten, aber er hatte vor, so lange zu laufen, bis er müde sein würde.

Langsam neigte sich der Tag seinem Ende zu. Ein Tag ohne Katze. So könnte es bleiben, dachte Ranunculus. Alles, was er heute begonnen hatte, war ihm gelungen. Es sah aus, als würde es eine klare, mondhelle Nacht geben. Der Weg war an dieser Stelle gut zu überblicken. Irgendwo, in einer seiner tiefen Manteltaschen, fand er zwischen allerlei Utensilien, die ein richtiger Wanderer in seinen Taschen haben sollte, noch ein paar Bonbons und einige Nüsse. Er wollte jetzt keine Pause mehr einlegen, denn bald würde es Nacht sein. So knabberte er Nüsse und lutschte Bonbons, während er langsam der Dunkelheit entgegenschritt. Da er seine mittägliche Pause sehr ausgedehnt hatte, versuchte er durchzuhalten, solange er den Weg noch erkennen konnte. Der Mond würde ihm dabei helfen. Allerdings, diesmal war es wohl angebracht, auf dem Wagen zu schlafen anstatt darunter. So würde er, wenn der Morgen kam, schneller reisefertig sein. Eine geeignete Stelle für seine Rast fand Ranunculus unter einem großen Baum, dessen Äste einen breiten Baldachin bildeten. Dieser hätte zwar keinem Regen standgehalten, da er noch zuwenig Blattwerk hatte, doch das helle Mondlicht wurde abgeschwächt, so daß er davon nicht geweckt werden würde. Außerdem, fiel ihm ein, während er eine Mulde zwischen seinen Kissen machte, könnte er seinen Turban über die Augen ziehen, was er dann auch bald tat.

Er erwachte am frühen Morgen von lautem Vogelgezwitscher. Da er in der Dunkelheit angekommen war, hatte er nicht bemerkt, daß er sich mit seinem Wagen genau unter dem Schlafbaum eines großen Vogelschwarms niedergelassen hatte, und das brachte unangenehme Folgen mit sich. Zuerst war er erfreut, auf so angenehme Weise geweckt zu werden, und verhielt sich ruhig, damit sie ihn nicht gleich bemerkten. Doch das dankten sie ihm respektlos. Wie hätten sie auch wissen können, daß in dem kleinen bunten Ding, das da herumstand, ein echter Zauberer schlief. Als dieser beschloß, endlich aus seinen Kissen herauszuklettern, war nichts mehr zu retten. Da halfen keine Drohungen mehr und kein Verjagen. Sein Wagen war so bekleckert, daß es ihm die Zornesröte ins Gesicht trieb. Rot wie sein Turban sah er aus, und die Worte, die aus seinem Mund kamen, hätte man einer so vornehm gekleideten Person kaum zugetraut. Wie gut, daß er den Teppich über dem Wagen liegen gelassen hatte. Es wurde ihm heiß bei dem Gedanken, daß seine Kissen und Turbane etwas von dem Schmutz hätten abbekommen können. Da fiel ihm ein, daß er einen Turban auf dem Kopf hatte. Er wagte nicht, ihn herunterzunehmen und zu betrachten. Ranunculus wußte auch so, daß er nicht anders aussehen konnte als Teppich und Wagen. Der neue Tag, auf den er sich so gefreut hatte, begann schlecht. Er betrachtete es als böses Omen. Seine Utensilien mußten erst einmal trocknen. Den schönen roten Turban legte er mit gespreizten Fingern an eine Stelle, die nicht so stark bekleckert war, und befestigte ihn. Heute morgen hätte er ihn sowieso gewechselt.

Wie gut, daß er in seinem Mantel noch ein Bonbon fand. So konnte er seinen Magen beschäftigen, denn die Ecke, unter der er seinen Proviant aufbewahrte, war auch beschmutzt. Ohne Frühstück machte er sich auf den Weg. Seine gute Laune, die er beim Erwachen gehabt hatte, war verflogen. Aber glücklicherweise schien die Sonne.

Es dauerte noch einige Zeit, bis er die kleine Brücke erreichte. Sie führte über einen schmalen Bach, der die Landschaft teilte. Auf der einen Seite, dort wo Ranunculus herkam, war das weite Land und auf der anderen die bewirtschafteten Felder, die Siedlungen der Menschen anzeigten. Jetzt hieß es wieder aufpassen. Es war nicht ungefährlich, auf den Wegen der Menschen weiterzuziehen. Viel Gefahr ging von ihnen aus. Vor Menschen hatte er keine Angst, denn obwohl sie so große Augen hatten, übersahen sie ihn merkwürdigerweise immer. Da waren die Tiere, die bei ihnen lebten, schon schlauer. Selbstverständlich wußte er, daß es in solchen Siedlungen Katzen gab. Und daß diese recht aufdringlich werden konnten, hatte er am eigenen Leib erfahren. Also galt es aufzupassen. Doch vorläufig war er noch geschützt durch das Gras. Es hatte schon eine beträchtliche Höhe erreicht. Ranunculus bedauerte, daß es sich nicht für Salat eignete. Hinterher, wenn sein Teppich gereinigt war, wollte er sich umsehen, was an Eßbarem am Bachufer wuchs. Im Moment aber war ihm der Teppich wichtiger. Er machte sich gleich ans Werk. Alle Flecken ließen sich leicht entfernen. Die Sonne hatte gute Arbeit geleistet, und mit seinem Messer konnte er das Vogelgekleckere leicht abheben. Nur wenige Stellen würde er noch nachbehandeln müssen. Bald hatte Ranunculus eine Stelle am Bach gefunden, wo er seinen Teppich ausbreiten konnte, um ihn zu waschen. Mit einem Becher holte er Wasser. Am Ufer des Baches standen leuchtendgelbe Sumpfdotterblumen, die von Bienen eifrig besucht wurden. Ob es den Menschen auffallen würde, wenn sie statt gelb rot oder weiß wären? Er nahm sich vor, nach getaner Arbeit der Natur ein wenig ins Handwerk zu pfuschen. Das wäre nicht das erste Mal, und niemand konnte ihm auf die Schliche kommen. Späße dieser Art liebte der Blumenzauberer besonders. Das war besser, als Flecken aus dem Teppich zu entfernen.

Noch einmal betrachtete er ihn mit prüfendem Blick und war zufrieden. Nur sein Turban war noch nicht sauber. Zwischen den Perlen war noch ein Schmutzrest, der sich auch mit größter Mühe nicht entfernen ließ. Aber mit Nadel, Faden und einer bunten Litze ließ sich aus einem Fleck ein neues Ornament machen.

Doch das hatte Zeit. Im Winter, wenn es draußen keine Arbeit gab, so überlegte er, hatte er noch genug Muße dazu.

Sein Magen knurrte und er hatte Durst. Bald lagen Kekse und Nüsse bereit. Die kleinen Becher standen schön säuberlich auf der Wagenkante aufgereiht. "Wie wär`s mit einem Vitamincocktail, mein Lieber?" fragte er sich laut. "Mit etwas Brunnenkresse und Löwenzahnstengeln? Oder möchten Sie lieber zarte junge Brennesselblätter mit wilden Zwiebeln, gnädiger Herr?" Das Wasser lief ihm im Mund zusammen. Er würde sich einen Turban voll dieser lange entbehrten Delikatessen am Bach pflücken. Und schon war er unterwegs. Ein Turban voll war viel zuwenig, stellte er dabei fest. Besser waren wohl zwei oder drei, oder warum sollte er nicht an Ort und Stelle mit dem Essen beginnen? Wer sollte es ihm verbieten? Die Kekse blieben für später. Doch da hatte er sich getäuscht, wie er bald schmerzlich feststellen mußte.

Während er mit Genuß in das frische Grün biß, bewegten sich dunkle Schatten hinter ihm. Zu sehr war Ranunculus Distel damit beschäftigt, sich den Mund zu stopfen. Der Bissen wäre ihm im Hals steckengeblieben, hätte er sehen können, was inzwischen mit seiner schön angerichteten Frühstückstafel geschah. Sein sorgloses Verhalten rächte sich. Während er am Bach Vitamine zu sich nahm, artete der Streit um seine Kekse in heftige Kämpfe aus. Man konnte es bis zum Bach hören. Von bösen Ahnungen getrieben, ließ Ranunculus seine saftigen Kräuter im Stich. Mit der Katze hatte er gerechnet, stattdessen waren Ratten gekommen. Drei verdeckten mit ihren fetten Körpern die Sicht auf den Wagen. Seine Kekse und Nüsse waren längst in ihren Mägen verschwunden. Eine willkommene Abwechslung für sie, die gewohnt waren, von Abfällen zu leben. Und nun waren sie dabei, sich den Wageninhalt genauer anzusehen. Verflixt, dachte er, Vogelkot und Rattendreck, das hat mir heute gerade noch gefehlt. Nun stand er da, mit dem Turban in der Hand, ohne Stock und Zauberstäbe. Hilflos und unbewaffnet. Hatte er der Katze schon seinen Likör nicht gegönnt, so wollte er den Ratten keinesfalls seine Kostbarkeiten kampflos überlassen. Er ließ seinen Turban fallen, rannte auf sie zu und beschimpfte sie fürchterlich. Er zwitscherte in vielen Sprachen, schrie, miaute und pfiff in allen nur erdenklichen Tonlagen. Seine Trillerpfeife fiel ihm ein, die leider irgendwo in seinem Wagen verstaut war. Die Katze mit ihren scharfen Krallen wünschte er ihnen an den fetten Wanst. Zum erstenmal fehlte sie ihm, und er sehnte sie von Herzen herbei. Die Ratten stellten sich drohend in Position, ihre Beute verteidigend, zähnefletschend und schrille Töne ausstoßend. Bedrohlich näherten sich ihm zwei der Tiere, unbeeindruckt von seinen Versuchen, sie zu verjagen, während die dritte Ratte immer noch am Wagen herumschnüffelte. Ranunculus Distel sah sich schon zwischen ihren spitzen gelben Zähnen verschwinden, da kam ihm von unerwarteter Seite Hilfe.

Was sein Gezeter nicht bewirken konnte, schaffte ein lautes Kläffen. Ein Hund, der mit seinem Herrn unterwegs war, hatte die Ratten gewittert. Wie der Blitz waren die Angreifer verschwunden.

Ein scharfer Pfiff ertönte. "Hierher, Hasso, hierher. So ist's brav," hörte Ranunculus den Menschen reden. Das war Rettung in letzter Minute. Mit zitternden Gliedern stand er da, immer noch gelähmt vor Entsetzen. Langsam erholte er sich von dem Schreck, und ohnmächtige Wut machte sich in ihm breit. Fassungslos stand er vor der Verwüstung, die seine ungebetenen Gäste hinterlassen hatten. Glücklicherweise war das Bonbonglas unangetastet geblieben. Auch seine Liköre standen noch in der Ecke. Daran sah er, daß es gut war, sie immer erst dann zu öffnen, wenn er sie trinken wollte. Aber soweit er es übersehen konnte, hatten sie allen Keksen den Garaus gemacht. Die Krümel lagen überall. Die Dose, in der er sie aufzubewahren pflegte, lag umgekippt zwischen seinen Kissen und Kleidern. Alles, was ihnen eßbar schien, hatten die Ratten aufgefressen. Seine guten Kekse, seine guten Nüsse, wovon sollte er jetzt leben? Ranunculus sah im Moment keine Möglichkeit, seine Vorräte aufzufrischen. Bonbons, Likör und rohes Gemüse, das war alles, was ihm noch geblieben war, und an frische Beeren war noch lange nicht zu denken.

"O verflixt, ich tu mir so leid."

Er legte seinen Kopf auf den Wagenrand und fing hemmungslos an zu weinen. Das tat gut. Wenn schon niemand da war, der "ach du armer, armer Ranunculus" sagte, mußte er es wohl selber tun, wovon er auch ausgiebig Gebrauch machte. Doch langsam versiegten die Tränen, und sein Zorn gewann wieder Oberhand. Aber da er ihm nicht nachgeben wollte, ließ er die Vernunft siegen, und die sagte ihm: "Schnell weg von diesem verflixten Ort!" Er versuchte seine Wagenladung so gut wie möglich zu befestigen. Dabei stellte er fest, daß sogar die Schnüre angeknabbert waren. Er füllte noch schnell seinen Turban mit Kräutern. Wie gut, daß Ratten keinen Sauerampfer mögen, dachte er, sonst hätten sie bestimmt schon alles weggefressen. Dann nahm er ein paar Blätter und dachte dabei an leckere selbstgebackene Kekse. Die Tränen, die wieder in ihm aufstiegen, ließen den Bissen salzig schmecken.

Die einzige Möglichkeit, auf die andere Seite des Baches zu kommen, war, die Brücke zu passieren. Dieser Gedanke hatte ihm vorher keine Pein bereitet. Nach diesem Zwischenfall aber mußte er mit allem rechnen. Die Siedlung der Menschen lag in allernächster Nähe. Das bedeutete. daß er wieder einmal einen großen Umweg in Kauf nehmen mußte. Über das frisch gepflügte Feld zu gehen war nicht möglich, das würde sein Wagen niemals aushalten. Außerdem wuchs dort nichts, was ihm Deckung hätte geben können. Und so wählte er die zweite, nicht minder gefährliche Route, am Bach entlang, denn dort wuchs und blühte jetzt alles, was sein Herz und seinen Magen erfreute. Doch das konnte nicht nur ihm, sondern auch seinen Feinden als Versteck dienen. Diesmal jedoch wollte er für alle Fälle gerüstet sein, und er schnitt eine schöne elastische Weidenrute. Hei, das würde zischen, wenn er die Ratten damit versohlte. Nein. Halt. Lieber nicht die Möglichkeit einer neuen Begegnung mit ihnen heraufbeschwören. Man soll die Ratte nicht an die Wand malen. Sehr gern hätte er jetzt gesungen oder gezwitschert wie die Vögel, die seinen Teppich bekleckert hatten. Was war das schon, gemessen an dem Schaden, den die Ratten ihm zugefügt hatten. Ranunculus Distel konnte sogar wieder lächeln, wenn er an die Vögel dachte.

Er zog seinen Wagen durch Butterblumen und zartes Gras, verfolgt von vielen Augenpaaren. Er traute sich nicht, eine Pause zu machen. Den Spaß, Blumen zu färben, konnte er sich jetzt nicht mehr erlauben. Der Weg erschien ihm endlos, und jedes Geräusch ließ ihn zusammenzucken. Seinen Stock fest umklammernd, versuchte er, mit seinen Blicken das dichte Blattwerk zu durchdringen. Seine Nerven waren zum Zerreißen gespannt. So kam er zu den ersten Häusern.

Der Bach gluckste und das Rauschen der Blätter über ihm vermischte sich mit den Geräuschen, die aus der Siedlung kamen. Für eine Weile fühlte er sich vor den Angriffen der Ratten sicher und atmete auf. Denn die Menschen, das wußte er, verfolgten Ratten und Mäuse rücksichtslos und ließen sich von den Katzen dabei helfen. Was wohl seine Katze in diesem Moment machte?

In Gedanken begann er, ihr Abbitte zu leisten. Nie hatte sie ihm etwas getan, nie Kekse und Nüsse angerührt. Die Übermacht der Ratten jedoch war ihm unheimlich. So vom Pech verfolgt zu sein wie auf dieser Reise war nicht normal. Er machte ein weinerliches Gesicht. "Nur nicht unterkriegen lassen, mein lieber Ranunculus!" dachte er, um sich Mut zu machen. "Bald wirst du das Dorf in der Ferne verschwinden sehen." Laut fügte er hinzu: "Diese verflixten Ratten, diese verflixten! Ja!" rief er ins Dickicht hinein, wo er seine Verfolger und Plätzchenräuber vermutete. "Hört genau zu, was ich euch zu sagen habe. Ich finde euch widerwärtig und gemein und heimtückisch dazu. Jawohl! Und das in ganz besonderem Maße. Einem armen Wanderer sein Essen zu stehlen!" Seine Stimme wurde immer lauter und überschlug sich. "Es waren Kekse vom Feinsten, ihr Banausen. Butterkekse, Zuckerkringel, feine Anisplätzchen!" Das Wasser lief ihm wieder im Mund zusammen bei der Aufzählung dieser Köstlichkeiten. "Ich habe Hunger! Hunger, hört ihr!"

Die Kräuter, die er am Morgen gepflückt hatte, fingen an zu welken und verströmten verstärkt ihren Duft. Um satt zu werden, würde es nicht genug sein. Dazu kam, daß er nicht wußte, wie lange sie vielleicht reichen mußten. Seine Hand griff in den Turban mit Kräutern, die er gesammelt hatte, um Blatt für Blatt herauszuziehen und sorgfältig zu kauen. Er wagte nicht seinen Wagen stehenzulassen, um den Turban noch einmal zu füllen. Zu frisch war noch die Erinnerung an seinen letzten Besuch.

Je mehr die Sonne dem Horizont zustrebte und den Himmel zum Glühen brachte, desto näher rückte der Gedanke an das Nachtlager, das er suchen mußte. Die Vermutung, daß die Ratten wagen würden, ihn nochmals anzugreifen, lag nahe. Wenn Mensch und Tier im Dorf schliefen, konnte nichts und niemand sie daran hindern, ihn, den armen Zauberer Ranunculus, zu überfallen. Während er seinen Wagen zog, hielt er nach einem Versteck Ausschau, das Ufer dabei nicht aus den Augen lassend. Die Schatten waren lang geworden, die Konturen verschwammen, und noch immer sah er keinen sicheren Platz für sich und sein Gefährt. Müdigkeit machte sich in ihm breit, und seine Aufmerksamkeit hatte merklich nachgelassen. Ein letztes Blatt Löwenzahn wollte er sich noch gönnen. Da verfingen sich seine Pantoffeln in einer Wurzel. Der Wagen geriet ins Schwanken und drohte umzufallen. Im letzten Moment gelang es ihm, ihn wieder ins Gleichgewicht zu bringen. Voller Freude stellte er fest, daß er sich im Eingang einer Höhle befand, die groß genug war, um auch noch seinem Wagen Unterschlupf zu gewähren. Beglückt und erleichtert schickte er sich an, ihn hineinzuschieben. Quer in den Eingang gestellt, würde er den Ratten den Eintritt verwehren. Er wischte sich den Schweiß von der Stirn und suchte erleichtert in seinen Taschen nach einem Bonbon. Ein Likörchen wäre jetzt nicht unangebracht. Doch angesichts der Lage, in der er sich befand, war es vernünftiger, darauf zu verzichten. Jetzt galt es, einen kühlen Kopf zu bewahren. Langsam stellte sich ein Gefühl von Sicherheit ein. Seine Anspannung ließ nach und machte der Müdigkeit Platz. Noch überlegend, ob der Teppich und ein Kissen für ein Nachtlager reichen würden, nahm er plötzlich einen starken widerwärtigen Geruch wahr, und ihm wurde klar, daß er sich in einer Rattenbehausung befand.

***

"Verflixt noch mal, Vogelmist und Rattendreck! Das hat gerade noch gefehlt. Erst diese schlimme Katze, die verflixte, und jetzt ... Sie werden ihn auffressen!" heulte Dudel los. "Sie werden ihn fressen, ratzeputz, und niemand kann uns dann mehr helfen. O wie schrecklich! Dudel hat Angst!" Damit sprach er aus, was viele seiner Freunde in Gedanken weitergesponnen hatten.

"Dudel, mein lieber Dudel", versuchte Rosantha ihn zu beruhigen. "Pinaruh hat doch nur einen Traum erzählt, seinen Traum."

"Sie fressen ihn, sie fressen Ranunculus Distel, ihr werdet sehen. Wer soll dann unseren Blumen wieder ihre Farbe zurückgeben?" Dudel hatte die Erzählung mit der Wirklichkeit verwechselt. Und jeder der Zuhörer hatte sich ein klein wenig gewünscht, daß dies nicht nur eine Geschichte sein würde, ein Traum von Pinaruh.

Dieser kam nicht dazu, den versammelten Elfen und Feen die Fortsetzung von Ranunculus Distels Abenteuer zu erzählen. Auch er wäre froh, wenn es Blumenzauberer gäbe, denn damit wären all ihre Probleme gelöst. Seine Gedanken wanderten in der Geschichte umher und versuchten, einen Anhaltspunkt, ein Zeichen zu finden, um sie aus ihrer Misere zu erlösen. Doch da weder er noch sonst jemand Zauberstäbe sein eigen nannte, würde sich ihre Lage nicht verändern lassen, so nicht.

Pinaruh sah, daß er mit seiner Geschichte falsche Hoffnungen geweckt hatte. In den Augen seiner Lieben standen so viele Fragen, und er konnte sie nicht beantworten. Er, der Älteste in diesem Garten, er, zu dem sie kommen konnten, wenn sie Ängste und Nöte plagten, war überfordert. Das einzige, was er zu tun imstande war, war, ihnen zuzuhören und zu versuchen, ihnen die Probleme zu erleichtern. Seine Geschichte war ja noch nicht zu Ende, und er wollte auch gern für sie weiterträumen.

Draußen schien die Sonne. Es war warm geworden, kein Wölkchen war zu sehen, kein Lüftchen zu spüren. Einen so schönen Frühlingstag hatte es lange nicht mehr gegeben. Pinaruh beschloß, seine Erzählungen auf den Abend zu verlegen. Den Tag wollte er seinen Freunden widmen. Seine Augen und sein Herz waren offen für alles, was er sah, und er litt mit ihnen. Seinen weisen Rat, die Blumen zu pflegen, als wäre nichts geschehen, nahmen sie sehr ernst. Alles, was er ihnen sagte, befolgten sie und taten noch viel mehr. Die Blumen wurden gehätschelt wie kranke Kinder. Jeder erzählte jedem, was seine Lieblinge machten. Über jede sich neu öffnende Blüte wurde berichtet. Es bildeten sich Gesprächsgruppen und Interessengemeinschaften. Der Garten wurde begangen, überflogen und von allen erdenklichen Standpunkten aus betrachtet.

Auratus, der Rosenkäfer, und seine hungrigen Freunde gingen schlechten Zeiten entgegen. Mißtrauisch wurden sie beäugt, und jeder Bissen, den sie zu sich nahmen, wurde genauestens registriert. Bei dieser Art Behandlung war kein Gramm Fett anzusetzen. Schließlich bekamen sie nur noch bestimmte Blätter zum Fressen zugewiesen. So machten den Käfern ihre Mahlzeiten keinen Spaß mehr. Dabei gab es kein Blatt weniger im Garten, als es in früheren Jahren der Fall war. Da waren Schmetterlinge, Bienen und andere Honigsauger schon besser dran. Sie wurden fast genauso umsorgt wie die Blumen. Obwohl diese sich ebenso wie die Feen und Elfen von Nektar ernährten, wurden ihnen keine Vorschriften gemacht, ganz im Gegenteil, sie genossen eine Vorrangstellung. Doch was den Käfern besonders fehlte, war die Zuneigung, mit der sie früher immer bedacht wurden. Die galt jetzt nur den Blumen und Faltern. Sie, die Käfer, wurden einfach links liegengelassen. Das tat weh. Auch Pinaruh fiel die Wandlung der Freunde auf. Er war besorgt über die Ausmaße, die die Pflegemaßnahmen angenommen hatten, sie waren fast krankhaft zu nennen. Wo war die liebenswerte Flatterhaftigkeit seiner Freunde? Kein Lächeln war in ihren Gesichtern zu entdecken, geschweige denn ein herzliches Lachen zu hören. Sie, die sonst übermütig wie Kobolde sein konnten, waren ernsthafte, ja sogar ein wenig verbitterte Geschöpfe geworden. Wie gern würde er sich wieder von ihnen necken lassen wie damals, als sie sein blaues Seidenkissen versteckt hatten, wie er glaubte. Das er aber auf der alten Bank am Weiher wiederfand, umkränzt von Blumen. Und er erinnerte sich noch genau der schelmischen Gesichter, die aus dem Schilf herauslugten. Liebend gern hätte er auch wieder einmal der schönen Alanda zugeschaut, wie sie sich am Wasser Blüten ins Haar steckte oder auf ihrer Waldrebenschaukel durch die Luft schwebte. Sorgenvoll betrachtete Pinaruh auch Rosantha, wie sie die moosigen Stiele und Kelche der Rosen befühlte, ob sie genug Harze absonderten, und wie sie ihre Knospen streichelte. Er wußte, daß Moosrosen die Lieblingsrosen der Fee Rosantha waren, und er verstand das gut. Mit dem unvergleichlichen Duft, den ihre Blüten und Blätter verströmten, den zarten Farben und dem dichten Pelz ihrer bemoosten Kelchblätter waren sie auch für ihn unvergleichlich schön. Fast so schön wie einst seine blaue Rose. Die Mittagshitze ließ ihn schläfrig werden, und seine Träume holten ihn ein. In den Wipfeln war Stille, kein Blätterrauschen, kein zartes Säuseln, selbst die Vögel waren stumm.

***

Klimbers kleine Flöte schwieg, seine Augen schweiften in die Ferne, über die Mauer ins weite Land. Irgendwo dort draußen gab es Gärten mit bunten Blumen. Doch konnten sie so schön sein wie dieser Garten hier? Er würde ihn nie verlassen. Aber die Freunde, wie würden seine Freunde entscheiden? Gab es eine Lösung, eine Rettung aus ihrer Not? Er schaute zum Himmel und suchte dort eine Antwort. Wer würde zuerst von hier wegmüssen? Bienen, Schmetterlinge, Hummeln? Er zählte sie alle auf. Viele werden es sein, dachte Klimber. Sie werden über die Mauer schweben, und der Wind wird sie wegtragen, weit, weit weg. Ob jemals einer von ihnen wiederkehren könnte? Gedankenverloren entlockte er seiner Flöte schwermütige Töne. Hallo, Wind, hörst du mich? Wir brauchen Hilfe ... doch er konnte die Antwort, wenn es überhaupt eine gab, nicht verstehen. Diese Melodie weckte Sehnsucht in den Herzen seiner Freunde, die ihre Beschäftigung darüber vergaßen. Diese Melodie, die traurig war und tröstend. Noch nie war das Spiel seiner Flöte so tief in ihr

Inneres gedrungen. War das die Musik, die er den Stimmen der Bäume abgelauscht hatte?

"Dudel ist noch nie aufgefallen, daß Klimber so schön spielen kann. Oh, wie wunderschön er spielt. Er soll nicht aufhören, Pompon, sag ihm das!"

"Sag es ihm doch bitte selbst. Ja, sag es ihm, klettere hinauf und bitte ihn weiterzuspielen. Schau mich bitte nicht so vorwurfsvoll an. Ich weiß, daß du noch nie so hoch in den Baumwipfeln warst. Ich weiß auch, daß du Angst hast. Überwinde sie, werde stark. Und", fügte Pompon neckend hinzu, "so hoch hinauf traut sich weder Katze noch Ratte."

Da geschah ein Wunder. Alle, die es sahen, glaubten ihren Augen nicht zu trauen. Und diejenigen, denen man später davon erzählte, konnten es nicht glauben. Dudel, der ängstlichste aller Elfen, schickte sich an, Klimber einen Besuch abzustatten. Lag es an Pompons Scherz oder an der Faszination, die Klimbers Flötenspiel ausübte? Selbst Dudel war sich nicht darüber im klaren, während er hüpfend, kletternd und fliegend Klimber zustrebte. Pompon stand wie angewurzelt da. Nein so was, er hatte es doch nicht so gemeint. Wenn nun Dudel etwas zustoßen würde? Sein schlechtes Gewissen plagte ihn wie schon so oft. Dabei fiel ihm sofort sein großer Bruder Billfor ein, der ihn immer wieder bat, auf Dudel aufzupassen. Sollte er ihm folgen, er, der selbst nicht ganz schwindelfrei war? Besser war es abzuwarten, denn er glaubte, daß Dudel sowieso bald umkehren würde. Doch die Zeit sollte ihm lang werden.

Klimber war erstaunt über den Besuch. Noch mehr aber war er erstaunt über den Besucher selbst, der da vor ihm stand und den Blick nicht von seiner Flöte ließ. Klimber verstand seine unausgesprochene Bitte, und er spielte nur für ihn, für Dudel, den kleinen, für Dudel, der seine Angst überwunden hatte. Nur für ihn. Ein Lied vom Abendrot, von Wolken und Regentropfen und den Sternen hoch am Himmel, von Blättern, die im Wind singen. Die Töne stiegen in die klare Abendluft. Langsam, ganz langsam sah Dudel die Sonne untergehen, und langsam, wie an einer Schnur hochgezogen, kam der Mond. Größer, als er ihn je gesehen hatte, und von goldgelber Farbe. Und als es dunkler wurde, sah er einen wunderschönen Vogel aus ihm herausfliegen, mit Federn, die wie Perlen und Tautropfen glitzerten. Es war der Mondvogel. Er, der kleine Dudel, hatte den Mondvogel gesehen. Es gab ihn wirklich und wahrhaftig. Glücklich schloß er die Augen, er glaubte die Blätter singen zu hören, begleitet von Klimbers Flöte. Und der Schlaf nahm ihn zärtlich in seine Arme.

Pompon hatte die ganze Nacht am Fuße des Baumes verbracht. Dudel ließ sich Zeit. Einmal in der Baumkrone, überlegte er, ob sein Mut ausreichen würde, ein zweites Mal dieses Abenteuer zu wagen. Um den Abstieg kam er jedenfalls nicht herum. Doch solange er hier bei Klimber saß, war er glücklich, und er wollte auch vorläufig dort oben bleiben, damit recht viele ihn sehen konnten. Dudel war gewiß, daß es sich herumsprechen würde, wer da den Mut hatte, so hoch oben auf den dünnen Zweigen zu sitzen. Seht da oben, der kleine Dudel, der dicke Dudel, der ist aber wagemutig, würden sie dann sagen. Ja, und Pompon, der ihn nie so richtig ernst nahm, der sollte sich mal richtig sorgen um ihn. Recht geschah ihm. Durch die Zweige hindurch sah er seinen Bruder unter dem Baum sitzen. Seine Zeichen, die ihn herunterkommen hießen, übersah er geflissentlich. Nicht einmal vermißte er Pompons "Mach dies" oder "Mach das." "Du sollst nicht" oder "Du darfst nicht." Wichtig war im Moment nur Klimber, der verstand ihn. Daß eine so kleine Flöte so glücklich machen konnte und so schöne Töne hervorbrachte, und er, Dudel, hatte sie ganz nahe an seinem Ohr gehört. Wer von all denen da unten konnte da schon mitreden. Sicher nur Pinaruh. Auch der Mondvogel beschäftigte ihn. Doch jetzt war er gar nicht mehr so sicher, ob er ihn wirklich gesehen hatte. Und es war wohl klüger, es nicht weiterzuerzählen, denn niemand würde ihm glauben. Der Mondvogel war auch eine von Pinaruhs Traumfiguren. Besser gesagt ein Traumvogel, schimmernd wie Perlmutt, und mit keinem Vogel, der jemals diesen Garten besuchte, zu vergleichen. Pinaruh beschrieb ihn als einen Glücksbringer. Jedem, der ihn sehen könne, werde Gutes widerfahren. In seinen Federn schimmerten die Glückstränen all derer, denen er geholfen hatte, wie Tautropfen und Diamanten. Und seine Lieder seien so schön und sehnsuchtsvoll, ähnlich denen einer Nachtigall, oder noch schöner? Dudel wußte es nicht mehr genau. Denn als er glaubte, ihn gesehen zu haben, war er ganz im Bann von Klimbers Flötenspiel gewesen. Überhaupt, wenn er recht überlegte, was konnte es Schöneres geben als die Weisen, die Klimber seiner Flöte entlockte. Das war gestern so schön, so verflixt und gefährlich schön gewesen, daß er glaubte, seinen Zweig loslassen zu müssen, um sich vom Wind hinaustragen zu lassen auf Klimbers Melodien. Nicht ein bißchen Angst hatte er gespürt, nicht ein kleines, winziges Bißchen. Keine Minute, keine Sekunde lang. Und was war überhaupt so schlimm daran, Angst zu zeigen? Ihn, Dudel, lachte man aus. Oder man belächelte ihn mitleidig und gönnerhaft. Daß von seinen Freunden keiner jemals Angst haben sollte, wollte ihm nicht in den Sinn. Er glaubte manchmal, daß sie lachten, damit ja niemand merkte, wie ängstlich sie selbst waren. Dabei konnte es auch gut sein, seine Angst zu zeigen, wenn jemand in der Nähe war, der wunderbar trösten konnte, besonders wenn von Katzen und Ratten erzählt wurde. Ihm fiel ein, daß Ranunculus Distel ganz allein war; niemand war bei ihm, der ihn tröstete und ihm helfen konnte, und Pinaruhs Geschichte wurde wieder zur Wirklichkeit für Dudel. Ratten, wie groß waren Ratten? So groß wie die frechen Eichhörnchen, die nichts von ihren Nüssen abgeben wollten? So groß wie die Mäuse, die ebenfalls versuchten, ihm Nüsse abzuluchsen? Und warum lebten diese Ratten von Abfällen? Gab es da, wo sie wohnten, denn keine Körner oder Beeren? Er wollte Pinaruh sofort danach fragen, bei der nächsten Gelegenheit! Und die sollte bald kommen.

Es gab so vieles, was die Gedanken der Feen und Elfen in diesen Tagen bewegte. So gingen auch ihnen die Abenteuer des

Blumenzauberers nicht aus dem Sinn, und tief berührt waren sie von Klimbers Flötenspiel. Seine Melodien klangen noch immer in ihren Ohren. Sie halfen ihnen, ihre Sorgen leichter zu tragen. Dann war da noch die Sache mit Dudel, wer hätte ihm das je zugetraut? Eine ganze Nacht und den folgenden Tag im Wipfel des höchsten Baumes zu sitzen. Hatte er nicht die Folgen bedacht, die diese Kletterei für ihn hätte haben können? Wie gut, daß es windstill war, sagten die einen. Er hat einen Schutzgeist, sagten die anderen. Einig waren sie sich aber darin, daß keiner von ihnen es ihm nachmachen wollte. Wer wollte schon riskieren, aus dem Garten geweht zu werden. Den Gedanken daran verdrängten sie, denn er bereitete ihnen starke Pein. Niemand wollte hier weg. Jedesmal, wenn sich im Garten farblose Blüten öffneten, befürchteten sie, ihre Heimat eines Tages verlassen zu müssen. Zuerst würden all die schönen Tag- und Nachtfalter hinausziehen, ihre lieben Freunde mit den sanften dunklen Augen. Hier tat ihnen kein Vogel etwas zuleide. Hinter dieser hohen Mauer waren sie sicher. Draußen konnten so schlimme Dinge geschehen, wie sie zum Beispiel Ranunculus Distel, der kleine Zauberer, erlebte. Würden Ratten auch Schmetterlinge auffressen? Es war Zeit, Pinaruh einiges zu fragen. Der erzählte zwar nur seine Träume, doch vieles davon konnte sicher auch wirklich geschehen. Und wenn sie eines Tages gezwungen wären, den heimatlichen Garten mit dem Wind zu verlassen, konnte Pinaruhs Geschichte ihnen vielleicht helfen, sich draußen zurechtzufinden. Es war schon so viel Zeit vergangen, seit dieser Garten ihnen zur Heimat geworden war, so unendlich viel Zeit. Vieles hatte sich draußen verändert, dessen waren sich die Feen und Elfen gewiß.

Und so geschah es, daß Pinaruh, als er aus seinen Träumen zurückkehrte in die Wirklichkeit, mitten in einem See aus weißen Blüten saß, auf einer blauen Insel, seinem Seidenkissen. Er schaute in ihre fragenden und bittenden Augen und begann aus alter Gewohnheit, die Quasten an seinem Kissen zu ordnen und seine Kleider zu lockern. In die Stille hinein fragte er: “Was glaubt ihr, wie es weitergeht? Wie würdet ihr handeln, wenn ihr Ranunculus Distel wäret?”

“So schnell wie möglich den Wagen aus der Höhle schieben.”
“Verschwinden!”
Alle riefen aufgeregt durcheinander.
“Genau das hat Ranunculus vor”, antwortete Pinaruh.

***

Aber so einfach, wie er sich das vorgestellt hatte, ging es nicht. Während er von innen den Wagen ins Freie schieben wollte, hinderten ihn von außen die Ratten daran. Ranunculus sah sich schweren Herzens gezwungen, seinen Wagen im Stich zu lassen. Vor ihm Ratten, hinter ihm Ratten. "Guter Geist, hilf! Augen zu und nichts wie durch", sagte er leise. In der Dunkelheit fühlte er ihre weichen Körper und spürte ihren Atem. Hier, im Gewirr der Gänge, war er verloren. Ob er jemals wieder ans Tageslicht finden würde? Und ihm fiel ein, daß es gerade erst Nacht werden wollte. Seine Augen hatten sich noch nicht an das Dunkel gewöhnt. Überall, wo er hinfaßte, war es kalt und feucht. Immer wieder hörte er das Pfeifen der Ratten. Unendlich lang waren die Gänge, er stolperte und kroch bäuchlings über Steine und Wurzeln irgendwohin. Im Labyrinth der Gänge gab es auch Höhlen, in denen er aufrecht stehen konnte. Ihm wurde angst und bange. Er, Ranunculus, der so stolz auf seinen Orientierungssinn war, fand keinen Ausgang, den es sicherlich gab. In der Ferne hörte er seine Verfolger, gewiß würden sie ihn bald finden, doch solange er in der Lage war, vor ihnen wegzulaufen oder auf allen vieren davonzukrabbeln, würde er es tun. Sein Turban hinderte ihn, und er zog ihn tief über die Ohren, um ihn nicht zu verlieren. Am Ende würde dieser der einzige sein, der ihm blieb, oder würde er das einzige sein, was von ihm übrigblieb, von ihm, dem Zauberer aus Indien, der glaubte, unsterblich zu sein, jedenfalls bis heute. Es würde sich schon herausstellen, was geschah, wenn die eine Ratte ihm links und die andere rechts ein Bein abbiß, und so weiter und so weiter, bis von ihm nichts mehr da war außer seinem Turban, dem schönen grünen mit den breiten rosafarbenen Streifen. Doch es bestand die Möglichkeit, daß sie ihn nur zwicken und kratzen wollten, oder aushungern.

Die Wände waren glitschig und glatt wie polierte Steine. Hinter sich hörte Ranunculus seine Verfolger, die ihm dicht auf den Fersen waren. Da rutschte er tiefer in die eklige Röhre hinein, an deren Wänden seine Hände und Füße keinen Halt fanden. Das Pfeifen der Ratten entfernte sich. Sein Herz klopfte wild, und er hörte das Blut in den Adern rauschen.

Ranunculus war allein. Aufatmend stellte er fest, daß ihm niemand folgte. Hier war es sogar den Ratten zu eng. Aber er konnte keine echte Freude empfinden. Seine Lage war immer noch fatal, denn auch er hatte Schwierigkeiten, sich in dieser Enge vorwärtszuarbeiten. Vorwärts? Konnte man dies vorwärts nennen? Seine Fingernägel krallten sich in den glibbrigen Belag, um doch immer wieder abzurutschen. Seine Pantoffeln lagen irgendwo hinter ihm in der Dunkelheit. Ihm war es nicht möglich gewesen, sie zu retten, dazu hätte er sich umdrehen müssen, was in dieser Enge nicht möglich war. Er hatte Angst, nie mehr das Tageslicht zu sehen. Ja, die Angst, sie kroch in ihm hoch und verdrängte den Hunger aus seinem Magen und aus seinen Gedanken. Doch es dauerte gar nicht lange, da bekam die Angst eine Konkurrentin, die Müdigkeit.

Die verzweifelten Versuche von Ranunculus, ans Tageslicht zu kommen, erschöpften seine Kräfte. Die Pausen, die er einlegte, wurden immer länger. Seine Augen fielen zu. Krampfhaft versuchte er, sie offenzuhalten. Schließlich unterließ er es ganz. Wozu sollte er auch? Es war stockdunkel hier drinnen. Seine Bewegungen wurden langsam und immer langsamer. Und so kam es, daß er einschlief. Einfach so, von einem Moment zum anderen. Die Arme nach vorn, das Gesicht vom Turban gestützt, wußte Ranunculus nicht, wieviel Zeit er verschlafen hatte. Es fröstelte ihn, und er versuchte, sich zu erinnern, wo er war. Darauf hatten seine Gedanken nur gewartet. Sie überfielen ihn wie wilde hungrige Tiere, und er wurde ihr Opfer. Hunger und Hoffnungslosigkeit breiteten sich wieder aus. Er starrte in die Dunkelheit, die ihn umgab, und lauschte angestrengt in sie hinein. Es war still, mucksmäuschenstill. Sein Atmen war das einzige Geräusch, das er hörte.

"Hallo!" rief Ranunculus, "hallo!" Seine Stimme hallte und kam als Echo zurück. Er wartete. "Verflixt, hört mich denn niemand?" Seine Stimme war heiser, sein Hals trocken. Langsam schob er sich wieder vorwärts in seinem engen Gefängnis, das kein Ende zu haben schien. Mit einemmal wurde ihm der üble Geruch bewußt, der von den Wänden seines Gefängnisses ausging. Igitt, wieso war ihm das nicht vorher aufgefallen? Brechreiz stieg in ihm hoch. Das war ja schlimmer als Rattengeruch. Seine Füße waren eiskalt. Die Kleider klebten am Körper, durchdrungen vom glibbrigen Belag der engen Röhre. Wie schön es wäre, die Sonne jetzt auf der Haut zu spüren. Ob sie draußen schon am Himmel stand? Oder war es Nacht? Ranunculus verlor jegliches Gefühl für Zeit. Er versuchte, die Ärmel über seine Hände zu ziehen, um wenigstens für eine kurze Weile nicht mit der Wand in Berührung zu kommen. Ganz plötzlich war die Röhre zu Ende, und er stieß mit den Händen an eine Wand. Verflixt, das bedeutete, den ganzen langen Weg rückwärtszukrabbeln. O nein. Er begann bitterlich zu weinen, sein Schluchzen hallte von den Wänden wider und wollte kein Ende nehmen. Ranunculus versuchte, mit den schmutzigen Ärmeln die Tränen abzuwischen, die ihm bis in den Kragen liefen. Da bemerkte er, daß seine Arme Bewegungsfreiheit hatten. Er hielt inne. Irgend etwas war anders als bisher. Seine Gedanken überschlugen sich. Links und rechts griff er ins Leere. Um sich tastend, fühlte er, daß der Weg sich teilte. Das versetzte Ranunculus in Panik, denn das bedeutete, sich entscheiden zu müssen. So laut er konnte, rief er nochmals in die Dunkelheit hinein.

"Hallolololo!" tönte es zu ihm zurück. Das war aber auch eine ganz besonders verflixte Situation, fand Ranunculus. Es bestand durchaus die Möglichkeit, daß weder der Weg links noch der Weg rechts in die Freiheit führten, sondern irgendwo wieder Abzweigungen nach links und rechts gingen, und geradeaus und rundherum. Zornestränen ob seiner Ohnmacht stiegen von neuem in ihm hoch. Er schmeckte ihr Salz auf seinen Lippen und den Schmutz, den sie mit sich führten. Gleich wie seine Wahl ausfiel, niemand konnte ihm beistehen. Und so krabbelte er nach rechts. Es wurde eng, beängstigend eng. Ranunculus saß fest. Sein großer Turban war schuld. Er hatte nur eine Chance. Und zwar die, zu versuchen, den festsitzenden Turban herauszuziehen und zurückzukriechen. Doch so leicht war das beileibe nicht. Immer wieder glitt er mit seinen Füßen ab. Die Röhre bot nirgends Halt, als er versuchte, sich dagegenzustemmen. Glücklicherweise gelang es ihm, den Kopf aus dem Turban herauszubekommen. So, nun war es schon viel besser. Verbissen versuchte er dann, auch den Turban zu lockern. Auf keinen Fall hatte er vor, ihn in der Röhre zurückzulassen. Aber nicht einen Zentimeter konnte er ihn bewegen. Das war harte Arbeit. Seine klammen Finger hinderten ihn. Und sosehr er sich auch mühte, der Turban wollte und wollte sich nicht von der Stelle rühren. Gerade dieser eine, der mit den rosafarbenen und grünen Streifen, war voll schöner Erinnerungen. Nun würde er ihn aufgeben müssen. Schade, daß es so dunkel war; gar zu gern hätte er ihn noch einmal betrachtet, gar zu gern sich an seinem Anblick erfreut. Die rosafarbenen Streifen waren eingewebte Rosenblüten. Auf ihnen glänzten Perlen aus Kristall, wie Tautropfen in der Morgensonne. Kein Sonnenstrahl würde sich jemals wieder in ihnen spiegeln. Noch einmal rieb Ranunculus sein Gesicht an dem seidigen Futter seiner Kopfbedeckung, um Abschied zu nehmen. Und in Gedanken versuchte er, sich noch einmal der Wege zu erinnern, die er mit seinem Turban gegangen war, bis zurück zu dem Tag, an dem er ihn erworben hatte. Lange Zeit hatte er nicht mehr daran gedacht. Ja, damals, dachte er, war das schön damals. Es war Frühling gewesen, ein wunderschöner Frühling, so wie jeder Frühling sein sollte, ohne Ratten und ohne diese verflixte Katze ... Beinahe hätte er sie vergessen, was machte sie jetzt ohne ihn? Eigentlich war sie an allem schuld. Ohne sie wäre er nie in eine solch mißliche Lage geraten. All diese mühsamen Umwege hätte er sich ersparen können, und er wäre wohl nie diesen schlimmen Ratten begegnet. Er, Ranunculus, Zauberer für schöne bunte Blumen, wäre schon längst über alle Berge. Nicht daran denken, nur jetzt nicht daran denken. Alles, was ihm lieb und wert war, hatte er verloren, und jetzt mußte er auch noch von seinem letzten Turban Abschied nehmen. Leb wohl, dachte er, und seine Hände streichelten ihn zärtlich, ein letztes Mal.

Es war für Ranunculus ein recht seltsames Gefühl, ohne Kopfbedeckung zu sein. Nackt kam er sich vor, nackt und schutzlos. Des öfteren stieß er mit seinem Kopf an die Decke. Das Wasser tropfte nun ungehindert auf ihn herab, und schon bald war seine Kleidung völlig durchnäßt.

Stunden schienen vergangen, seit er sich auf den Rückweg gemacht hatte. Aus der Ferne, wo er seinen Turban zurücklassen mußte, hörte Ranunculus ein leises Gurgeln und Rauschen. War es am Ende schon der Bach? Schwäche übermannte ihn. Er war müde, unendlich müde. Alles, was er wollte, war schlafen. Ihm war, als würde die Erde ihn ansaugen. In ihm war keine Kraft mehr, sich von ihr zu lösen, und er wollte es auch nicht. Zusammengerollt lag er da, spürte keine Feuchtigkeit, keine Kälte, keinen Hunger und sank tiefer und tiefer in einen langen Schlaf.

Pinaruh senkte seine Stimme. Draußen war Nacht. Die Gesichter seiner Freunde konnte er nicht sehen. Ihm war, selbst im Bann seiner Geschichte, nicht aufgefallen, daß er so lange gesprochen hatte. Tag und Nacht hatten für ihn nicht die gleiche Bedeutung wie für seine Zuhörer. Gewiß waren die meisten von ihnen schon sehr müde. Selten kam es vor, daß sie so lange wachblieben. Dudel, der Pinaruh so viel hatte fragen wollen, war eingenickt. Seinen Kopf hatte er an Klimbers Schulter gelegt und konnte nicht wissen, wie weit Ranunculus in Pinaruhs Traumgeschichte gekommen war.

Der Aufenthalt in Klimbers Bäumen war ihm fast zur Gewohnheit geworden. Die Angst, in den hohen Bäumen zu sitzen und vom Wind weggetragen zu werden, gab es für ihn nicht mehr; die hatte Klimber ihm genommen durch seine Gegenwart und sein Flötenspiel. Dudel war sich durchaus bewußt, eine besondere Leistung vollbracht zu haben, und bemerkte mit Genugtuung, daß Pompon ihn jetzt mit mehr Respekt behandelte, ja, er wagte es sogar, ihm zu widersprechen, wenn er sich im Recht fühlte. Pompon, der ihn immer ein bißchen herumkommandiert hatte, würde sich ein neues Opfer suchen müssen, falls er überhaupt einen Dummen fand, der sich das gefallen ließ. Seinem großen Bruder Billfor war das auch nicht verborgen geblieben, obwohl er die meiste Zeit sicher nur Alanda in die Augen gesehen hatte, wie Dudel nicht ganz zu Unrecht vermutete. Klimber verstand es glänzend, auf Dudel einzugehen, dessen Sorgen und Ängste verschwanden, sobald er sich auf dem Weg nach oben in die Gipfel befand. In letzter Zeit hatte er sich einige Gedanken über den Mondvogel gemacht, und vor einigen Tagen hatte er ihn zum zweiten Mal erblickt. Diesmal war die Entfernung zwischen ihnen nicht mehr so groß gewesen wie beim ersten Mal. Und seine Federn glitzerten im Schein des aufgehenden Mondes. Dudel hätte jetzt wieder eine Gelegenheit gehabt, davon zu erzählen, denn er war nun sicher, daß der Mondvogel keine Einbildung, kein Märchen war. Und es war ihm aufgefallen, daß Klimber die gleiche Beobachtung gemacht haben mußte. Doch da auch er kein Wort darüber verlauten ließ, verhielt sich Dudel genau wie sein Freund, er schwieg. Alles, was Klimber tat, war richtig. So wie Klimber wollte er auch werden. Er ging seinem Bruder Pompon aus dem Weg, wo er nur konnte, und suchte Klimbers Nähe. Für Pompon hatte es den Vorteil, nicht mehr auf Dudel aufpassen zu müssen. Der Nachteil war andererseits, daß er seinem kleinen Bruder nicht mehr so viele Fehler, die ihm selbst unterlaufen waren, unterschieben konnte.

Pinaruh war noch nicht müde. Sehr gern hätte er seinen Freunden die Geschichte vom kleinen Zauberer weitererzählt. Doch er hörte keinen Laut in diesem Raum, keine Fragen zu der Geschichte. Es hatte keinen Sinn zu versuchen, sie wachzuhalten. Gewiß, einige würden seiner Erzählung sicher noch für eine Weile folgen können, aber besser war es, am folgenden Tag weiterzuerzählen. Vorsichtig erhob sich Pinaruh, nahm sein Kissen und legte es einem Elf, der im Schlaf umzufallen drohte, unter den Kopf. Dann verließ er auf Zehenspitzen den Raum und ging hinaus in den stillen mondbeschienenen Garten. Er blickte zurück, niemand war ihm gefolgt. Manchmal begleitete ihn Grimett oder dessen Freunde oder auch ein Schwarm Nachtfalter. Der Himmel war klar. Hinter der hohen Mauer sah er den Mond zwischen den Bäumen, der den Garten in ein geheimnisvolles Licht tauchte. Pinaruh liebte es sehr, bei Dunkelheit im Garten umherzustreifen, in seinem Garten, den er bis in den letzten Winkel kannte. Er liebte es, in die Vogelnester zu schauen und die Schnäbel der jungen Vögel zu streicheln, die vor ihm keine Angst hatten. Hier im Garten brauchte niemand vor niemandem Angst zu haben. Die meisten Vögel, die in diesem Garten lebten, ernährten sich von Beeren und Früchten. Aber manchmal kamen auch große fremde Vögel über die Mauer geflogen; dann mußte man aufpassen, um nicht gefressen zu werden, denn ihnen waren die Regeln nicht bekannt, die in diesem Garten herrschten. Besonders im Frühjahr, wenn ganze Vogelschwärme aus dem Süden kamen und den Garten überflogen, wurde in den großen Bäumen gern Rast gemacht. Den kleinen Elfen und Feen wurde bei dieser Gelegenheit gern ein Schreck eingejagt, wenn sie nicht auf das hören wollten, was die Großen ihnen sagten. Paßt auf, bekamen sie dann zu hören, paßt auf, gleich holt euch ein großer Vogel. Ja, das sagten sie dann und erzielten bei den Kleineren die beabsichtigte Wirkung. Tatsächlich kamen in der Zeit, wenn die Vogelschwärme in den Garten einfielen, solche Unfälle vor. Manch einer der Raupen und Käfer wurde da aus seinem Versteck gepickt, das ihm so sicher schien. Feen und Elfen aber waren für die Vögel zu schlau. Keiner von ihnen hatte je Schaden genommen, daran dachte Pinaruh jetzt. Seinen Freunden, den Vögeln im Garten, käme nie in den Sinn, ernstlich nach einem Krabbeltier den Schnabel auszustrecken. Zu den Vögeln hatte er ein ganz besonderes Verhältnis. Als einziger im Garten konnte er ihre Sprache verstehen. Leider konnte er ihnen nicht antworten. So oft hatte er es schon versucht und immer dabei das Gefühl gehabt, sie würden ihn auslachen. Was ihn aber nicht davon abhielt, es hin und wieder von neuem auszuprobieren, um dann festzustellen, daß es ihm unmöglich war, einen einzigen Ton richtig zu treffen. Die Vögel zwitscherten und sangen nun einmal besser als er. Was sie wohl dachten, wenn er vor ihnen stand und versuchte, es ihnen gleichzutun?

Der Wind bewegte die tiefblauen Schatten der Bäume, und Pinaruh schien es, als würden sie ihm winken, ihn einladen, mitzutanzen und sich zu wiegen. Er stand unter ihnen in seiner Winzigkeit und kam sich unendlich klein vor unter ihren riesigen Kronen, die an die Wolken zu stoßen schienen. So gern hätte er sie umarmt und ihnen gesagt, wie gut sie ihm gefielen, wie sehr er sich freute, bei ihnen hier im Garten zu sein, bei ihnen und all den anderen Freunden. Seine Augen suchten die Finsternis zu durchdringen und ihr ihre Geheimnisse zu entlocken. Hatte sich nicht gerade etwas bewegt? Aus dem Schatten der Bäume flogen Nachtfalter und setzten sich auf Kopf und Schultern. Ihre Fühler kitzelten ihn an der Nase und ertasteten sein Gesicht. Ihre weichen Flügel streiften seine Wangen. Bei Beginn der Dunkelheit kamen sie aus ihren Verstecken, um sich am Nektar zu laben, der jedoch in diesem Jahr sehr spärlich floß. Mit schnellem Flügelschlag, den das Auge kaum wahrnehmen konnte, schwebten sie über den Blüten wie kleine Vögel und tauchten mit ihren langen Rüsseln tief in den Nektar. Am Tag konnte man sie kaum unterscheiden von Rinde und Laub. Abends jedoch, wenn sie ihre Flügel entfalteten, sah man ihre samtene Schönheit. Pinaruh verhielt sich still und spürte einen leichten Luftzug, den ihre Flügel verursachten, als sie sich entfernten. Lange sah er ihnen nach, bis die Dunkelheit sie aufnahm. Pinaruh war fast an den Rand des Gartens gelangt, als etwas seine Aufmerksamkeit erregte. Ein Flüstern in der Nähe, ein Rascheln hinter ihm, ein "Pst, leise, leise" ließ ihn stillstehen und lauschen. Nanu, wer tat da so geheimnisvoll? Wer wollte da nicht gehört oder gesehen werden? Er schaute angestrengt in das Dunkel der Büsche. Wollte jemand einen Scherz mit ihm treiben? Das Knistern und Rascheln schien von der Mauer zu kommen. War dort ein Liebespaar? Pinaruh schmunzelte. Sicher, das war es. Die Neugier plagte ihn. Sollte er indiskret sein? Pfui, schallt er sich. "Pst, pst, leise", flüsterte es von oben und "Hilf mir, sonst falle ich, hier ist es so glatt!" Verwundert schaute er jetzt in die Richtung, aus der die Stimmen kamen, und sah etwas Helles über die Mauer verschwinden. Unfähig, sich zu rühren, starrte er auf das Schauspiel, das sich ihm bot. "Halt!" wollte er rufen, doch es wurde nur ein stummer Schrei. Nacheinander verschwanden noch einige Gestalten über die Mauer. Nun war es also soweit. Pinaruh war verwirrt. Es ging über seine Vorstellungskraft, daß Feen und Elfen das Wagnis eines Lebens außerhalb der schützenden Mauern gewählt hatten, und er glaubte auch fest daran, daß die Freunde, die jetzt den Garten verlassen hatten, genau wie all die anderen, die ihnen vielleicht noch folgten, zurückkommen würden. Alles würde gut werden, so sprach er sich Mut zu und gewann langsam seine Fassung zurück. Irgendwann, so hoffte er, wenn der Garten seine alte Schönheit hatte, würden sie zurückkehren, daran wollte er ganz fest glauben. Müde erhob sich Pinaruh.

Über einen dicken Moosteppich, der das Gras verdrängt hatte, gelangte er schließlich zurück zum alten Haus. In ihm wußte er seine schlafenden Freunde. So gute Freunde zu haben und sie lieben zu dürfen war das Beste, was ihm je geschehen konnte. Diese Gewißheit machte ihn sehr glücklich. So leise, wie er das

Haus verlassen hatte, betrat er es wieder. An eine Wand gekauert, dachte er noch einmal an Ranunculus, den Helden seiner Träume, und schlief ein, um ihn im Traum zu begleiten.

***

Tage vergingen, ohne daß sich im Garten etwas veränderte, trotz der warmen Frühlingssonne. Alle taten sehr geschäftig und bemühten sich, fröhlich auszusehen, doch wer die Feen und Elfen genauer kannte, so wie Pinaruh, ahnte, daß bald wieder große Traurigkeit über sie kommen würde. Er wußte, wie er sie dann trösten würde. Nicht mit der Geschichte von Ranunculus, der im Moment selbst sehr in der Klemme war - damit wollte er warten, bis die Dämmerung kam -, sondern mit Beobachtungen, die er selbst gemacht hatte. Zum Beispiel, daß es auch in diesem Jahr Kirschen geben würde, weil die Bienen gute Arbeit geleistet und fleißig den Blütenstaub verteilt hatten. Wenn man genau hinsah, konnte man tatsächlich einen rosigen Schimmer erkennen, der sich auf den unreifen kleinen Früchten zeigte. Auch die Schlehen und die knorrigen alten Apfelbäume, in die schon einmal der Blitz eingeschlagen war, zeigten, daß sie nicht nur dazu da waren, Nester in ihrem Geäst zu beherbergen. Ihre Kraft, die sie aufgewendet hatten, um zu blühen, zeigte Früchte, im wahrsten Sinne des Wortes. Pinaruh war ganz sicher, daß alle darüber glücklich sein würden, wie er, und in seinem Gesicht war ein zufriedenes Lächeln zu sehen.

Rosantha war an ihn herangetreten.

“Gibt es etwas, worüber man noch lachen kann in diesem Garten?” Ihre Augen suchten die seinen. “Sag es mir, Pinaruh, sag es mir endlich! Du hast Farben gesehen, richtige Farben, habe ich recht? Vielleicht sogar bei den Rosen?”

Erwartungsvoll blickte sie ihn an. Fast unmerklich schüttelte Pinaruh seinen Kopf. Der Glanz, der ihre Augen zum Leuchten gebracht hatte, erlosch so schnell, wie er gekommen war. “Nein, meine Liebe, das war nicht die Ursache, doch wie ich dich kenne, wirst du dich ganz gewiß noch über etwas anderes freuen können."

"Wer wird sich freuen?"

"Warum werden wir uns freuen, sag es!"

Plötzlich war Pinaruh umringt von vielen neugierigen Fragern.

"Wir wollen uns mit euch freuen!"

Keiner von ihnen hatte mitbekommen, worum es ging. Alle sprachen durcheinander. Was Pinaruh antwortete, ging in dem Lärm unter. Es dauerte eine Weile, bis sich herumgesprochen hatte, was der Anlaß für all die Verwirrung gewesen war.

"Meine lieben Freunde!" Pinaruh erhob die Stimme, um allen Gelegenheit zu geben, ihn besser zu verstehen. "Meine lieben Freunde", sagte er noch einmal, "ich weiß, daß ihr niedergeschlagen und traurig seid. In diesem Jahr geschieht viel Seltsames in unserem Garten. Niemand von uns hat je daran gedacht, daß irgend jemand hier Not leiden könnte. Wir wissen zwar nicht, wann es besser wird, aber uns bleibt die Hoffnung. Niemals dürft ihr die Hoffnung aufgeben. Wenn ihr fühlt, daß jemand von uns traurig ist, nehmt ihn bei der Hand und zeigt ihm etwas, worüber er sich freuen kann. Es lohnt sich, mit offenen Augen durch unseren Garten zu gehen, er ist noch immer voller Wunder, schaut euch nur richtig um. Ich glaube nicht, daß es einen Garten gibt, der es an Schönheit mit dem unseren aufnehmen kann. Wo sonst wachsen die Bäume bis an die Wolken? Wo sonst ist das Wasser so klar, daß man bis auf den Grund sehen kann? Wo sonst singen Vögel so schön, und wo sonst gibt es so große Schmetterlinge? Und auch wenn es anderswo so bunte Gärten geben sollte, hier ist unsere Heimat."

Alle wußten, woran Pinaruh dachte, als er seine Rede beendete. Er fühlte sich besser und kam sich vor wie ein Vater, der zu seinen Kindern gesprochen hatte. Viele seiner Freunde empfanden das ebenso. Keiner von ihnen hätte das so gut in Worte kleiden können wie er. Er hatte die richtige Art, seinen Zuhörern Mut zuzusprechen und sie zu belehren, ohne daß man sich gemaßregelt fühlte. In der Tat gab es sehr viel Schönes zu entdecken.

Besonders erfreulich war, daß alle weißblühenden Bäume und Sträucher keinen Schaden erlitten hatten. Sie versprachen eine gute Ernte, und Ranunculus Distel hätte seine Freude daran, wenn er das sehen könnte, daraus ließen sich bestimmt exzellente Liköre herstellen. Voller Mitgefühl dachten Feen und Elfen an den kleinen Zauberer, der sich im Labyrinth verlaufen hatte. Er war doch wirklich schlechter dran als sie. Ob für ihn die Aussicht bestand, jemals aus seinem Gefängnis herauszukommen? Sicher konnte Pinaruh ihnen wieder viel erzählen, denn sie hatten gesehen, daß er nicht nur im Garten unterwegs war, um zu beobachten, sondern daß er auf seinen Erkundungen immer sein blaues Kissen bei sich hatte. Das gab ihnen Mut, ihn zu bitten, für sie den Abend zu verschönen, indem er ihnen verriet, wie es mit Ranunculus weiterging. Irgendwann war dieser sicher aufgewacht und hatte versucht, den Weg ans Licht zu finden.

Sie hatten recht. Pinaruh hatte wieder von Ranunculus geträumt, und nur von ihm. Für ihn war es schon lange nicht mehr verwunderlich, immer nur von ihm zu träumen. Er selbst war auch neugierig auf seine Träume und fand es sehr spannend, was in ihnen geschah. Deshalb ging er in letzter Zeit nie ohne sein Seidenkissen aus, denn ganz überraschend meldeten sich seine Träume immer häufiger. Jederzeit bereit sein zum Träumen war für ihn zur Lebensdevise geworden. Sehr gelegen kam Pinaruh dabei das trockene frühsommerliche Wetter. Überall, wo er sich aufhielt, konnte er sein Kissen auf die Erde legen, ohne es zu beschmutzen. Dieses Kissen hütete er wie einen kostbaren Schatz, da es das einzige war, das er besaß. Keiner seiner Freunde konnte ein gleichwertiges Schmuckstück - denn ein solches war es zweifelsohne - sein eigen nennen. Er besaß es seit jener Zeit, als Haus und Garten noch neu waren und die Kisten und Kästen mit den fremdartigen Pflanzen gebracht wurden. Eines Tages lag es da, unter einem der neuen Bäume, und niemand beachtete es. Pinaruh vermutete, daß es wohl einem der Elfen gehört hatte, die mit den Bäumen in den Garten gebracht worden waren.

Fasziniert von dem leuchtenden Himmelblau des Kissens, beobachtete er es unentwegt und war sehr neugierig, wer wohl der Besitzer sei, aber niemand kam, um es zu holen. Als dann ein heftiger Regen einsetzte, konnte er nicht widerstehen und beschloß, es vor dem Verderben zu retten. Zuerst kam er sich wie ein Dieb vor. Sein Gewissen plagte ihn, wenn er es nur ansah. Doch insgeheim hoffte Pinaruh, daß sein Besitzer es nicht mehr haben wollte. Als die Zeit verrann und niemand kam, um es von ihm zurückzufordern, atmete er auf. Anfangs wagte er kaum, es anzufassen, um es nicht zu beschmutzen. Seine Hände waren so rauh von der Gartenarbeit, die er verrichtete, die Finger zerstochen von den Stacheln der Rosen, an denen er emporkletterte, um in ihren Blüten zu schlafen.

Damals waren viele neue Rosen in den Garten gekommen, und mit ihnen die schönste, die er je gesehen hatte. Sie war blau wie dieses Kissen gewesen, so blau wie der Himmel an klaren, sonnigen Tagen, wenn es zuvor geregnet hatte und die Luft so durchsichtig schien, daß man glaubte, bei Tag die Sterne sehen zu können. Diese blaue Rose war für ihn die wunderbarste, und er erkor sie sich als ständigen Schlafplatz. Dabei machte Pinaruh eine faszinierende Entdeckung. Während er schlief, sah er Dinge, die ganz erstaunlich waren, und er konnte fliegen wie die Vögel oder tief ins Wasser tauchen wie die Frösche im Teich und mit ihnen um die Wette schwimmen. Morgens, wenn er wach wurde, brauchte er jedesmal Zeit, um sich zurechtzufinden. Schließlich erinnerte er sich, einmal gehört zu haben, daß man diesen Zustand bei den Menschen träumen nannte. Er, Pinaruh, konnte also träumen, und er glaubte zu wissen, daß es nur mit der blauen Rose zusammenhängen konnte. Diese Erlebnisse wollte er vorerst mit niemandem teilen, doch er fand einen Weg, seine Freunde an den Traumgeschichten teilhaben zu lassen. Er erzählte sie ihnen als Märchen, was sein Ansehen beträchtlich erhöhte.

Seine Freude währte jedoch nur einen Sommer lang. Als er aus der Winterruhe erwachte, mußte er feststellen, daß seine geliebte blaue Rose keine Blätter mehr bekam. Sie war erfroren. Lange konnte er nicht fassen, was geschehen war. Noch heute schmerzte sein Herz vor Sehnsucht, wenn er an diese Rose dachte. Die Fähigkeit zu träumen war ihm jedoch geblieben. Eines Tages wurde just da, wo seine Lieblingsrose gestanden hatte, ein junger Baum gepflanzt, der Baum, bei dem er sein blaues Kissen gefunden hatte, mit dem er seitdem seine Träume teilte.

Als er sich an diesem Tag entschloß, seinen Freunden die Geschichte von Ranunculus Distel weiterzuerzählen und sich vorsichtig auf das Kissen setzte, glaubte er, den unvergleichlichen Duft der Rose einzuatmen, der ihn damals so entzückt hatte.

***

Das ferne Rauschen war stärker geworden und weckte Ranunculus aus seinem Schlaf. Er verhielt sich still, um zu lauschen. Merkwürdig, so tief in der Erde diese Geräusche zu hören. Als er aufstehen wollte, stieß er mit dem Kopf gegen etwas. Schmerzlich wurde ihm bewußt, wo er sich befand. Vorsichtig befühlte er seinen Kopf. Aua, das tat weh, verflixt noch mal. "Ich gebe nicht auf, ich gebe nicht auf", dachte Ranunculus laut und sprach sich Mut zu für den Weg, der noch vor ihm lag. Er wollte endlich raus. Seine Hände betasteten die Wände seines Gefängnisses. Manchmal glaubte er zu spüren, daß sich der Boden anders anfühlte, aber er war nicht sicher, ob das etwas Gutes oder Schlechtes bedeutete. Jetzt nur nicht die Nerven verlieren. Langsam kroch er voran. Erde, es war wirklich und wahrhaftig Erde, die seine klammen Finger ertasteten. Ranunculus sammelte alle Kräfte; jetzt war er sicher, daß er es schaffen würde. Das Rauschen und Gurgeln hinter ihm war unverändert, doch von vorn drangen Laute an sein Ohr, die nur von draußen kommen konnten. Ganz zart zwar, doch deutlich zu erkennen. Seine Lebensgeister kehrten zurück und erinnerten ihn an seinen Wagen mit dem wunderbaren Inhalt. Das war ein Ziel, für das es sich zu kämpfen lohnte. Tief sog er die frische Luft ein. O wie süß sie roch. Immer wenn ein neuer Luftzug ihn erreichte, atmete er geräuschvoll ein. Plötzlich hatte er das Gefühl, nicht allein zu sein. Ein anderer Geruch nahm überhand, den Ranunculus nur allzugut in Erinnerung hatte. Eine Ratte, es konnte nur eine Ratte sein, oder mehrere? Wildentschlossen nahm er den Weg nach vorn, er bedeutete Freiheit. Dunkelheit umgab ihn immer noch, doch sie schien nicht mehr so undurchdringlich, und er konnte in ihr die Umrisse der Tiere sehen, die sich ihm näherten. Keinen Zoll wollte er zurückweichen. Sein Mut wuchs ins Unermeßliche. Hätte er doch noch seinen Turban! Alle Ratten, die sich ihm in den Weg stellen wollten, würde er dann ganz einfach vor sich herschieben. Als er ihnen dann gegenüberstand und ihren Atem spürte, war er zum Äußersten bereit. Er hatte keine Waffe außer seinem geschwächten Körper und seiner Stimme. Mit einem Schrei, der laut in den Gängen widerhallte, stürzte sich

Ranunculus auf die Ratten, die verdutzt zurückwichen. Für einen Augenblick waren sie irritiert, und er beschloß, ihre Verwirrung auszunutzen. Gerade wollte er Luft holen für einen neuen Schrei, als das Gurgeln hinter ihm anschwoll zu einem unheimlichen Rauschen, das näherkam und ihn einholte. Er schluckte viel übelriechendes Wasser. Seine Füße wurden ihm weggezogen, und er verlor das Bewußtsein.

Der Strom aus dem Abflußrohr ergoß sich über die Steine und Wurzeln an der Böschung. Lange hatte das Wasser benötigt, um endlich den Pfropfen, der es am Abfließen gehindert hatte, aufzuweichen und wegzuschieben. Es erreichte den Bach und riß alles mit sich, was im Weg war. Der Turban, der ganze Stolz von Ranunculus, trieb auf dem Wasser des Baches als undefinierbares Etwas, vollgesogen mit schmutziger, stinkender Brühe, und verschwand in der Dunkelheit der Nacht.

Ranunculus hatte eine beträchtliche Menge dieser üblen Brühe geschluckt. Das faulige Wasser lief ihm jetzt aus Mund und Nase. Es dauerte eine geraume Weile, bis er unter Würgen und Spucken endlich den letzten Tropfen herausgepreßt hatte. Ihm blieb nur der ekelhafte, pelzige Geschmack auf der Zunge. Erschöpft lag er unter einer Wurzel, dort wo das Wasser ihn hingespült hatte. Er hatte Glück im Unglück, ebensogut hätte er auch im Bach landen können. Der hätte ihn dann, wie den anderen Unrat aus der Röhre, mit sich fortgetragen. Er bezweifelte, ob er die Kraft gefunden hätte, sich irgendwo festzuhalten, und schwimmen konnte er nun mal nicht. Ihm genügte, zu baden und zu planschen in einem seichten, klaren Gewässer, das natürlich nicht zu kalt sein durfte. So schmutzig wie jetzt war er in seinem langen Leben noch nicht gewesen. Im Moment aber war es wichtiger, den Wagen wiederzufinden, jetzt, im Dunkeln, ein schier unmögliches Unterfangen. Er hielt sich an einer Baumwurzel fest.

Reste des Schmutzwassers versickerten im Waldboden, auf dem Ranunculus lag. Behutsam streichelte er ihn. Seine Finger wurden langsam wieder beweglich. Vielleicht mußte er schon bald seine Fäuste gegen die Ratten einsetzen, doch würde er liebend gern darauf verzichten. Es galt, die Kräfte einzuteilen für den

Weg, der noch vor ihm lag. Er war froh, daß bis jetzt keine Ratte wiederaufgetaucht war. Weit weg wünschte er sie sich, bis ans Ende der Welt oder auf den Mond. Ach was, der Mond war viel zu schade für diese Plagegeister. Vorsicht war jetzt geboten. Er rutschte etwas höher zu einem Baum, dessen Wurzeln eine kleine Höhle bildeten und ihm Schutz boten. In seinen nassen Kleidern fror er entsetzlich.

Was nun?

Da kam ihm eine großartige Idee. Kurzentschlossen stopfte Ranunculus Distel trockene Blätter unter seine Jacke und die weiten Beinkleider. Das kribbelte zwar auf der Haut, doch zum ersten Mal, seit er seinen Wagen im Stich gelassen hatte, wurde ihm wieder warm. Nur für seinen Kopf konnte er im Moment noch nichts Wärmendes finden. Er hatte sehr spärliches Haar, was eine Kopfbedeckung sehr geschickt verbergen konnte. Ohne fühlte er sich nur halb so schön. Der Mond stand hoch am Himmel und dachte noch nicht daran, sich von der aufgehenden Sonne etwas von seinem Silberglanz stehlen zu lassen. Ranunculus rollte sich zusammen, soweit das seine laubgefüllte Kleidung zuließ. Er schlief unruhig. Kaum daß er eingeschlafen war, zwickte es ihn ganz fürchterlich unter seiner Jacke, und er verteilte Laub und Moos etwas anders. Doch es wurde nicht besser, jetzt zwickte und krabbelte es an einer anderen Stelle. Verflixt, was hatte er sich da eingehandelt? In dem Laub, das seine Kleidung füllte, hatten Insekten übernachtet. Es war schon recht mühevoll, sich im Dunkeln von ihnen zu befreien. Als Ranunculus glaubte, endlich alle aus seiner Jacke entfernt zu haben, spürte er, wie es überall juckte. Verflixt noch einmal, wollte das denn gar kein Ende nehmen? Wer konnte schon wissen, daß so viele Käfer, Ameisen und weiß der Himmel was sonst noch in diesem Laub schliefen, ausgerechnet hier, wo er Unterschlupf gefunden hatte. Wahrhaftig, es gab bessere Beschäftigungen, als diese Plagegeister zu entfernen. Schlafen hatte er wollen, endlich schlafen und nichts anderes. Immer wieder fühlte er das Krabbeln kleiner Füße auf seiner Haut und fand die Idee, seine nassen Kleider auszustopfen gar nicht mehr so genial wie anfangs.

Als er dann endlich seine unfreiwilligen Untermieter los war und ihm die Augen zufielen, dämmerte es bereits. So konnte er nicht sehen, daß es kein strahlender Morgen war, den er sich so sehr gewünscht hatte. Wind war aufgekommen und hatte Wolken mitgebracht, die sich bald entluden. Doch davon war unter dem dichten Wurzelfilz, in dem Ranunculus schlief, nichts zu spüren. Dorthin gelangte das Regenwasser nicht, und Moos und Laub wärmten ihn und trockneten seine Kleider. Ganz klar, daß solch trockener Unterschlupf rar und sehr begehrt war. Das bekam er dann auch bald zu spüren. Es war fürchterlich eng in seinem Versteck, aber für kleine und kleinste Lebewesen wie Spinnen und Käfer reichte es allemal. Sie krabbelten über sein Gesicht und seinen Kopf, und er erwachte.

"Oh nein, nicht schon wieder, was habe ich euch denn getan? Hat sich denn alles gegen mich verschworen, habt ihr denn gar keinen Respekt vor mir, dem Blumenzauberer Ranunculus Distel?" rief er aufgebracht. "So was Dreistes ist mir noch nicht begegnet. Überall ist Platz. Warum sucht ihr euch ausgerechnet meinen Kopf für eure Turnübungen aus?"

Ranunculus griff einen der Störenfriede, eine kleine dicke Raupe, und wollte sie hinausbefördern. Erst jetzt hörte er die niederprasselnden Tropfen. So fest trommelten sie auf die Erde, daß es schon bis ins Innere seines Unterschlupfes spritzte. Das war schlecht. Nein, das war gut! Endlich konnte er seinen Durst löschen, mit wunderbarem, reinem Regenwasser. Kristallklar troff es vom Himmel und lud ihn zum Trinken ein. Sämtliche Becher wollte er füllen, sämtliche Becher. Oh, die Becher, die waren ja in seinem Wagen, wie konnte er das vergessen. Und wie kam er nur an das köstliche Wasser, ohne selbst naß zu werden, wie sollte er es auffangen? Verzweifelt suchte er in allen Taschen und Täschchen seiner Kleidung, aber nichts, aber auch gar nichts war geeignet zum Wasserauffangen, nicht einmal einen Löffel konnte er finden. Alle guten Geister! Was konnte er tun, um endlich an das begehrte Naß zu kommen? Ei verflixt, das war ärgerlich. Er starrte hinaus in den dichten Regen. Vom feinsten Wassertröpfchen bis zum dicksten Tropfen warteten alle darauf, getrunken zu werden. Ranunculus kämpfte mit sich. Sollte er es wagen rauszugehen, jetzt, da er wieder trockene Kleider hatte? Wenn er nun ganz schnell den Arm ausstreckte, würde das ausreichen, um an das Rindenstück zu kommen, das aussah wie ein Deckel? Gesagt, getan. Oder besser gesagt versucht, denn sein laubgefüllter Ärmel war in höchstem Maße hinderlich dabei. Was blieb ihm also übrig, als sich des Laubes zu entledigen, um endlich die Möglichkeit zu haben, sich den Magen wenigstens mit Wasser zu füllen. Schnell wie der Blitz zog er die Rinde zu sich und stellte sie vor den Eingang. Zufrieden sah er, wie sie sich füllte.

Mit jedem Schluck, der seine ausgetrocknete Kehle hinunterrann, fühlte er seine Lebensgeister zurückkehren. Ihm schien das kühle Wasser so köstlich, kein Likör der Welt konnte es mit ihm aufnehmen. Alles mögliche fiel ihm ein, als er über das Wort Wasser nachdachte. Es war Lebenselement der Fische, es befreite die Luft vom Staub nach einer langen Trockenzeit, man konnte darin baden. Ja, ohne Wasser gäbe es kein Leben auf der Erde. Jede noch so kleine Blume benötigte es, und die Tiere und die Vögel. Keine Beeren und Kräuter würden wachsen, es gäbe keine Nahrung für sie, und für ihn natürlich auch nicht. Beeren und Kräuter bedeuteten Marmeladen und Tees und natürlich auch Likörchen. Ja, das Wasser. Was wäre aus der Erde geworden ohne das herrliche, wunderbare, lebenspendende Wasser? Ranunculus war ganz überwältigt.

Reglos verharrte er, gefangen von den Gedanken, die auf ihn einstürmten. Er wollte sich ändern. Diese unfreiwillige Fastenzeit hatte ihm wieder die Augen geöffnet für vieles, das er lange vergessen hatte. Doch was das Fasten betraf, reichte es allmählich. Die Faszination, die der Anblick des Wassers auf ihn ausübte, wich bald der rauhen Wirklichkeit. Sein Magen gluckerte bei der kleinsten Bewegung, die er ausführte. Außerdem hatte das Regenwasser es nicht geschafft, den schlechten Geschmack, den das Schmutzwasser in seinem Mund hinterlassen hatte, auszulöschen. Ranunculus betrachtete die kleinen Insekten, die den trockenen Unterschlupf mit ihm teilten, und er bedauerte sehr, daß er sie nicht essen konnte. Gefressen zu werden mußte schlimm sein. Das hielt ihn aber nicht davon ab, sich vorzustellen, sie seien saftige Beeren. Die kleine Wanze da in der Ecke hatte die gleiche Farbe wie die Sanddornbeeren, und die Spinne mit dem dunklen Rücken erinnerte ihn sehr an eine Heidelbeere. O verflixt, dachte Ranunculus, und das Wasser lief ihm im Mund zusammen. Wenn er Glück hatte und der Regen bald nachließ, würde er sich auf die Suche nach seinem Wagen begeben. Mal sehen, was die Ratten Eßbares übriggelassen hatten.

Doch daraus wurde nichts. Es regnete und regnete, stundenlang. Das lange Warten machte ihn ganz kribbelig. Aber mit der Zeit erkannte er, daß dieser Regen durchaus Vorteile für ihn brachte, denn so wie er warteten sicherlich die Katze und die Ratten irgendwo an einem trockenen Platz darauf, daß die Regenwolken weiterzogen. Es galt also, rasch zu handeln.

Die Gedanken überschlugen sich. Wo die Menschen ihre Siedlungen anlegten, gab es auch Abflußrohre, und wenn Bäche in der Nähe waren, endeten sie dort. Doch nicht irgendwo, sondern hinter dem Dorf. Was lag nun näher, als nachzuschauen, welchen Weg der Bach nahm. Er brauchte dann nichts weiter zu tun, als ihn entlangzugehen, und er würde die Stelle wiederfinden, wo er seinen Wagen hatte stehenlassen müssen. Sein schöner Wagen. In welchem Zustand würde er ihn wiederfinden? Sein geliebter Wagen, der ihm viele Jahre treu gedient hatte. Er mußte ihn wiederhaben, wie konnte er nur einen Augenblick lang zögern. Feige, jawohl, feige war er gewesen, wegen des Regens aufzugeben. Trockene Kleider würde er genug haben, wenn er ihn wiederfand. So dachte Ranunculus, während er sich bereitmachte, den Unterschlupf zu verlassen.

Langsam löste er die Bänder und Knöpfe, die seine Kleidung zusammenhielten, und sah zu, wie Laub und Moos auf die Erde rieselten. Er faltete säuberlich Jacke und Hose, nachdem er sie zuvor gründlich ausgeschüttelt hatte, zu einem kleinen Paket zusammen und legte es auf den Laubhaufen, damit es nicht naß werde. Nun stand er da, und sein langes Hemd, das früher einmal blütenweiß gewesen war, schlotterte um seinen Körper. Niemand würde ihn wiedererkennen. All das, was aus ihm den schmucken

Ranunculus machte, galt es zurückzuerobern, koste es, was es wolle. Jawohl!

Über viele Wurzeln kletternd, bewegte er sich vorsichtig hinunter zum Wasser. Das Geplätscher des Baches ertrank im Rauschen des Regens. Die Erde hatte sich vollgesogen wie ein Schwamm. Nachdem er sich vergewissert hatte, in welche Richtung das Wasser floß, gab es kein Halten mehr. Äste und Geröll hatten sich während des Winters am Ufer gesammelt. Sie bildeten Barrikaden und verursachten Strudel. Spitze Steine wechselten ab mit glatten und glitschigen und mit Löchern, in denen er beinahe versank. Das Hemd klebte an seinem Körper. Für die Füße von Ranunculus, der keine Pantoffeln mehr trug, ergaben sich daraus manche Probleme. Allmählich wurde er wieder sauber und satt, denn im Bach wuchs Brunnenkresse, deren scharfer Geschmack den schlechten verdrängte. Er rupfte und pflückte, aß hier und da ein Blatt und füllte sich damit langsam, aber sicher den Bauch. So näherte er sich dem Dorf. Im Rauschen des Regens ging das Knacken der Zweige, die er ungeschickt zertrat, unter.

Nirgends sah er eine Ratte, nirgends die Katze oder Menschen. Von ihren Häusern konnte er hier unten sowieso nur ab und zu ein kleines Stück Dach erkennen, oder einen Schornstein, und den Rauch riechen, der sich durch den Regen seinen Weg suchte. Den Menschen war also auch kalt. Vielleicht machten sie nur ein Feuer, um zu kochen. Die Hauptsache aber war, daß sie keine Lust hatten, zum Bach zu gehen und Fische zu fangen oder Frösche. Besonders die kleinen Menschen schienen daran ihre Freude zu haben. Schon oft hatte er beobachtet, wie sie mit Netzen und Gläsern auf alles, was sich am Wasser bewegte, Jagd machten. Es wäre peinlich gewesen, wenn sie ihn jetzt, nur mit dem Hemd bekleidet, sehen könnten.

Verflixt, beinahe wäre er abgerutscht. Er konnte gerade noch einen überhängenden Zweig erhaschen und sich hochhangeln. Der Regen wurde stärker. Zu allem Überfluß gesellte sich Wind dazu, der von vorn kam und der so stark bließ, daß er Mühe hatte, sich auf den Beinen zu halten. Er fror wieder ganz entsetzlich. Auf einmal schien es Ranunculus gar nicht mehr so einfach, sein Gefährt wiederzufinden. Regentropfen klatschten in sein Gesicht, er konnte die Augen kaum offenhalten. Außerdem kam er diesmal von der anderen Seite des Baches, da konnte man sich leicht verirren. Schade, daß der Wagen nicht auf Zurufe antworten konnte, oder auf Pfeifen. Seine Pfeife hatte er nämlich noch in einer Tasche seines Hemdes gefunden. Verflixt, schon wieder lag so ein fürchterliches Hindernis auf seinem Weg. Es gab ein lautes Geräusch, und der kleine Ranunculus lag auf der Erde. Diesmal hatte er wenigstens einen weichen Platz erwischt, einen fast zu weichen. Er konnte wegen des Regens nicht sehen, worauf er gefallen war. Wenn es auch unangenehm weich war, so fühlte es sich doch trotz der Nässe sehr interessant an. Ja, es fühlte sich an wie etwas, das er zu kennen glaubte, etwas ganz Wunderbares. War es möglich? Seine Hände forschten genauer. Er versuchte, die Augen zu öffnen, und war auf einmal ganz sicher. Ein Kissen, sein Kissen. Zärtlich strich er über die nasse Seide, fuhr mit den Fingerspitzen am Muster entlang, das er kannte. Freudentränen vermischten sich mit dem Regenwasser. Sein Wagen war in der Nähe! Irgendwo, unter dem überhängenden Gras, das die Böschung säumte, stand er und wartete darauf, daß Ranunculus kam und ihn wieder in Besitz nahm. Mit dem Kissen unter dem Arm kletterte er ein Stückchen höher. Bald war er am Ziel, das wußte er nun, denn er fand noch mehr Kissen und Scherben.

"Ach du guter Geist! Diese abscheulichen Ratten, strafe sie mit Magenschmerzen!" So schimpfte Ranunculus und blickte zum Himmel empor, wo er seinen guten Geist vermutete. Er wußte mit Bestimmtheit, daß er einen hatte. In seiner alten Heimat Indien, die er verlassen mußte, hatte er ihn sogar eines Tages gesehen. Als er auf seinem Teppich saß, still in sich versunken und losgelöst von allem, was ihn beschäftigte. Er wußte, - das heißt, er hoffte inständig -, daß sein guter Geist ihm über das große Meer gefolgt war und daß er nicht seine Spur verloren hatte. Doch würde er auch Ratten bestrafen? Oder war er so gut, daß er sie auch liebte und ihnen ihre Missetaten verzieh? Ich werde es euch jedenfalls nicht verzeihen!" rief Ranunculus in das Rauschen des Regens hinein, und nach einer Pause: "Wenigstens so lange nicht, bis ich wieder etwas zum essen habe. Doch vergessen werde ich das nie."

"Nie, nie, nie, nie", hörte er ein fernes Echo. Da wußte er, daß er den Eingang zur Rattenhöhle gefunden hatte. Das Herz schlug laut und heftig. Still stand er da, an die Böschung gepreßt, angestrengt auf einen Laut wartend, der die Ratten ankündigen würde. Schritt für Schritt, jedes Geräusch vermeidend, tastete er sich vorwärts, immer Pausen einlegend und lauschend. Seine Anspannung nahm zu. Da, wieder Glasscherben. Ranunculus wünschte den Räubern alle Verderbnisse an ihren pelzigen Hals.

In seinem Zorn sah er nicht mehr, wohin er trat. Erst stolperte er über eine dicke Wurzel, die aus einer Böschung herausragte, dann trat er in einen Glassplitter. Vor Schmerz ließ er alles fallen. Sein Fuß, o verflixt, sein Fuß tat weh. Seine Hände suchten Halt an der Wurzel, über die er soeben gestolpert war. Doch die Wurzel war keine Wurzel! Ungläubig betrachtete er die Deichsel in seinen Händen. Er hatte seinen Wagen, seinen lieben, lieben Wagen gefunden, jetzt würde alles gut. Laut aufjuchzend und schluchzend vor Freude setzte er sich auf die Deichsel und weinte Tränen des Glücks. Sie wollten und wollten nicht aufhören zu fließen, soviel Gefühl hatte sich angestaut. Ein paar Tränen des Schmerzes waren auch dabei, als er sich die Glasscherbe aus dem Fuß zog, doch die vermischten sich mit denen der Freude. Humpelnd, damit kein Schmutz in die Wunde kam, versuchte Ranunculus, den Wagen aus der Höhle zu ziehen.

"Komm, mein Lieber, mein Guter, bald wirst du wieder im neuen Glanz erstrahlen. Laß uns erst wieder fort sein von diesem verfluchten Ort", flüsterte er ihm zu. Langsam, ganz langsam zog er ihn aus der Höhle. Verflixt schwierig war das. Er hatte Glück, daß Gras und Blätter an dieser Stelle ein großes trockenes Dach bildeten. Kein Laut war zu vernehmen außer dem monotonen Rauschen des Regens. So schnell, wie es sein Fuß zuließ, huschte er zurück zum Eingang der Rattenhöhle. Hier und da lagen seine geliebten Kleider und Turbane, zernagte Kissen, offene Schachteln und Trinkbecher. Die Ratten hatten auf ihrer Suche nach Eßbarem fürchterlich gewütet. Wie sollte er je alles finden? Ranunculus schaffte es nicht, sein Eigentum auf einmal hinauszutragen. Zu tief in die unterirdischen Gänge einzudringen war außerdem sehr gefährlich. Er konnte sich gut vorstellen, wie die Ratten seinen Wagen durchwühlt hatten. Rachegedanken kamen auf, während er im Dunkeln den Boden nach seinem Eigentum abtastete. War da nicht ein Pfeifen? Sein Instinkt warnte ihn, weiter vorzudringen. Doch es galt, alle Schätze zu retten. Erst als er glaubte, alles eingesammelt zu haben, trat er den Rückzug an. Es war höchste Zeit, denn das Pfeifen kam näher, wurde lauter. Eile war geboten, von diesem Ort mit seinen schrecklichen Erinnerungen zu verschwinden.

Das wüste Durcheinander in seinem Wagen machte es Ranunculus nicht leicht, seine Pantoffeln zu finden. Es war egal, nur schnell weg hier, nur schnell weg. Nicht einen Blick verschwendete er an die schönen Vergißmeinnicht, die hier am Bach wuchsen, und er bemerkte nicht einmal, daß es aufgehört hatte zu regnen und daß es nur noch von den Bäumen auf ihn herabtropfte. Nicht einen Blick mehr gönnte er dem Ort des Schreckens und der Leiden. Erst wenn der Weg oberhalb des Baches erreicht war, würde er aufatmen können. Leicht war es nicht, auf dem aufgeweichten Boden vorwärtszukommen, noch dazu mit dem Wagen und dessen ungleichmäßig verteilter Last, doch letztlich hatte sich die Anstrengung gelohnt, und er konnte seine Reise da fortsetzen, wo er sie so abrupt unterbrechen mußte, auf dem Weg, der ums Dorf führte. An allem war nur die Katze schuld, wegen ihr hatte er so viel leiden müssen. Wenn er es seinen Freunden erzählte, kämen sie aus dem Staunen nicht heraus. An jede Einzelheit konnte er sich erinnern. Schade, daß er keine Zeit hatte, all diese schrecklichen Erlebnisse aufzuschreiben. Bände könnte er damit füllen. Doch im Moment drängten die Zeit, die Arbeit und die Pflicht. Im Winter vielleicht, wenn er in seiner gemütlichen Behausung saß, während draußen der Schnee so hoch lag, daß die Tür sich nicht mehr öffnen ließ, dann, ja dann war die Zeit gekommen, alles Erlebte niederzuschreiben. Versunken in seine Gedanken, schritt er zügig voran und spürte, daß sich das glatte Holz der Deichsel in seinen Händen erwärmte und trocken wurde. Hoffentlich übersah er nicht den Baum, unter dessen Wurzeln er seine Kleider abgelegt hatte. Es war anzunehmen, daß sie ihren Glanz verloren hatten beim Rutschen durch den Schmutz der engen Röhre, doch wenn er sich Mühe gäbe beim Waschen, könnte er sicherlich noch brauchbare Stoffstücke heraustrennen, um Kissen daraus zu nähen. Langeweile im Winter würde also nicht aufkommen, das stand fest.

Der Himmel klarte auf. Das zarte Laub der Bäume und Sträucher verlor im Wind seine Regenlast. Kleine Rinnsale liefen über den Weg und suchten einen Zugang zum Bach. Ein zaghafter, dünner Sonnenstrahl erreichte Ranunculus und ließ ihn verwundert aufblicken. Die Welt rings um ihn begann sich zu verändern. Die Gräser richteten sich auf, in jedem Tropfen, der noch auf ihnen lag, brach sich funkelnd das Licht der Frühlingssonne. Als hätten alle Vögel nur auf ihren Einsatz gewartet, erhoben sich ihre Stimmen zu einem wunderbaren Konzert.

Im Dorf erwachte wieder das Leben. Der Zauber, der Ranunculus für einige Augenblicke gefangenhielt, war verflogen. Schnellstens mußte er von dem Weg verschwinden. Kinder, Hunde und Katzen würden wieder unterwegs sein und ihn am Ende noch entdecken. Ja, er würde wieder den Pfad am Bach entlang gehen, wenigstens so lange, bis vom Dorf nichts mehr zu hören und zu sehen war. Vor den Ratten mußte er zwar noch auf der Hut sein, doch auch diese Gefahr war bald vorbei, denn draußen im freien Feld, wo sich keine Menschen aufhielten, gab es auch keine Abfälle, die für Ratten interessant waren.

In der aufgeweichten Randzone des Ufers zeichneten sich frische Spuren ab. Ein genauer Beobachter hätte, wenn er die Fußspuren zurückverfolgte, sehen können, daß sie zum Dorf führten bis in die Gärten zwischen den Häusern. Sie gehörten der Katze, die vor dem starken Regen geflüchtet war und in einem Stall sein Ende abgewartet hatte. In einem Dorf, das an Wald und Flur grenzte, gab es in Scheunen und Ställen für die Dorfkatzen genug, um sich die Bäuche zu stopfen. Genug, daß auch die Verfolgerin von Ranunculus nicht hungrig von dort weggehen mußte. Neugierig durchstreifte sie das nasse Gras, schleckte ein wenig vom frischen Wasser des Baches und versuchte, die Elritzen zu haschen, die sich aber unter den Steinen in Sicherheit bringen konnten. Den Geruch des Zauberers hatte sie noch nicht aufgenommen. Doch sie war nicht allein. Da es aufgehört hatte zu regnen, wurde es lebendig am Ufer. Die Katze war satt, und der Sinn stand ihr nach Spielen. Spielgefährten gab es viele. Frösche, Mäuse und Ratten. Doch keiner von ihnen hatte Lust auf Unterhaltung nach Katzenart. Es wollte ihr einfach nicht gelingen, jemanden zu finden, der ihr ein wenig die Zeit vertrieb, und so entfernte sie sich immer weiter vom Bachufer, bis sie plötzlich einen Rattenschwanz in einer Höhle verschwinden sah. Neugierig legte sie sich auf die Lauer, den Eingang genau im Auge behaltend. Auf einmal war er wieder da, der Geruch, das seltsame Gemisch nach Maus, Kräutern und Vögeln. Erregt bis in die weiße Schwanzspitze, versuchte die Katze herauszubekommen, woher er kam. Unruhig beschnupperte sie den Höhleneingang und fand die Fährte von Ranunculus und seinem Wagen. Nun hatte sie wieder ein Ziel und beschloß, es zu verfolgen.

Ranunculus wiegte sich in Sicherheit. Längst hatte er seine Kleider unter den Baumwurzeln hervorgeholt, sich ein wenig erfrischt und eingekleidet für den Weg, der vor ihm lag. Alles, was die Ratten an Vorräten übriggelassen hatten, befand sich wieder an seinem Platz. Eßbares zählte, wie er mit großem Bedauern feststellen mußte, nicht mehr dazu. In der nächsten Zeit würde er sich nur von Rohkost ernähren müssen. Aber da er plante, einen Freund zu besuchen, dessen Behausung sich am Weg befand, glaubte er, bis dorthin auch ohne Kekse und Nüsse auszukommen ...

✻✻✻

Schon eine geraume Weile suchte Pinaruh nach einer Gelegenheit, die Geschichte zu unterbrechen. Er war ziemlich unruhig, und das Verlangen, sich seinen Träumen hinzugeben, wurde immer stärker. Er wunderte sich, daß die, die ihm am nächsten waren, nicht auch die Stimme von Ranunculus Distel hören konnten. Pinaruh mußte schon sehr aufpassen, daß er die alten und die neuen, noch ungeborenen Träume nicht durcheinanderbrachte. Insgeheim wünschte er sich, weiterhin solch interessante Träume zu haben. Nichts und niemand konnte ihn daran hindern, sofort mit dem Träumen wiederanzufangen. Darum schloß er die Augen und ließ sich von seinen Gedanken forttragen.

***

Alanda schaute dem Spiel der Schmetterlinge zu. Gedankenverloren steckte sie sich Blüten ins Haar und schmückte ihr Kleid. Rosantha aber hatte die letzten Blätter ihres alten Kleides verloren. Lange hatte sie versucht, diesen Augenblick hinauszuschieben. Jedes Rosenblatt hatte sie gesammelt, um noch etwas vom Duft des vergangenen Sommers einzuatmen. Doch im Rosengarten blühten die ersten Rosen. Die Knospen zeigten weiße Spitzen mit einem schmutzigbraunen Schimmer. Je nachdem, in welcher Farbe die Rosen ursprünglich geboren werden sollten, war er mal heller, mal dunkler. Vorbei war es mit dem Purpursamt der Kletterrosen, der früher die Ruine des alten Hauses eingehüllt hatte. Vorbei mit dem Leuchten der rosafarbenen Moosrosen inmitten ihres hellgrün schimmernden Laubes.

Unbeschadet von den Einflüssen, denen die einst farbigen Rosen ausgesetzt waren, öffneten sich aber nacheinander alle weißen Rosenblüten. Doch sie waren ohne Duft und kraftlos, und die Rosenfeen hatten keine Freude an ihren frischen Kleidern. Es war wie nach einer langen Regenperiode, die Rosenblätter lösten sich, braun und glitschig, aus ihren Kelchen und fielen zu Boden. Für alle, deren Lebensgrundlage der Nektar war, wurde die Lage bitterernst. Und die Blütenpollen, die sonst von den Insekten auf ihrem Körper von Blüte zu Blüte getragen wurden, fielen ab. Sie blieben nicht haften, und auf dem Weg von einer zur anderen Blüte gingen viele verloren. Alle, die einen Honigvorrat oder Pollenbrei benötigten, um ihre Brut durchzubringen, flogen nun über die Mauer, um zu überleben. Viele kamen nicht mehr in den Garten zurück. Früher war es anders gewesen. Wildbienenvölker erfüllten die Luft mit ihrem Gesumme, Schwärme von Insekten flogen dem Duft der Rosen entgegen, wieder andere ließen sich anlocken von dem würzigen Geruch, den die blumenreiche Wiese verströmte.

Hinter der hohen Gartenmauer, wo die von Efeu umschlungenen Baumriesen standen, sammelten sich die wärmenden Strahlen der Sonne und ließen den Frühling früher beginnen. Viele Schmetterlinge und Falter verließen ihre Puppen schon im April und gaben dem Garten mit ihren schönen Farben etwas Leben. Mit ihrem Gelb und Blau und all den anderen leuchtenden Farben stahlen sie den Blumen die Schau. Es schien, als gäbe es in diesem Jahr besonders viele, oder fielen die Schmetterlinge nur so sehr auf, weil sie sich von all dem Grün besser abhoben? Wohlgefällig betrachtete sie Pinaruh, der inmitten des Klees saß, ließ sich von ihren Fühlern das Gesicht streicheln und hielt seinen Mund fest verschlossen, damit ihm nicht ein Fuß zwischen die Zähne geriet. Die Kleinen und Kleinsten liebte er besonders, und von denen die himmelblauen, die Bläulinge, am meisten. Hatten sie doch die gleiche Farbe wie sein Seidenkissen, das ihn an die Traumrose erinnerte. Ach ja, die Erinnerung an diese Zeit würde ihn nie loslassen. Oft war sie in seinen Gedanken, fast so oft wie Ranunculus in seinen Träumen, mit dem ihn die große Liebe zu kleinen Schmetterlingen verband, und das wollte er, Pinaruh, noch heute, am besten gleich, seinen Freunden erzählen.

***

Einen zauberhaften warmen Tag würde es heute geben, das stand fest. Kein Lüftchen regte sich. Hoch oben im zarten Himmelsblau sangen die Lerchen ihr Lied. Der Bach wand sich durch das breite Tal, gesäumt von Erlen und Weiden, deren Zweige tief in das Wasser hingen. Durch den heftigen Regen der vergangenen Tage, der den Bach hatte anschwellen lassen, war allerlei mitgespült worden, was in diesen Zweigen festhing. Vom Ufer aus versuchte die Katze, das bunte Ding, das sie entdeckt hatte, herauszuziehen. Es sah aus, als würde sich herrlich damit spielen lassen. Wozu doch lange Krallen gut sind, dachte die Katze, als es ihr endlich gelungen war, ihren Schatz ans Trockene zu bringen. Und es war wirklich ein Schatz, den sie geangelt hatte, rosarot und grün, mit vielen Perlen, viel zu schade, um damit zu spielen. Interessiert untersuchte und beschnupperte sie ihn von allen Seiten, doch der Bach hatte seinen Geruch genommen, ihn gerollt und gespült, bis er sauber und bunt in den Zweigen hängengeblieben war, der einstige Stolz von Ranunculus Distel, der Turban aus der Abflußröhre.

Die Sonne strahlte, und Ranunculus mußte feststellen, daß er zu warm angezogen war. Seit Stunden zog er mit seinem quietschenden Wagen durch offenes Gelände. Seine Hände schienen mit der Deichsel verwachsen, und klebrig waren sie, fast so, als hätte er Bonbons angefaßt. Vielleicht wäre es besser, sich wieder dem Bach zuzuwenden, dachte er, und als dieser sich nach einer großen Schleife wieder näherte, setzte Ranunculus den Gedanken in die Tat um. Ein kleines Stück wollte er ihn begleiten und im Schatten der Bäume eine Rast einlegen. In der kühlen Frische, die der Bach ausatmete, fühlte er sich gleich wohler. Notgedrungen war Ranunculus sehr genügsam geworden. Die Samen der Erlen ließen sich nur mühsam vom feuchten Boden aufklauben. Mehr als eine Nascherei war es nicht, doch sie brachten eine höchst willkommene Abwechslung auf seinen kargen Speiseplan. Während er den Boden absuchte, rollte in nächster Nähe etwas vorbei.

“Sieht fast aus wie ein Turban”, dachte er laut. “Turban? Habe ich eben Turban gesagt?”

Er griff sich an den Kopf und atmete auf, sein Turban war noch da.

"Verflixt, ich sehe schon am hellichten Tag Gespenster."

Kopfschüttelnd wollte er weitergehen, als ihm bewußt wurde, daß er wirklich einen Turban gesehen hatte, und er erschrak ganz fürchterlich. Die Ratten! Du lieber Himmel, die Ratten waren wieder an seinem Wagen. Sie hatten ihn verfolgt und wollten ihn vernichten. Wie erstarrt stand Ranunculus da und traute sich nicht, sich umzusehen. Er setzte sich auf einen Stein und malte sich die schrecklichsten Dinge aus, die hinter ihm sicherlich geschahen. Nein, zusehen, wie alles, was ihm lieb war, sinnlos zerstört wurde, das wollte er nicht. Lieber sitzen bleiben und warten, bis der ganze Spuk ein Ende hatte. Zorn, Trauer und Mutlosigkeit, seine ungeliebten Wegbegleiter, da waren sie wieder. An die Katze jedoch verschwendete Ranunculus nicht einen Gedanken. Wie hätte er auch ahnen können, daß sie ganz in seiner Nähe war.

Noch immer spielte sie mit dem Turban, dessen kunstvolle Wicklung sich langsam aufzulösen begann. Er hatte zweifellos gelitten auf seinem Weg durch das Wasser und durch die Krallen der spielenden Katze. Doch für diese war das ohne Bedeutung, solange er sich rollen ließ und nichts anderes ihre Aufmerksamkeit fesselte. Ein ganz kleiner Schubs genügte, um ihn in Bewegung zu setzen. Hingebungsvoll verfolgte sie das kleine Spielzeug mit ihren Blicken, denen es von Zeit zu Zeit entschwand.

Das wäre sicher noch weitergegangen, wenn, ja wenn nicht der Zufall es gewollt hätte, daß er Ranunculus genau vor die Füße rollte. Im ersten Moment begriff er gar nicht, wie ihm geschah, und schaute seinen wiedergefundenen Schatz an, der vor ihm lag. Schon etwas zerschlissen von den Krallen der Katze, aber zweifellos sein über alles geliebter Rosenturban. Ein Wunder war geschehen, ungläubig blinzelte er. Es war kein Trugbild, das seine Wünsche ihm vorgaukelten. Sein guter Geist hatte ihn nicht verlassen, Ranunculus hatte es geahnt. Aus dem fernen Indien war er ihm gefolgt, wachte über ihn und hatte dafür Sorge getragen, daß er seinen Turban wiederbekam. Später würde er ihm zu

Ehren eine Pause einlegen und sich mit einer besonderen Zeremonie bedanken.

Die Katze, immer noch in Spiellaune, suchte nach ihrem bunten Zeitvertreib, der ihr abhanden gekommen war, und stand mit einemmal vor Ranunculus. Wer von beiden verdutzter war, konnte man nicht sagen. Auge in Auge standen sie sich gegenüber, so nahe wie nie zuvor. Damit hatte keiner der beiden gerechnet. Ranunculus erfaßte als erster die Situation. Schnell wie der Blitz, noch ehe die Katze reagieren konnte, schnappte er seinen Turban, mit einem Stock fuchtelte er ihr vor der Nase herum und trat unter lautem Geschrei den rettenden Rückzug an. An seinem Wagen angelangt, kam ihm die Gefährlichkeit der Situation, in der er sich gerade befunden hatte, erst zu Bewußtsein. Seine Beine zitterten, und er setzte sich auf die Deichsel. Ach du lieber Himmel, wie hatte er nur die Katze vergessen können. Wenn sie ihn jetzt überfiele? Das würde ihn in große Bedrängnis bringen. Schon wieder hatte er sich geirrt und war dadurch erneut in eine brenzlige Situation geraten. Erst hatte er beim Dorf auf die Katze geachtet, und die Ratten waren gekommen. Jetzt war es gerade umgekehrt. Mühsam erhob sich Ranunculus, immer noch geschockt von dem plötzlichen Auftauchen der Katze, hielt seinen wiedergefundenen Turban fest an sich gepreßt und erwartete sie.

Für die Katze war mit dem Erscheinen von Ranunculus wieder das Jagdfieber erwacht, das sein Anblick und die vielen Gerüche, die er verbreitete, in ihr hervorriefen. Egal wohin ihn sein Weg auch führte, von nun an würde sie ihm wieder folgen. Die Zeit verstrich, und Ranunculus, der, mit Stock und Fliegenwedel bewaffnet, bereit war, den Kampf mit der Katze aufzunehmen, verlor langsam die Geduld. Er wußte nicht recht, wie er sich verhalten sollte, und das verunsicherte ihn sehr. War es überhaupt seine Katze? Also so was, jetzt nannte er sie in Gedanken auch schon seine Katze. Kopfschüttelnd ob des Unsinns, den er gedacht hatte, rief er sich noch einmal alle Merkmale seiner Verfolgerin ins Gedächtnis. Dunkel war sie, dunkelgrau? Oder schwarzgrau, blaugrau, schwarzblau? Also, sie war auf jeden Fall dunkel und schön. Ja, das war sie. Und schlank. Nicht so pummelig wie die Dorfkatzen, denen er manchmal begegnete. Begegnet war eigentlich zuviel gesagt. Denn begegnet war er noch keiner. Er würde sich hüten. Aber aus sicherer Entfernung, da hatte er schon mal einen Blick riskiert. Ja, was war noch Auffälliges an ihr? Die Augen, richtig, die Augen! Groß und schräg und blau waren sie, himmelblau. Und dann hatte sie auch noch eine weiße Schwanzspitze. Kein Zweifel, sie war es. Soviel hatte er sehen können. Das klügste war wohl, sich aus dem Staub zu machen und so zu tun, als sei sie Luft für ihn. Den Abstand hielt die Katze geringer als sonst. Sie folgte der winzigen Gestalt, die sich damit plagte, ihren Wagen mit seiner schwankenden Ladung im Gleichgewicht zu halten, denn es ging leicht bergab. Der Bach floß schneller und entfernte sich von dem ungleichen Paar. Bald schon machte er einen großen Bogen nach rechts, um in einem kleinen Wald zu verschwinden. Ranunculus aber wollte nach links, der Sonne entgegen, die dem Zenit zustrebte. Nun, mit leichterer Kleidung versehen, fühlte er sich beschwingt. Die Katze hinter sich zu wissen nahm ihm nichts von seiner guten Laune, denn er konnte schon in der Ferne die kleine Gehölzinsel entdecken, in der ein Freund ihn erwartete. Diesmal freute er sich ganz besonders auf das Wiedersehen mit ihm. Allerlei Vorräte standen dort bereit, Kekse und Nüsse würde er wieder essen können. Nach all dem Löwenzahn und der Kresse, die er, um nicht zu hungern, in der letzten Zeit in sich hineinstopfen mußte, wunderte er sich, daß seine Haut keine grüne Farbe angenommen hatte. Aber er wollte nicht undankbar sein. Nach langen Wintern sehnte man sich schon danach, endlich wieder auf einen saftigen grünen Stengel zu beißen. Aber jetzt hatte er genug davon. Doch nicht nur leibliche Genüsse erwarteten ihn. Der Gedanke, endlich einen Gesprächspartner, einen Zuhörer zu haben, dem er von seinen unglaublichen Abenteuern erzählen konnte, beflügelte seine Schritte.

Der Boden veränderte sich, wurde sandig und mager. Überall ragten Wurzeln aus dem Sand, und der Wagen geriet ständig in Gefahr umzukippen. Heidekraut und Ginster stellten sich ihm in den Weg, ein paar Kiefern sorgten für lichten Schatten.

Was wäre wohl angemessen für diesen Besuch? Unter Kissen und Teppichen wühlte Ranunculus nach passender Kleidung. Mit staubbedeckten Pantoffeln und der schlabbrigen Hose wollte er auf keinen Fall seinem Freund Glisser unter die Augen treten. Außerdem stärkte ein gepflegtes Aussehen das Selbstbewußtsein ungemein. Auch die Katze konnte ihm den Spaß an schöner Kleidung nicht verderben. Sicher war sie jetzt in seiner Nähe, gut getarnt durch ihr dunkles Fell im Schatten des Ginsters.

Frohgemut bewegte sich Ranunculus Distel auf kaum sichtbaren Pfaden, die zwischen den Grasbüscheln entlangführten, und blühender Ginster verströmte sein herbes Aroma in der Wärme der Mittagssonne. Der Eingang der Behausung lag gut versteckt zwischen Heidekraut und Heidelbeerbüschen. O ja, es würde eine gute Ernte geben in diesem Jahr. Üppiger grüner Fruchtbehang ließ kommende Genüsse erhoffen. Er glaubte den Geschmack reifer Heidelbeeren auf seiner Zunge zu spüren, und das Wasser lief ihm im Mund zusammen. Ranunculus ließ seinen Wagen stehen und suchte in den Taschen seines Seidenkaftans nach der Pfeife, mit der er seine Ankunft ankündigen wollte.

"Verflixt, wo bist du?" Irgendwo mußte sie doch sein. War es die dritte Tasche von oben auf der linken Seite oder die fünfte von unten auf der rechten Seite? Allerlei kam da zum Vorschein: Federn, Blumensamen und bunte Kiesel. Hatte er sie verloren? Na endlich, da war sie. Dreimal kurz pfeifen war ausgemacht. Erwartungsvoll spähte Ranunculus zur Tür. Niemand öffnete. Er versuchte es wieder. Nichts regte sich. Nanu? Das war seltsam. Er wartete eine Weile und pfiff erneut. Wollte sein Freund ihn necken? Glisser war ein richtiger Kobold, immer zu wilden Späßen aufgelegt.

"Ist da jemand?" Keine Antwort.

"Darf ich eintreten? Ich bin müde und würde gern etwas schlafen. Oder will mich vielleicht jemand davon abhalten? Mit Tee und Keksen etwa?"

Stille.

Ranunculus richtete sich auf Warten ein. Irgendwann würde Glisser schon kommen. Er suchte sich einen Platz im Schatten, von wo aus sich die Umgebung gut überblicken ließ. Doch je länger er so verweilte, desto größer wurde seine Müdigkeit. Lustlos zupfte er ein bißchen Gras und kostete eine unreife Heidelbeere.

“Verflixt, nichts, aber auch gar nichts Eßbares wächst hier in der Nähe.” Mühsam erhob er sich. War Glisser etwas zugestoßen? Ach du lieber Himmel, an diese Möglichkeit wollte er gar nicht erst denken. Sicher gab es für seine Abwesenheit eine einleuchtende Erklärung. Vorsichtig näherte er sich der Tür. Sie war unverschlossen. Er brauchte einige Zeit, um seine Augen an die Dunkelheit zu gewöhnen. Der Raum war sauber und der Tisch hergerichtet, als würde ein Gast erwartet. Beim Nähertreten bemerkte Ranunculus jedoch eine leichte Staubschicht, die den Tisch bedeckte. Es schien längere Zeit niemand mehr daheim gewesen zu sein. Wohin war Glisser gegangen? Schließlich wußte er doch, daß er Besuch bekommen würde. Sein Freund, dessen Gastfreundlichkeit jedermann schätzte, hatte ihn versetzt. War alle Freude auf Essen und unterhaltsame Gespräche umsonst? Hungrig hob Ranunculus den Deckel einer Schale, die auf dem Tisch stand, und betrachtete andächtig ihren Inhalt. Ach, wie oft er sich vorgestellt hatte, wieder Kekse zu sehen, sie in den Händen zu halten und sie genußvoll zu verspeisen. Nun stand er vor ihnen und verschlang sie mit seinen Augen. Ein klein wenig nur brauchte er die Arme nach ihnen auszustrecken, und sie waren sein. Intensiver Gewürzduft stieg ihm in die Nase. Vanille und Honig glaubte er darin zu erkennen, eine Spur Zimt war auch dabei, und noch etwas. Hm, was war das doch, wie hieß das noch? Es wollte und wollte ihm nicht einfallen. Wenn er einmal einen Bissen versuchen würde, wüßte er auch wieder den Namen. Köstlich, verflixt köstlich schmeckten sie. Ranunculus ließ die Kekse auf der Zunge zergehen, und ehe er sich versah, war die Schale halb leer, und dem geheimnisvollen Gewürz, das diese Kekse so schmackhaft machte, war er noch immer nicht auf die Spur gekommen. Erwartungsvoll öffnete Ranunculus Dosen und Schachteln, probierte hier einen Happen und naschte da ein wenig. Glisser hatte für ihn wirklich das Beste aufgetischt. Genüßlich verspeiste er das Gebäck und die getrockneten Früchte, die Nüsse und Süßigkeiten, während die Sonne allmählich hinter dem Ginster verschwand. Endlich hatte er wieder einmal ein Dach über dem Kopf, saß an einem Tisch und würde bald in einem Bett schlafen.

Glissers Bett war eigentlich einem Nest ähnlich, denn es war mit Moos und Flaumfedern ausgepolstert. Für Schnickschnack hatte Glisser nun mal wenig übrig. Er war ein Feldkobold und stolz auf seine einfache Lebensweise, und so sah seine Wohnung auch aus. Die Wurzeln, die überall aus Wänden, Decke und Fußboden ragten, dienten als Bänke und Haken. Als solche nutzte sie nun Ranunculus. Seinen Wagen hatte er ausgeräumt und den Inhalt im Raum verteilt. Jetzt sah es hier fast genauso schön aus wie daheim. Befriedigt betrachtete er seine Kopfbedeckungen, die an den Wurzeln hingen wie bunte Lampions. Die kleine Kerze auf dem Tisch flackerte, zauberte tanzende Schatten an die Decke und ließ die Edelsteine und Perlen der Turbane funkeln. Die Kissen lagen gut verteilt auf dem Lager, dessen Moospolster Ranunculus mit einem Teppich bedeckt hatte. Er löschte das Licht und tastete sich in der Dunkelheit über die Wurzeln zur Schlafstätte. Müde und satt kroch er hinein. Noch ehe er dem Himmel und seinem guten Geist für ihre Hilfe und die guten Kekse danken konnte, fiel er in einen tiefen Schlaf, was nach den Strapazen, die er hinter sich hatte, kein Wunder war.

Draußen in den Bäumen rauschte sanft der Wind, der Mond erhellte mit seinem milden Glanz das Dunkel der Nacht. Allerlei Getier war unterwegs, auf Flügeln und auf Pfoten, Jäger und Beute. Eine ganze Weile pendelte die Katze schon unruhig zwischen dem Wagen von Ranunculus und Glissers Behausung, durchstöberte gründlich die Kissen und Kleidungsstücke mit ihren Pfoten oder versuchte, durch das Fenster in das Zimmer zu sehen, in dem der kleine Zauberer schlief. Diesmal würde sie sich nicht abschrecken lassen von der winzigen zappeligen Gestalt. Sie mußte herausfinden, wer oder was sie war, ein Tier oder ein Vogel. Die ganze lange Nacht hielt sie Wache, lauschte den Stimmen, die aus der Dunkelheit an ihr Ohr drangen, den Stimmen der Eulen, dem Knacken der Äste in den Bäumen und dem leisen Schnarchen von Ranunculus, der in seinen Kissen lag, nicht ahnend, daß vor der Tür jemand auf ihn wartete.

Sein Herz blieb fast stehen, als er am Morgen aus dem Fenster sah. Groß und blau blickte ein Auge auf ihn herab. Kein Entrinnen war möglich, bis in den hintersten Winkel des Raumes verfolgte es aufmerksam jede seiner Bewegungen. Die Tür, o guter Geist, die Tür, war sie zu? Aufatmend erinnerte er sich, sie am Abend verschlossen zu haben. Am liebsten wäre es ihm, der Fußboden würde sich öffnen und er könnte darin verschwinden oder unsichtbar werden oder sich in Luft auflösen, damit er nicht mehr in dieses Auge blicken mußte. Magisch fühlte er sich von ihm angezogen. Die Hände auf dem Rücken verschränkt, lief Ranunculus in der Stube umher. Höchst unbehaglich fühlte er sich, wieder einmal saß er fest. Irgendwann hatte die Katze sicher Hunger, dachte er, und dann würde sie weggehen. Aber vielleicht hatte sie gerade erst gefressen. Stunden könnten dann vergehen, bis sie wieder Hunger hätte. Oder Tage? Er wußte nicht, wie oft eine Katze Nahrung brauchte.

Verflixt, überall waren die Wurzeln im Weg, überall konnte man stolpern. Ungehalten trat er dagegen, noch nie hatte er sie so störend empfunden wie heute. Sie schränkten seine Bewegungsfreiheit ein. Mißmutig streckte er der Katze die Zunge heraus und zog Grimassen, um dann wieder gegen eine der Wurzeln zu treten. Ungerührt schaute das Auge ihn an. Nicht einmal blinzeln mußte sie, diese verflixte Katze. Ranunculus legte sich ins Bett und zog die Decke über den Kopf. Nach einer Weile hob er ihn und schaute zum Fenster. Die Lage war unverändert. Da kam ihm eine Idee. Einen Teppich mußte er vor das Fenster hängen, jawohl, das war es. Ein Stein fiel ihm vom Herzen. Wenn die Katze schon dableiben wollte, so konnte sie ihn jetzt wenigstens nicht mehr beobachten. Flink befestigte er den größten Teppich, den er hatte, vor ihrem neugierigen Auge. Sorgen, daß die Katze ihn mit ihren Krallen verletzen könnte, hatte er nicht, die Wand war so dick, daß sie ihn nicht erreichen konnte. Doch jetzt war es so dunkel, daß er ohne Kerzenlicht nichts sehen konnte. Ihm wurde langweilig. Was blieb ihm denn zu tun außer essen und schlafen und schlafen und essen. Sollte er etwa Staub wischen? Da fiel sein Blick auf die Likörfläschchen. Wie konnte er sie nur vergessen. Das war genau das, was er jetzt brauchte. Welche sollte er zuerst öffnen? Ein Spiel wollte er sich ausdenken, ein Spiel für eine Person und fünf kleine Flaschen. Und er wußte jetzt schon, wie es enden würde. Vor ihm standen auf dem Tisch die diversen Liköre und funkelten im Schein der Kerze rot wie Rubine und golden wie Honig in ihren Kristallkaraffen. Richtig festlich sah es aus. Langsam verband sich Ranunculus die Augen mit einem Tuch. Jetzt ging es los. Dreimal um die eigene Achse drehen und dann mit dem Finger auf die Karaffen zeigen. Die, die ihm am nächsten stand, würde er öffnen. Dann wollte er sich nochmals drehen und wieder wählen. Und so drehte sich Ranunculus, neugierig seine Hände ausstreckend. Doch was er fühlte war kein kühles Kristall, es war Fell und ein Schnurrbart. Die Katze! Ranunculus fühlte, wie seine Knie weich wurden, und zitterte.

"Hiiilfe!" schrie er, "Hilfe! Alle guten Geister zu Hilfe! Die Katze!" und riß sich das Tuch vom Gesicht.

"Eine Katze, wo ist eine Katze?" Vor ihm stand mit gesträubtem Fell und mit vor Angst geweiteten Augen eine kleine Maus.

"Nanu, woher kommst *du* denn? Ich habe gedacht, die Katze sei hier."

Erschrocken fragte die Maus: "Sag mir erst, wo eine Katze ist, dann verrate ich dir, woher ich komme."

"Vor der Tür, eben war sie vor der Tür!" Noch zitternd vor Schreck lupfte Ranunculus den Teppich am Fenster. Sie war weg, nein, sie war wieder da. Himmelblau und groß schaute das Auge zu ihnen ins Zimmer.

"Sie verfolgt mich seit Wochen, seit Monaten, ach, ich weiß nichts mehr." Eben noch hatte er sich auf ein Becherchen Likör gefreut, und jetzt fühlte er sich wieder so elend. Zusammengekauert saß er auf einer Wurzel und kämpfte mit den Tränen.

"Wie heißt du?" fragte er die Maus.

"Maus."

"Ich wollte nicht wissen, was du bist, das kann ich selber sehen.

Ich wollte wissen, wie du heißt."

"Maus."

"Willst du damit sagen, daß du wirklich Maus heißt?"

"Richtig", sagte Maus.

"Wie bist du denn hereingekommen?"

"Hättest du nicht alles verhängt mit deinem bunten Zeug, würdest du es wissen", erwiderte die Maus schnippisch.

"Weißt du, wer ich bin?" fragte Ranunculus und stellte sich aufrecht vor die Maus.

"Klar, ich kann's mir schon denken. Du bist sicher dieser unpünktliche Ranunculus, der den armen Glisser so lange hat warten lassen. Eine Unhöflichkeit sondergleichen, wenn du meine Meinung dazu hören willst", antwortete die Maus. Auch sie war wieder mutiger geworden und blickte Ranunculus in die Augen.

"Findest du es nicht unhöflich, einem Freund die Zeit zu stehlen?"

Verblüfft starrte Ranunculus auf die Maus namens Maus, die sich herausfordernd vor ihm aufgestellt hatte.

"Du Miniaturratte, du, was erlaubst du dir eigentlich? Wenn du nicht endlich deine pelzige Schnauze hältst, schiebe ich dich durchs Fenster! Das muß ich mir nicht bieten lassen!"

"Bieten lassen, bieten lassen!" äffte die Maus ihn nach. "Mein Freund Glisser ..."

"Was, Glisser ist auch dein Freund?" unterbrach Ranunculus sie.

"Was glaubst du denn, weshalb ich hier bin. Ich sehe immer nach dem Rechten, wenn er außer Haus ist. Oder denkst du, ich schnüffle in fremden Wohnungen?" Empört zeigte Maus ihm die spitzen Zähne.

"Ach, vergiß es, ich habe es nicht so gemeint. Schön, daß du da bist. Jetzt bin ich wenigstens nicht mehr allein mit der Katze."

"Hör endlich mit der Katze auf, das halten meine Nerven nicht aus. Verrate mir lieber, warum du erst jetzt kommst."

Darauf wußte Ranunculus eine lange Geschichte zu erzählen, nur hörte ihm statt Glisser jetzt die Maus zu.

Draußen verging der Tag, und die Katze vor dem Fenster hielt immer noch auf ihrem Posten aus. Nur ganz kurz erlaubte sie sich wegzugehen. Doch Ranunculus und Maus, die Maus merkten nicht, daß sie die Chance verpaßt hatten, das Haus zu verlassen, so vertieft waren sie ins Erzählen und Zuhören.

"Das sind ja schlimme Sachen, die dir passiert sind, dazu braucht man starke Nerven", sagte die Maus.

"Wenn nicht meine Arbeit getan werden müßte, hätte ich schon längst aufgegeben, das kannst du mir glauben", erwiderte Ranunculus und fuhr fort: "Ein langer Weg liegt noch vor mir. Auch wenn ich mich schon verspätet habe, ich muß weiterziehen, zuviel hängt davon ab."

Ranunculus schwieg. Nachdenklich sah die Maus ihn an.

"Hör zu, ich kann dir vielleicht helfen. Komm mit!" Sie lief zu einer Ecke des Zimmers, wo Ranunculus seine Kleider abgelegt hatte, und war plötzlich wie vom Erdboden verschwunden. "Wo bleibst du denn?" Ihre spitze Nase kam wieder zum Vorschein. "Bist du blind?" Der Gang, den die Maus benutzte, war lang und schmal und erinnerte Ranunculus an die Abflußröhren beim Dorf. "Ich kann nicht!" rief er hinter ihr her. "Warum nicht, bist du zu dick?" Zu dick, zu dick, er und zu dick! Wollte sie ihn ärgern? Angst hatte er. Wenn er nur einen Zentimeter hineinkriechen würde, müßte er schreien. Der Kragen wurde ihm zu eng und die Hände zitterten. Vielleicht ist die Katze schon weg, dachte er, und hob den Teppich, der vor dem Fenster hing. Aber sie war noch da, ganz deutlich konnte er ihren Schatten vor dem Fenster sehen.

"Kommst du endlich?" Ungeduldig schnappte die Maus nach seinem Kaftan und zog ihn mit sich. Er wußte, es war richtig, mit ihr zu gehen, sie kannte sich aus. Seine Panik verflog. Maus schubste ihn vor sich her durch den Gang. Sauber war er und trocken, das konnte Ranunculus fühlen.

"Aufhören, du kannst aufhören zu krabbeln." Die Maus stand vor ihm. Merkst du denn gar nicht, daß der Gang zu Ende ist?" Sie standen irgendwo draußen im sandigen Gelände unter dichtem Heidekraut.

“Na, was habe ich gesagt?”
“Wo sind wir?”
“In der Freiheit, Herr Zauberer.”
Ranunculus sah sich um. Nanu, es war ja stockfinster. Hatte er so lange erzählt? Es mußte wohl so sein.
“Paß auf, wohin du trittst, das war eben mein Schwanz.”
“Entschuldigung, tut mir leid.”
“Aua, schon wieder. Kannst du nicht besser aufpassen?”
“Entschuldigung.”
“Hör endlich auf, dich dauernd zu entschuldigen. Sieh lieber zu, daß du wieder in das Loch kommst, sonst holt uns die Katze.”
“Was, ich soll wieder ins Loch? Warum hast du das nicht gleich gesagt? Warum hast du mich erst rausgeholt, wenn wir schon wieder zurück müssen. Aber ... Maus! Halt! Warte! Du kannst mich doch nicht einfach hier im Dunkeln stehenlassen! Maus, Maus, wo bist du?”
“Blind wie ein Maulwurf und laut wie ein Haufen wildgewordener Kobolde. Willst du uns verraten, du Dummkopf?”
Dummkopf. So hatte noch niemand ihn zu nennen gewagt. Dieser Maus mangelte es an Respekt ... und Bildung ... und Erziehung, jawohl! Schließlich war er der Ältere und ganz gewiß der Klügere. Daß sie schärfere Augen hatte, war kein Grund, ihn Dummkopf zu nennen. Wann kam er schon mal in diese Gegend. Einmal im Jahr. Und da machte er keine nächtlichen Spaziergänge. Erbost kroch Ranunculus in den Gang, zurück in Glissers Behausung. Diese verflixte Maus! Was er sich alles von ihr bieten lassen mußte! Und er war auch noch auf ihre Hilfe angewiesen, das war das schlimme daran.
“Na, da bist du ja endlich. Wurde aber auch Zeit. Mit dir bringt man sich ja in Lebensgefahr. Nun guck nicht so beleidigt. Denkst du denn, ich weiß nicht, daß Katzen für ihr Leben gern Mäuse fressen? Erst lockst du sie mir auf den Pelz, und dann zeigst du kein Verständnis für meine Angst.” Maus schüttelte ungläubig den Kopf.
Was konnte Ranunculus darauf schon antworten? Er lenkte ab, indem er sagte: “Hast du gedacht, ich lasse all das hier zurück?”

Er zeigte auf seine Kleider und Teppiche, die ausgebreitet über den Wurzeln hingen. “So was kann auch nur eine Maus denken. Ich gehe jedenfalls nicht von hier fort ohne mein Eigentum!”

“Das ist jetzt deine Sache, Zauberer, den Weg ins Freie kennst du nun.”

Maus, die Maus, verstand nicht, wie jemand so versessen darauf sein konnte, sich mit diesem Plunder zu belasten. Sie benötigte so wenig zum Leben: gutes Essen, einen Platz zum Schlafen und einen guten Freund. Auf Dauer könnte sie mit einer Person wie Ranunculus nicht auskommen. Wie Glisser sich auf einen bunten Vogel wie den Zauberer freuen konnte, war ihr unverständlich. Ein paar Stunden war dieser Ranunculus jetzt hier, und die Wohnung sah fürchterlich aus. Gräuslich! Na ja, sonst schien er immerhin ganz nett zu sein, und außerdem war er Glissers Freund. Also mußte er auch gute Seiten haben, aber er war anstrengend, sehr anstrengend, fand sie. Doch sie würde ihm auf jeden Fall helfen. Lieber wäre es ihr jedoch gewesen, wenn Glisser zurückkäme.

Auch Ranunculus war in Gedanken bei ihm.

“Sag mal, Maus, wohin ist Glisser denn gegangen?”

“Er macht Verwandtenbesuche. Dringender Fall. Die werden mit ihren Kindern nicht mehr fertig.” Die Stimme der Maus wurde schrill, und Ranunculus hatte Mühe, sie zu verstehen. “Nichts als Unfug haben die im Sinn, nichts als Unfug, wenn du mich fragst. Schlecht erzogen sind die Bälger, sag` ich dir. Und immer holen sie Glisser. Die sind nicht in der Lage, sich selbst zu helfen. Warum kriegen solche Leute überhaupt Kinder, frag` ich dich, kannst du mir das sagen? Sei froh, daß du keine Kinder hast. Dir bleibt eine Menge Ärger erspart.” Die Maus hatte sich in Rage geredet, und Ranunculus konnte ihr nur zustimmen, denn ihm war diese Familie allzugut bekannt. Schon oft war er ihr begegnet und war jedesmal froh, wenn er sie nicht sah. Ihm grauste bei der Vorstellung, daß sie ihm auf seiner Reise in die Quere kommen würde. Einsame Wanderer, die durch diese Gegend kamen, hatten nichts zu lachen. Auf diese Art und Weise hatte er selbst vor langer Zeit ihre Bekanntschaft gemacht, und

Glisser hatte ihn aus ihren Händen befreit. Seit jener Zeit waren sie Freunde, und er besuchte ihn regelmäßig, wenn er in diese Gegend kam. In diesem Jahr war halt alles anders, und er war hier, ohne ihm zu begegnen. Ranunculus schaute zum verhängten Fenster, hinter dem das Auge der Katze verborgen war. Eine zweite Nacht würde er hier verbringen müssen, belagert von der Katze, von der er nicht wußte, ob sie Freund oder Feind war, und in Gesellschaft einer vorlauten Maus. Wenn er nur wüßte, wie er die Katze ablenken könnte. Plötzlich sah er sie vor seinem inneren Auge mit seinem Turban spielen.

Das war es!

“Maus, ich hab`s, ich hab`s!”

Glücklich umarmte er sie.

“Laß das, ich mag so was nicht!”

Pikiert strich sie ihr Fell glatt.

“Sag mir lieber, was dir eingefallen ist.”

“Also, du erinnerst dich doch, daß ich dir erzählt habe, wie die Katze mit meinem Turban gespielt hat. So was Ähnliches werde ich ihr jetzt wieder besorgen, ich weiß nur noch nicht, was.”

Und er erzählte der Maus, wie er sich das vorstellte.

“Nichts leichter als das”, sagte diese. “Schau dir Glissers Bett an, dort findest du alles, was du brauchst.”

Ranunculus atmete auf. Insgeheim hatte er schon befürchtet, einen Turban opfern zu müssen. So benötigte er nur Bänder, und die hatte er immer vorrätig.

“Willst du alle benutzen? He, du machst ja Glissers Bett leer!” Verwundert besah sich die Maus die Mooskugeln, die sich auf dem Tisch türmten, mindestens zwei Dutzend waren es schon, und Ranunculus hörte nicht auf zu wickeln.

“Also jetzt reicht's”, sagte sie. Kannst du dir überhaupt vorstellen, wieviel Mühe es macht, das ganze Moos zu sammeln? Wie willst du das wiedergutmachen?”

“Laß das meine Sorge sein”, winkte Ranunculus ab. “Glisser wird mich schon verstehen”, sagte er.

“Das bezweifle ich aber stark.” Voller Skepsis wackelte Maus mit den Ohren. “Mir ist schon klar, daß du die Katze damit ablenken willst, aber verrate mir mal, wie du das anstellen willst. Öffnest du die Tür? Da mach` ich nicht mit, das sag` ich dir gleich! Da bring` ich mich vorher in Sicherheit." Ihre Stimme wurde wieder schrill.

"Maus, Maus", bettelte Ranunculus, "du willst doch jetzt nicht kneifen, jetzt, da ich deine Hilfe dringend nötig habe? Jetzt, da es spannend wird." Flehend sah er sie an.

Hörte sie schlecht? Ranunculus bat um Hilfe? Das war nun etwas, das sie ihm nie und nimmer zugetraut hatte, und es schmeichelte ihr sehr.

Nun wurde es doch noch ein gemütlicher Abend, an dem Ranunculus sogar dazu kam, ein Gläschen selbstgemachten Likör zu trinken. Beide arbeiteten einen Plan aus, mit dessen Hilfe es möglich sein würde, die Katze zu überlisten. Nur bei einem Punkt kam es beinahe wieder zum Streit: die Kleidung. Maus hielt es für angebracht, nicht so auffällig gekleidet herumzulaufen.

"Nimm dir ein Beispiel an unserem Freund Glisser, dann brauchst du gar nicht so dumm zu fragen, warum."

Noch immer hatte sich Ranunculus nicht an die oft sehr barschen Antworten gewöhnt. Wie Glisser es nur mit Maus aushielt. Aber der hatte außer ihr ja nur seine fürchterliche Verwandtschaft, und im Vergleich mit dieser schnitt Maus sehr gut ab. Ihm widerstrebte, der Maus zuzustimmen. Aber je länger er darüber nachdachte, desto mehr sah er ein, daß sie nicht so ganz unrecht hatte. Schließlich begann er sich mit dem Gedanken anzufreunden. Im flackernden Kerzenschein stand er vor dem Spiegel, eine Ewigkeit, wie es schien.

"Na, wie sehe ich aus? Bist du jetzt zufrieden mit mir? Wirken diese stumpfen Farben nicht delikat? Schau dir dieses Moosgrün an, es paßt so gut zum erdigen Braun meiner Jacke." Verzückt drehte er sich vor dem Spiegel, Zustimmung von der Maus erheischend.

"Soll ich dir das wirklich sagen? Legst du Wert auf meine ehrliche Meinung? Ja? Na gut. Mit diesem Ding da auf dem Kopf, das du Turban nennst, reicht es völlig. Du verschwindest darunter, der ist drei Nummern zu groß! Und ob du damit durch die Gänge kommst, das bezweifle ich."

"Was? Es gibt hier noch mehr Gänge? Du hast mir aber nur einen gezeigt." Wahrhaftig, Glissers Wohnung steckte voller Überraschungen. Ranunculus kam aus dem Staunen nicht mehr heraus. Hatte er denn so schlechte Augen?

"Ich hab' dir den Gang nur deshalb gezeigt, weil er der ist, dessen Ausgang am weitesten von Glissers Höhle entfernt liegt. Morgen früh werden wir einen anderen benutzen. Da du ja alle deine Sachen mitnehmen wirst, brauchen wir viel Platz."

Als es dämmerte, machten sie sich auf den Weg. Doch zuvor hatten die beiden wie geplant viel Lärm veranstaltet, von innen an der Tür gekratzt, laut gesungen und "miau" gerufen. Groß und fragend schaute das Auge der Katze auf sie herab, da der Teppich jetzt nicht mehr die Sicht verwehrte. Maus und Ranunculus konnten es sich nicht verkneifen, ihr Fratzen zu schneiden und die Zunge herauszustrecken, bevor sie im System der unterirdischen Gänge verschwanden. Obwohl Ranunculus nun gewiß schon zehnmal hinein- und herausgekrochen war, um seine Kleidungsstücke nach draußen zu bringen, hatte er immer noch das Gefühl, als müßten sämtliche Wände auf ihn stürzen. Daran änderte auch die Gewißheit nichts, daß dieser Gang regelmäßig und gefahrlos von der Maus benutzt wurde. Die Moosbälle, die er am Bein hinter sich herzog, machten gleichmäßige Geräusche. Sie waren gut präpariert mit für Katzen unwiderstehlichem Mäusegeruch. Es war übrigens der Vorschlag von Maus, alle Bälle an ihrem Fell zu reiben, um sie so besonders wirkungsvoll für die bevorstehenden Einsätze zu machen. Noch lag der Tau auf den Pflanzen und Gräsern. Er näßte Kleidung und Turban, den Ranunculus trotzig aufgesetzt hatte.

Deutlich sichtbar hob sich der Umriß der Katze als schwarzer Schatten gegen den hellen Himmel ab. Ganz im Gegensatz zu den zweien, die sie angestrengt beobachteten. Kaum von ihrer Umgebung zu unterscheiden, saßen sie da. Der Zauberer, der mit seinem Riesenturban einem Moospolster glich, an dem die Perlen schimmerten und glitzerten wie Tautropfen, und Maus, die Maus, einem Stück Rinde, das der Wind vom Baum gelöst hatte, nicht unähnlich. Regungslos verharrten sie. Noch immer drehte die Katze ihnen den Rücken zu. Sie konnten sehen, wie sie eine Fliege fangen wollte, wie sie sich räkelte und putzte oder einen Buckel machte und gähnte. Die Zeit wurde ihnen lang und endlich auch der Katze. Unruhig lief sie hin und her, vom Wagen zum Fenster und vom Fenster zum Wagen.

"Sieht sie nicht schön aus", flüsterte Ranunculus seiner Nachbarin zu.

In diesem Moment gähnte die Katze und zeigte ihr Gebiß. Die Maus erschrak fürchterlich.

"Schön nennst du das? Das nennst du schön? Ich hab's geahnt, du leidest an Geschmacksverirrung", zischte sie ihm zu. "Wer weiß, wie viele Mäuse sie schon auf dem Gewissen hat. Schön! Daß ich nicht lache!"

Ranunculus gab ihr keine Antwort, die Maus würde ihn ja doch nicht verstehen. Plötzlich flog ein kleiner Vogel von den Bäumen herunter, pickte Grashalme, ohne die Gefahr zu fühlen, die in Gestalt der Katze auf ihn lauerte. Der Schreck fuhr beiden in die Glieder, als sie sahen, wie die Katze sich anschickte, den Vogel zu schnappen.

"Sag nur, du findest sie immer noch schön", fiepste die Maus in heller Aufregung. Ahnungslos flatterte der Vogel auf der Erde herum. Näher und näher kam er der Katze, die sich unmerklich vorwärtsbewegte, bereit zum Sprung.

"Ich kann nicht hinsehen", stöhnte Maus. "O nein, tu was." Ihre Stimme klang auf einmal gar nicht mehr so schnippisch und verletzend wie vorhin. "Sag mir, wenn es vorbei ist", piepste sie und hielt sich Augen und Ohren zu.

Jetzt konnte Ranunculus ihr beweisen, daß auch er zu etwas nütze war. Er ahmte den Ruf eines Pfaues nach, zwar nicht so laut wie der eines richtigen Pfaus, doch es genügte, um den Vogel erschreckt aufflattern zu lassen. Die Katze hatte das Nachsehen.

"Du kannst wieder hochschauen, ich hab` ihn gerettet."

"Du?"

Noch einmal ließ er den Pfauenruf erschallen, und bei Katze und Maus sträubte sich gleichermaßen das Fell.

“Das hätte ich dir nie zugetraut, alle Achtung”, flüsterte Maus.

Unruhig lief die Katze hin und her und versuchte herauszufinden, woher die Rufe kamen. Das war die Gelegenheit, auf die sie gewartet hatten. Langsam löste Ranunculus die Bänder von seinem Bein. Die Katze hatte sich jetzt so weit entfernt, daß er ihr den ersten Ball zuspielen konnte. Zack, das war klasse. Genau auf die Schwanzspitze. Die Katze fuhr herum. Zack, und noch einmal. Mit einem Satz war sie bei dem Ball. “Noch einen, dieser liegt zu nah bei uns.” Mit Schwung flog der dritte diesmal direkt an ihrer Nase vorbei. Diesmal hatten sie mehr Glück. Bald war von Katze und Ball nichts mehr zu sehen. Wie der Blitz war Ranunculus bei seinem Wagen, so daß die Maus Mühe hatte, ihm zu folgen.

“Du überraschst mich immer wieder, Zauberer. Soll ich dir helfen?” Doch ihre Fragen gingen unter in der Geschäftigkeit, mit der Ranunculus seinen Wagen schob und die Kleider einsammelte. Maus traute ihren Augen kaum. Das war schon ein unglaublicher Wagen, den der Zauberer hatte. Alles verschwand darin, Teppiche, Turbane, Liköre, Federn, Spiegel, Trinkgefäße, alles. Und das tollste daran war, daß das alles überhaupt darin Platz hatte. Sie schaute in das Zimmer und freute sich, daß alles fast wieder so aussah wie vor der Ankunft von Ranunculus.

“Nun wird's ernst”, sagte sie.

“Ja, nun heißt es Abschied nehmen”, erwiderte Ranunculus. Sie sah ihn an, und es tat ihr sogar ein wenig leid, daß er ging und sie niemanden hatte, über den sie sich ärgern konnte. Und Ranunculus fand, daß Maus, die Maus, eigentlich eine recht nette Maus sei und ein guter Kumpel obendrein, was er ihr dann zum Abschied auch sagte. Auch Maus sagte ihm ein paar Nettigkeiten, weil sie sich über seine Worte freute. Beide würden den anderen in guter Erinnerung behalten, das war gewiß. Ein lieber und freundlicher Kerl, dachte Maus, als sie den Blumenzauberer zwischen den Ginsterbüschen verschwinden sah. Eigentlich eine ganz tolle Maus, dachte Ranunculus, als er sich noch einmal umdrehte, um ihr zuzuwinken.

Anfangs schaute er noch oft zurück und hoffte sehr, daß die

Katze wegbleiben würde, wußte aber nicht, ob die Bälle sie lange genug beschäftigen würden. Zur Vorsicht hatte er noch einige griffbereit auf seinem Wagen verstaut und wollte sie auch einsetzen, wenn es zu seinem Vorteil sein sollte. Es war schon eine lustige Sache, sich vorzustellen, daß Glissers Moosbett von bunten Bändern umwickelt und in kleinen Bündeln bei ihm auf dem Wagen lag. Ranunculus kicherte bei dieser Vorstellung. Hoffentlich war Glisser nicht allzusehr verärgert, denn wenn er nach Hause kam, würde er sicher müde sein nach dem anstrengenden Besuch bei seiner zänkischen Verwandtschaft. Und wenn es dazu noch dunkel war und Glisser sich in sein Bett legen wollte, würde er tief fallen. Hoffentlich tat er sich dann nicht weh. Ranunculus rechnete noch einmal nach und kam auf die stattliche Zahl von fünfundzwanzig Bällen, die nur dazu da waren, eine Katze zu verwirren. Doch der Zweck heiligt die Mittel, fiel ihm ein altes Sprichwort ein. Es war ja nur fest zusammengedrücktes Moospolster gewesen, und dazu noch eines vom vergangenen Jahr, dachte Ranunculus, um sich zu beruhigen. Dann wäre es sowieso für Glisser an der Zeit gewesen, sein Bett neu zu polstern, denn frisches Moos ist ja viel elastischer. Sein Gewissen wollte partout nicht schweigen. Sooft er sich umdrehte, um zu sehen, ob die Katze vielleicht doch wieder da war, sah er die Bälle, dachte an Glissers Bett und auch an Maus. Denn mit dem Entfernen des Mooses hatte er auch sie in Schwierigkeiten gebracht. Sicher würde sie seinen Ärger zu spüren bekommen. Außerdem, solange die Katze dort war, mußte Maus auf der Hut sein. So ein Feind, der Mäuse zum Fressen gern hat, war nicht zu unterschätzen. Aber Maus kannte sich aus und konnte ganz sicher schnell in einem ihrer Notausgänge verschwinden, die unter den Heidelbeerbüschen versteckt waren.

Der Gedanke an Heidelbeeren ließ sein Gewissen endlich verstummen, und er hielt an, um nachzusehen, was Glisser für ihn eingepackt hatte. Vielleicht ja auch Heidelbeeren, die bei ihm fast zum Fenster hineinwuchsen. Oh, er war ein guter Freund, der sich merkte, was seine Gäste besonders mochten, und sie dann mit ihrem Lieblingsessen überraschte. Man bekam eine herrlich blaue Zunge davon. Und wenn er sie herausstreckte, konnte er das genau erkennen, ohne in den Spiegel sehen zu müssen.

Es war noch ein bißchen früh, um eine längere Rast einzulegen, doch der Anblick all der guten Sachen weckte unwiderstehliches Verlangen. Deshalb war es wohl angebracht, sich die Taschen zu füllen und während des Laufens zu essen. Oder während des Essens zu laufen? Er könnte sogar, während er lief, zaubern, oder zaubern beim Laufen. Ranunculus machte es großen Spaß, mit den Worten zu spielen. Er holte einen Zauberstab aus der Schachtel. Und so kam es, daß allen Blumen, die seinen Weg säumten, eine Kostprobe seines Könnens zuteil wurde. Es war ein herrlicher Morgen. Viele gute Ideen hatte er schon gehabt und war sehr erfolgreich beim Katzeweglocken gewesen.

Erwartungsvoll zog er mit seinem Wagen den Hügeln entgegen, die sich tief in das Land hineinstreckten und die von den Menschen als Ackerland genutzt wurden. Manchmal, wenn er in diese Gegend kam, wuchsen auf den Feldern Rüben oder Getreide, sehr oft aber Raps. Doch fast immer kam er zu früh, um ihn blühen zu sehen. In diesem Jahr aber hoffte Ranunculus, mehr Glück zu haben, da sein Zeitplan von der verflixten Katze durcheinandergebracht worden war. Inständig hoffte er, daß die Menschen in diesem Jahr keine Rüben gepflanzt hatten; sie gaben zwar Schatten, waren aber langweilig. Sein Verlangen, durch gelbe Felder zu gehen, wuchs mit jedem Schritt. Schneller und schneller trieb es ihn voran. Seine Füße spürten kaum die Unebenheiten des Bodens, und er verschwendete keinen Gedanken an seine in aller Eile gepackte Wagenladung. So kam es zu einer unfreiwilligen Pause, als die ersten Kissen an ihm vorbeikullerten. Daß Ranunculus kein Freund von Aufräumarbeiten war, war nicht zu übersehen. Heftig flogen die Kissen durch die Luft, und sehr viel besser als vorher sah der Wagen, als er weiterfuhr, auch nicht aus. Niemand hätte vermuten können, daß dieser lieblos hingeworfene Haufen auf dem Wagen dieser vornehm gekleideten Gestalt gehörte. Von "Ordnung ist das halbe Leben" hielt Ranunculus nicht viel. Ihm war die andere Hälfte lieber, und dazu benötigte er sehr viel Platz. Außerdem brauchte er auf niemanden

Rücksicht zu nehmen. Er lebte allein. Allein, aber nicht einsam. Einsam, so richtig einsam und von allen Freunden verlassen hatte sich Ranunculus nur gefühlt, als er von Indien den Ozean in einer Kiste überqueren mußte. Noch heute wurde ihm schlecht, wenn er an das Geschaukele dachte. Zum ersten Mal wieder so rundherum glücklich fühlte er sich damals, als er vor einem blühenden Rapsfeld stand. Von da an begann sein Heimweh zu verschwinden. Jedesmal, wenn er hierherkam, mußte er daran denken. So auch heute, denn tief in seinem Herzen schliefen die Erinnerungen an seine Vergangenheit, an seine Heimat Indien, die ab und zu geweckt wurden durch Düfte oder Geräusche, die er wiederzuerkennen glaubte. Honigduft wehte ihm warm und süß entgegen, und sein Herz schlug wild vor Freude. Tief atmete er ihn ein. Ranunculus sah in den Himmel, der sich leuchtendblau über die wogenden Rapsfelder spannte; sein Blick saugte sich an ihm fest und er lief und lief, den Blick fest nach oben gerichtet, um die Farbe des unendlichen Himmels in sich aufzunehmen, bis die gelben Wogen über ihm zusammenschlugen. Und er ließ sich tragen von ihnen wie in einem Rausch, und seine Augen tranken das Gelb der Rapsblüten. Ranunculus fühlte sich, als hätte er tausend Glückskäfer gefunden. Oh, guter Geist, daß er das einmal wieder erleben durfte. Beinahe hätte er geweint vor Freude. Die Gedanken an diesen Tag würden ihn im Winter die Kälte nicht spüren lassen. Dieser eine Tag entschädigte ihn für die Unbill, die er erlitten hatte, und ließ ihn eine Zeitlang alle schrecklichen Geschehnisse vergessen. Dieser Tag stimmte ihn sogar milde der Katze gegenüber, die er die ganze Zeit aus seinen Gedanken verbannt hatte. Doch nun kam sie ihm wieder in den Sinn, denn eigentlich verdankte er ihr diese wunderbaren Augenblicke.

***

Weit weg, zwischen Heidekraut und Heidelbeeren, hatte die Katze die Lust am Spielen verloren. Von dem, was Ranunculus den Tag zuvor noch so sorgfältig für sie gewickelt und geschnürt hatte, existierten nur noch die Bänder. Das Moos lag weit verstreut und würde sicher ein gutes Nistmaterial für Vögel abgeben. Für Maus begann jetzt wieder eine friedliche Zeit. Heilfroh, daß endlich wieder alles beim alten war, sah sie der Katze nach, die den Spuren von Ranunculus folgte.

***

Zunehmend beschlich diesen ein Gefühl der Bedrohung. Er schob den Wagen tiefer zwischen die hohen Halme und wappnete sich für ihren Empfang.

“Komm her, Katze, komm, Miez, Miez, Miez, der liebe Ranunculus hat was für dich.”

Doch sie war noch viel zu weit weg, um ihn zu hören. Weiß der Himmel, wieso sie ihn wieder so schnell aufgespürt hatte, er hätte liebend gern noch ein Weilchen auf sie verzichtet. Sie war schon ein schlaues Tier, das mußte er neidlos anerkennen. Voll Bewunderung sah er zu, wie sie geschmeidig näherkam. Als sie so nahe war, daß er die Farbe ihrer Augen erkennen konnte, warf er den ersten Ball. Doch so einfach war es diesmal nicht, denn der Ball hatte das Bestreben, auf halbem Weg kehrtzumachen, da es bergauf ging. Jetzt wurde es brenzlig. Die Katze war auf ihn aufmerksam geworden, beschleunigte ihren Schritt und kam schnurstracks auf ihn zu. Von Panik erfaßt, griff Ranunculus alle Bälle, derer er habhaft werden konnte, warf sie in ihre Richtung und ergriff die Flucht. Als er dann nach einer geraumen Weile immer noch nichts von ihr sah, wußte er, daß Glissers altes Moosbett auch diesmal seinen Zweck erfüllt hatte. Doch wie lange würde die Katze dieses Spiel mitmachen? Er hoffte, sich zwischendurch etwas entspannen zu können.

Über ihm und um ihn herum summte und brummte es in allen Tonlagen. Das Gelb des Rapses, ließ ihn an den wunderschönen Seidenkaftan denken, den er vor etlichen Jahren während eines besonders langen und schneereichen Winters genäht und bestickt hatte. Die Sehnsucht nach Sonne hatte seine Nadel geführt und ihn ein wahres Wunder erschaffen lassen. Ranunculus hielt an und suchte nach dem gelben Kunstwerk. Was lag näher als zu dem Kaftan eine passende Kopfbedeckung zu suchen. Prüfend hielt der Blumenzauberer den Turban gen Himmel.

Die höchste Stelle weit und breit war gerade gut genug, um zu rasten. Wohin man blickte, nichts als Gelb und er mittendrin. Es ist schon ein erhebendes Gefühl, dachte Ranunculus. Ehrfürchtig verneigte er sich nach allen Seiten. Das war der Augenblick, auf den er schon so lange gewartet hatte. Die schönsten Teppiche lagen ausgebreitet inmitten dieser Pracht. Er hatte noch ein paar Räucherstäbchen gefunden, die er nun entzündete. Tief atmete er ihren Duft ein und verneigte sich nochmals in alle Richtungen, um dem Himmel und dem guten Geist seinen Dank darzubringen. Dabei vergaß er auch nicht, die beiden zu bitten, ihm auch weiterhin beizustehen. Er fühlte sich frei und glücklich, und in seinem Herzen war Friede. Lange saß er so da, ohne Gedanken, die ihn störten. Kein Hauch bewegte die Luft. Der Himmel in seiner Unendlichkeit schien ihm so nahe. Er war allein wie auf einer Insel.

Mitten in der Nacht erwachte Ranunculus. Er glaubte Stimmen zu hören und Gekichere, dann wieder Weinen und Hilferufe oder beides. Ihm war unheimlich zumute. Er machte sich ganz klein auf seinem Wagen, bewegungslos den Geräuschen lauschend, die aus der Dunkelheit an sein Ohr drangen. Manchmal schien es ihm, daß sie näherkamen, doch es war nur der Wind, der sie ihm zutrug. Unter seinem Turban wurde ihm heiß. Das Blut rauschte in seinen Ohren, an Schlaf war nicht mehr zu denken. Jemand da draußen in der dunklen Nacht brauchte vielleicht seine Hilfe, und er lag da, selbst voller Angst, daß ihn jemand entdecken könnte. Den Rest der Nacht verbrachte er damit, in die Finsternis, die ihn umgab, hinauszuhorchen. Irgendwann, es mußte bald hell werden, verebbte der Lärm, und übrig blieb ein leises Schluchzen, das sein Herz rührte. Als die Sonne endlich die Nacht verdrängte und den Horizont in ein fahles Licht tauchte, wurde es ruhig. Ganz steif vom verkrampften Liegen, erhob sich Ranunculus und blinzelte in den Himmel. Von der himmelhochjauchzenden Stimmung des vergangenen Tages war nicht mehr allzuviel übriggeblieben. Seine Gedanken kreisten um den nächtlichen Zwischenfall.

Unruhig bahnte er sich den Weg durch den hohen Raps in die Richtung, aus der der Lärm der vergangenen Nacht gekommen war. Niedergetretene Halme zeigten ihm den Weg zu dem Ort, an dem offensichtlich ein Kampf stattgefunden hatte. Doch nirgends war jemand zu entdecken, wenn man von den Ameisen absah, von denen es hier nur so wimmelte. Von allen Seiten krabbelten sie herbei. Sogar seine Schuhe waren übersät von ihren dunklen Leibern. Selbst durch Schütteln waren sie nicht zu vertreiben, wie angeklebt hielten sie sich daran fest. Ohne von ihnen kräftig gezwickt zu werden, konnte er nicht wagen, sich ihrer zu entledigen, zumal sie Anstalten machten, an seinen Hosenbeinen hochzuklettern. Es war ihm ein Rätsel, wieso ausgerechnet hier so viele Ameisen herumliefen. Hastig schob Ranunculus seinen Wagen weiter, um ihren Angriffen zu entgehen, als er plötzlich ins Stolpern geriet, und es hätte nicht viel gefehlt dann wäre er auf die Nase gefallen. Feucht und klebrigglänzend lag etwas genau vor seinen Füßen. Das Ziel der Ameisen. Seine Augen erkannten verwundert einen Körper. Hier tat Hilfe not. Als er überlegte, was es wohl auf sich hatte mit dieser Gestalt, wußte er gleich darauf die Antwort. Honigduft stieg in seine Nase. Und er wußte noch mehr. *Sie* waren es gewesen, die Feldkobolde, Glissers unmögliche Verwandtschaft. Dieses meckernde Lachen, das ihm gleich so bekannt vorgekommen war. Sie waren es, die das arme Wesen in der vergangenen Nacht gequält und gepiesakt hatten. Dieser Streich trug eindeutig ihre Handschrift.

Es war ohne Zweifel ein Elf, doch keiner aus dieser Gegend. Das konnte er an den Farben erkennen, die unter dem Honig schwach zu erkennen waren. Vorsichtig versuchte Ranunculus, den Honig wenigstens aus dem Gesicht zu entfernen. Dabei konnte er dem Versuch nicht widerstehen, sich die Finger abzulecken. Er besah sich den Elf, dessen Körper so gleichmäßig mit Honig bedeckt war, als wäre er eingestrichen worden. Weiß der Himmel, wie die Kobolde das angestellt hatten. Eine

Verschwendung sondergleichen war das. Was man alles mit dem guten Honig hätte anfangen können! Das Wasser lief ihm im Mund zusammen, denn er war sehr hungrig, hatte er doch an diesem Morgen noch nichts gegessen. Leider war Wasser, das er jetzt dringend benötigte, nicht in der Nähe, und was er in Flaschen mit sich führte, reichte bei weitem nicht aus.

Hilflos wie ein Neugeborenes lag dieser klebrige Elf vor ihm. Was blieb ihm anderes übrig, als ihn auf seinem Wagen mitzunehmen. Doch der Honig brachte einige Probleme mit sich, und ihm sträubten sich sämtliche Haare, wenn er sich vorstellte, wie seine schönen Teppiche aussehen würden, läge dieser Honigelf darauf. Honigelf? Ja, Honigelf, so wollte er sein Findelkind nennen, solange er noch nicht seinen Namen kannte. Ranunculus rieb sich die Hände, der Name gefiel ihm. Nanu, was war mit seinen Händen los? Ach, dieser Honig, daran hatte er nicht gedacht. Womit sollte er den Unglücklichen anfassen, womit ihn einwickeln? Da fiel sein Blick auf die Rapsblätter und er hatte eine wunderbare Idee. Er klebte dem Elf sorgfältig die Blätter auf den honigverschmierten Leib. Als das Werk vollendet war, betrachtete er es nicht ohne Stolz. Vor ihm lag der Honigelf, grün wie eine Raupe, den Kopf voller Rapsblüten. Man konnte deutlich sehen, daß Ranunculus mit Liebe gearbeitet hatte.

“Verflixt gut siehst du aus, mein Lieber”, kicherte er, “wirklich schade drum, daß du wieder gewaschen werden mußt, verflixt schade.”

Der Elf ließ sich in den Wagen heben, ohne wach zu werden. Es beängstigte Ranunculus sehr, daß er so schlaff und hilflos in seinen Armen lag. Nur ein Zucken der Augenlider verriet, daß er noch lebte. Vorsichtig trat Ranunculus aus dem Rapsfeld. Man konnte ja nie wissen, ob nicht irgendwo in der Nähe diese unsympathischen Kobolde lauerten. Glissers Verwandtschaft hatte ihm damals ganz schön zu schaffen gemacht. Einfallsreich, wie sie waren, hatten sie die Räder am Wagen gelockert, während er vorn damit beschäftigt war, Hindernisse, die sie ihm in den Weg gelegt hatten, wegzuräumen.

Einige Stunden waren schon vergangen, seit er den Honigelf

gefunden hatte. Dankbar bemerkte Ranunculus, daß die Katze nirgends zu sehen war. Daß sie ihn weiter verfolgen würde, daran war nicht zu zweifeln.

Zum ersten Mal, seit dieses Land zu seiner Heimat geworden war, hatte er einen Fahrgast. Einen unfreiwilligen zwar, doch einen, der seiner Hilfe bedurfte. Immer wieder blieb er stehen und schaute in den Wagen, um zu sehen, ob sich Honigelf bewegte. Nichts regte sich in dem feingeschnittenen Gesicht, doch seine Atemzüge wurden zunehmend gleichmäßiger und tiefer, stellte Ranunculus erleichtert fest. Es war eine ganz neue Erfahrung, nicht allein zu sein und Sorge zu tragen für ein anderes Lebewesen. Aber die Gewißheit, in einem oder zwei Tagen endlich am Ziel zu sein, war sehr beruhigend. Ein bißchen wehmütig war ihm zumute, seit er die gelben Hügel verlassen hatte. Doch Schmetterlinge, die ihren Weg begleiteten und die sich, angezogen vom Honigduft, den der Elf verströmte, oder von seiner eigenen leuchtenden Kleidung, auf dem Wagen und auf seinem Turban niederließen, waren angenehme Weggenossen. Schon oft war ihm aufgefallen, daß Schmetterlinge gelbe und blaue Blumen bevorzugten. Wahrscheinlich deshalb, weil es die Farben der Sonne und des Himmels sind, überlegte er. In seiner Kleidung hatte er sie beide vereint. Immer wieder holte Ranunculus den Spiegel hervor, um entzückt die vielen bunten Falter auf seinem Turban zu betrachten. Schade, daß dieser Schmuck nicht von Dauer war, gar zu gern hätte er ihn Freunden vorgeführt. Aber niemand war da, um diese Freude mit ihm zu teilen. Der arme Tropf, der da hinter ihm auf dem Wagen lag, bekam von alledem nichts mit. Allein, wie Ranunculus glaubte, waren sie aber nicht mehr. Die von ihm oft verwünschte und oft bewunderte Katze hatte die Verfolgung wiederaufgenommen. Noch unbemerkt von ihm lief sie durch das hohe Gras und war ihm schon sehr nahe.

Doch des Spielens und Verfolgens müde, trottete die Katze durch die mittägliche Hitze und bahnte sich ihren Weg durch den Raps. Nicht eine Maus ließ sich sehen. Hungrig war sie wie schon lange nicht mehr. Das Glück blieb ihr abhold und ihr Magen leer.

Mauselöcher gab es hier im Feld mehr als genug, und auch eine Maus, und sei sie noch so winzig, mußte sich irgendwann auf Futtersuche begeben. So kam es, daß Ranunculus wieder ein wenig Vorsprung bekam.

***

Es war drückend heiß gewesen in den letzten Tagen, und im Garten beobachtete man den Himmel, ob sich nicht doch irgendwo eine Wolke zeigte, die Regen ankündigte. Trägheit machte sich breit, und viele Gartenelfen und Feen sehnten sich nach Regen. Doch jeder junge Tag zeigte mit Tautropfen, die auf den Gräsern und Blumen schimmerten, daß es noch nicht soweit war. Die Tage wurden länger, und nichts geschah, nichts veränderte sich im Garten. Pinaruh, der auf seinem Kissen eingenickt war, sah in seinem Traum Ranunculus durch die Felder einen Hügel hinaufgehen. Uralte Bäume breiteten dort ihre Äste aus und gaben Schatten. Kein Lüftchen regte sich. Flirrende Hitze stand über den Gräsern. Mühsam bewegte sich der Zauberer mit seinem Wagen vorwärts. Es war fast so heiß wie in Indien, so glaubte er sich zu erinnern. Komisch, in letzter Zeit mußte er sehr oft an seine alte Heimat denken.

Für Pinaruh war es sehr anstrengend, in der prallen Sonne zu sitzen und von Ranunculus zu träumen, doch er harrte fasziniert aus, gefangen von den Eindrücken, die auf ihn einstürmten.

***

Endlich war es geschafft. Noch nie war Ranunculus ein Weg so lang vorgekommen. Mit letzter Kraft zog er den Wagen, auf dem der Honigelf noch immer bewegungslos lag, in den Schatten und ließ sich auf die Erde fallen. Er hatte große Lust zu schlafen, so geschafft war er. Doch das konnte er sich, ohne zuvor eine Zuflucht für die Nacht gefunden zu haben, leider nicht erlauben. Also rappelte er sich hoch und begann zu suchen.

Dicke Wurzeln breiteten sich unter den Bäumen aus. Sie bildeten ein Geflecht mit zahlreichen Höhlen, in deren Schutz man sicher vor unerwünschten Besuchern sein konnte. Angenehm kühl war es hier am Fuß der knorrigen alten Bäume. Moos dämpfte die Schritte des müden Wanderers. In dieser grünen Dämmerung ließ es sich leichter atmen. Eine Höhle, groß genug, den Wagen unterzustellen, hatte er bald gefunden. Ranunculus schob ihn unter die knorrigen Wurzeln. Hier, in der Dämmerung der Höhle, entledigte er sich erst einmal seiner verschwitzten Kleider, bis er schließlich nur noch mit einem luftigen langen Hemd bekleidet war. Ach, war das herrlich erfrischend. Jetzt würde er auch zu seinem wohlverdienten Schlaf kommen. Sein Blick wanderte zum Wagen, wo der Honigelf lag; es sah aus, als habe er sich bewegt.

"Hallo, Freund, wach auf", sagte er zu ihm. "Du bist in Sicherheit." Erwartungsvoll beugte er sich über ihn. "Kannst du mich überhaupt verstehen?"

Die Antwort darauf war ein Blick aus unergründlichen tiefschwarzen Augen, die sich sofort wieder schlossen.

"Du brauchst doch sicher eine Stärkung, Freund. Wie wäre es mit Keksen, oder möchtest du lieber etwas trinken?" Abwartend sah Ranunculus auf ihn herab, doch nichts geschah. Der Elf schlief weiter wie bisher. Alles braucht halt seine Zeit, dachte er. Dann holte er seine Kissen vom Wagen und machte es sich gemütlich. Er schaute hinaus ins weite Land und ging in Gedanken noch einmal den langen Weg durch die Hitze zurück bis in die Rapsfelder, wo er den Honigelf gefunden hatte. Plötzlich hörte er es auf dem Wagen rascheln. Fasziniert beobachtete Ranunculus Distel das Erwachen des Honigelfs, sah das Erstaunen in dessen schwarzen Augen, die in alle Winkel zu schauen versuchten. Freudig erhob der Zauberer sich, um ihn zu begrüßen.

Der Elf erschrak, als er seine Veränderung bemerkte. Er sah an sich herab und versuchte, die Blätter zu entfernen, die an ihm klebten. Er schien sich an den Überfall im Rapsfeld zu erinnern und als Ranunculus aus der Dunkelheit der Höhle in sein Blickfeld trat, schrie er vor Angst. Der Zauberer glich mit seinem langen Hemd und den abstehenden Haaren eher einem Gespenst denn einem Wesen aus Fleisch und Blut. Die tiefstehende Sonne warf seinen furchterregenden Schatten an die Wand. Mit dieser Wirkung hatte Ranunculus nicht gerechnet. Ich bin es doch nur, wollte er sagen, doch unter dem forschenden Blick des Elfen brachte er kein Wort heraus. Von oben bis unten musterten ihn die aufmerksamen schwarzen Augen. Von seinem Hemd, unter dem die Pantoffeln hervorschauten, bis zu seiner unordentlichen Frisur; dann blieben sie an seinem Gesicht haften. Ranunculus konnte in den Augen des Elfen das Wechselspiel der Gefühle sehen und fühlte sich immer unbehaglicher. War es ihm schon nicht recht, der Grund für Honigelfs Schreck und Abwehr zu sein, so gefiel es ihm nun ebensowenig, dessen belustigte Blicke zu spüren. Verlegen nahm er seinen Turban und drehte ihn. Dabei gewann er zunehmend seine Selbstsicherheit zurück. Ob der Elf ohne sein Blätterkleid schön aussähe, das würde sich erst nach dem Waschen feststellen lassen. Nachdem er sich an diesem Gedanken seelisch aufgerichtet hatte, sprach er den Elfen an.

“Mein Name ist Ranunculus, genauer gesagt Ranunculus Distel, meines Zeichens Zauberer.” Er macht eine Verbeugung. “Noch genauer gesagt, indischer Blumenzauberer.”

Schweigen.

Nach einer Weile, in der der Elf Ranunculus aufmerksam betrachtete, antwortete er. Seine Stimme war melodisch, und seine Sprache ein leichter Singsang von fremdartigem Reiz.

“Ich bin Gullian.” Dabei verbeugte er sich leicht, und seine Hand berührte die Brust.

Ranunculus lauschte überrascht. Gullian, das klang nach hohem Norden und langen Nächten, nach Kühle und Nebelschleiern und kahlen Bergen. Nach Geschichten, die er gern hörte und auch sicher bald erzählt bekäme. Und es geschah so, wie er geahnt hatte.

Es wurde eine lange, eine sehr lange Nacht.

“Da du mich so fragend ansiehst, Blumenzauberer, nehme ich an, daß du von mir hören willst, wie ich in diese mißliche Lage gekommen bin. Also, das ist gar nicht so einfach zu erklären und wird eine Weile in Anspruch nehmen, denn ich muß weit zurückgehen bis zu der Zeit, in der alles begann.”

Er kletterte vom Wagen und setzte sich auf die Erde. Dann erzählte er weiter:

“Schon als ich ein kleiner Elf war, habe ich mir gewünscht, die Welt kennenzulernen. Das heißt, eigentlich nicht die ganze Welt, mir hätte es genügt, da zu wohnen, wo man nicht immer Feuer machen muß, um nicht zu frieren. Wo es einen richtigen Sommer gibt, mit Blumenwiesen und tiefen Wäldern. Daß es solche Länder gibt, davon berichteten die Alten und die wandernden Märchenerzähler, von denen bei uns viele unterwegs sind. Sie bringen eine willkommene Abwechslung in das Leben unseres Volkes. Gern legt man noch einen Scheit Holz auf das Feuer, und die Kinder dürfen länger aufbleiben. Auch ich habe einmal zu diesen Kleinen gehört, die von ihrer Mutter, warm in frischgerupfte Schafwolle gepackt, den Geschichten dieser weisen Männer und Frauen lauschen durften. Für unsere Ohren klangen diese Berichte so fantastisch, daß wir uns nur schwer vorstellen konnten, daß alles wirklich und wahrhaftig existiert, irgendwo weit von uns entfernt, im unerreichbaren Süden. Auf die meisten unseres Volkes hatten die Beschreibungen der Märchenerzähler eine magische Wirkung. Je nachdem, wie gut sie ihre Zuhörer in Bann zu schlagen vermochten, herrschte hinterher eine sonderbare und melancholische Stimmung. Viele hatten Fernweh. Unser König, verehrter Blumenzauberer, mußte dann tagelang mit Engelszungen sprechen, um den Leuten ihre sehnsüchtigen Gedanken auszureden. Mit diesem König, lieber Ranunculus, hat es bei uns eine besondere Bewandtnis. Könige sind bei uns nicht zum Regieren da, wie du vielleicht glauben wirst; ihre Pflichten sind ganz anderer Art. Sie haben die Aufgabe wie ein liebender Vater über das Volk zu wachen, nie zu strafen, für jeden jederzeit mit Rat und Tat und Liebe dazusein. Unser Volk war nie ein großes Volk, und durch die wandernden Märchenerzähler wurde es immer kleiner. Viele ließen sich verleiten, den Weg ins Ungewisse zu wagen. Wie weit sie gekommen sind, kann niemand sagen. Man erzählt, daß sie nun ihrerseits als Märchenerzähler durch die Lande wandern."

"Wieso durch die Lande wandern?" unterbrach ihn Ranunculus. "Wie ich sehe, sind dir doch Flügel gewachsen."

"Das ist richtig", antwortete Gullian, der Honigelf. "Flügel haben bei uns aber nur die Könige."

"Aber dann bist du ja ein König!" Ranunculus verschlug es vor Ehrfurcht die Sprache.

"Das stimmt wiederum auch nicht ganz. Ich wäre nur einer geworden, wenn ich geblieben wäre. Weißt du, das ist wieder eine andere Geschichte. Wir, das heißt unser Volk, gehört zu den flügellosen Elfen, denn es hat sich herausgestellt, daß Flügel uns nur geschadet haben. Vor Tausenden von Jahren sollen Flügel bei uns Nordischen noch üblich gewesen sein, doch es ist windiger geworden in unserem Land und kalt. Die See hat an unserem Land genagt und die Erde weggespült. Karg und fast ohne Baum und Strauch, ist es den Naturgewalten ausgesetzt. Das wenige Grün, das dort noch wächst, hat seine Wurzeln fest in die steinige Erde gekrallt, und man sieht es ihm an, von welcher Seite der Wind an ihm zerrt. Das macht dir verständlicher, warum ich, Gullian, der zukünftige König des nördlichsten Elfenvolkes der Erde, meine Heimat verlassen habe.

Im Abstand von ungefähr hundert Jahren wird unserem Volk ein Elf mit Flügeln geboren, der mit besonderen Fähigkeiten ausgestattet ist. Dieses Kind kann mit seinen Flügeln selbst den stärksten Stürmen standhalten. Es gibt noch einige Merkmale, durch die es sich von den anderen Elfen unterscheidet. Es ist größer als sie, hat dunkle Augen, und seine Haare wachsen schneller als die der anderen Kinder. Du mußt wissen, Blumenzauberer, daß lange Haare bei den starken Winden, die bei uns herrschen, hinderlich sind. Darum werden schon den Kleinen von frühester Kindheit an die Haare geflochten und um den Kopf gewickelt. Das ist bei Kälte die beste Mütze, die man sich denken kann. Wie du nun weißt, bin ich auch dazu bestimmt gewesen, mein Volk zu schützen und zu lieben. Du mußt nicht glauben, daß es mir an den nötigen Fähigkeiten gefehlt hat, o nein. Doch in mir war die Sehnsucht nach Wärme und grünen Wiesen im warmen Sonnenlicht. Es verging kein Tag, soweit ich zurückdenken kann, an dem ich nicht mit dem Gedanken gespielt hatte wegzufliegen, der Sonne entgegen. Ich plagte mich schrecklich in dieser Zeit, denn solche Wunschträume sollten im Kopf eines zukünftigen Königs keinen Platz haben; dessen war ich mir bewußt, denn so wurde ich erzogen. Nie hätte ich mir träumen lassen, daß einmal der Tag kommen würde, der mein Leben ändern sollte.

Es waren keine hundert Jahre vergangen seit meiner Geburt, auch keine fünfzig, da wurde unserem Volk wieder ein Elf mit Flügeln geboren, schön und groß, mit dunklen Augen. Da sah ich meine Chance gekommen, denn zwei Königskinder waren für ein kleines Volk, wie es das meine nun mal ist, zuviel. Unser König war noch nicht alt genug, um abzudanken. Bei uns bestimmt ein König seine Zeit selbst, wenn er zurücktreten will. Wenn er fühlt, wie sehr ihn sein Amt belastet, wenn er keine Kraft zum Trösten mehr hat und selbst traurig wird, wenn er mutlos wird, weil Streitereien an seiner Seele nagen, dann verlieren seine Flügel an Kraft und Glanz, und nach der Winterruhe wacht er auf und ist flügellos wie alle anderen auch.

Doch da es nicht plötzlich geschieht, hat er Muße, seinen Nachfolger auf das Amt vorzubereiten. Aber das hatte bei unserem König noch lange Zeit, denn er war ein gerechter und starker König. Viele in unserem Volk sahen Schwierigkeiten kommen und beratschlagten, was nun zu tun sei. Meine Familie, und auch die Familie des neuen Königselfen, waren ratlos. Das bestärkte meinen Entschluß, die Heimat zu verlassen. Das neue Königskind war gesund und stark, und als der Winter zu Ende ging, war ich gut vorbereitet. Ich bekannte meinem König, krank vor Sehnsucht nach Sonne und Wärme zu sein, so krank, daß ich befürchten müsse, meine Flügel zu verlieren. Da er ein weiser König war, verstand er mich, und da er sich keine Sorgen um einen Nachfolger zu machen brauchte, gab er mir seinen Segen und ließ mich ziehen."

An dieser Stelle legte Gullian eine Pause ein, und Ranunculus Distel sah die Gelegenheit gekommen, ihm einige Erfrischungen anzubieten.

"Erweist du mir die Ehre, mit mir zu speisen, mein Freund? Ich darf dich doch so nennen, obwohl du beinahe ein König geworden wärst?"

"Es ist mir eine Ehre, Ranunculus, Zauberer indischer Blumen! Oder indischer Blumenzauberer?" antwortete der Elf mit seiner melodischen Stimme. Seine Augen blickten Ranunculus so lieb an, daß dieser den Gedanken verwarf, der Elf habe ihn mit dieser

Antwort aufziehen wollen. In Windeseile suchte er in seinen Vorräten nach dem Besten, was er hatte. Schließlich hatte er nicht jeden Tag einen Beinahekönig zu Gast. Dann suchte er noch nach passenden Kleidungsstücken für diese wirklich einmalige Gelegenheit. Ein König! Ein Beinahekönig! O guter Geist, er hätte es sich nicht träumen lassen, einem solchen zu begegnen. Seine Hände zitterten, als er den Kaftan überstreifte. Der Elf beobachtete mit Interesse die umständlichen Vorbereitungen und sah staunend die festliche Tafel, die ihm der Blumenzauberer bereitet hatte. Nichts war vergessen. Sogar an Beleuchtung mangelte es nicht. Die Höhle war in ein warmes Licht getaucht, und auf den Teppichen ausgebreitet lagen Ranunculus` kulinarische Schätze, unbekannt für den Gast aus dem hohen Norden, der keine Anstalten machte zuzugreifen. Enttäucht, daß sein großartiges Arrangement keinen Zuspruch fand, sagte Ranunculus:

"Es tut mir leid, mein Freund, aber etwas Besseres kann ich dir leider nicht anbieten. Es sind nur meine eigenen Vorräte; daß ich einmal Gelegenheit haben würde, mit einem hohen Gast zu speisen, konnte ich nicht voraussehen."

"Speisen? Das kann man essen?" Verwundert streckte der Elf seine Hand danach aus, der Bann war gebrochen. Ranunculus war in seinem Element. Endlich hatte er jemanden, dem er etwas erklären konnte und der ihm staunend zuhörte. Doch er war entsetzt, als er erfuhr, daß der Speiseplan der nördlichen Elfen ausschließlich aus Beeren und Flechten bestand. Die einzige Delikatesse war Schafsmilch. Um in deren Genuß zu kommen, mußte man bis in die Siedlung der Menschen gehen, die einige Tagesreisen von der der Elfen entfernt war. Diese Reise war höchst beschwerlich und kam einer Mutprobe gleich, war aber bei dem jungen Volk sehr geschätzt, da es die einzige Abwechslung war, die während der Zeit, in der der Boden nicht zugefroren war, für sie in Frage kam. Auch Gullian hatte dieses Abenteuer gewagt, wie er Ranunculus erzählte. An die Milch der Schafe zu kommen war dagegen ein Kinderspiel zu nennen. Denn in dieser Zeit wurden die Lämmer geboren, und wenn diese mit dem Saugen an ihrer Mutter fertig waren, mußte man nur

schnell genug sein, um die letzten Tropfen aufzufangen, bevor sie zu Boden fielen. Bei dieser Gelegenheit erfüllten die jungen Elfen den Auftrag ihrer Mütter, so viel Wolle, wie sie tragen konnten, aus den Schaffellen zu zupfen. Diese war leicht fettig und hielt deshalb besonders warm. Man stellte daraus Kleidungsstücke her und polsterte die Lagerstätten; die Kleinen wurden, bevor sie zur Winterruhe gebettet wurden, von ihren Müttern darin eingewickelt. Gullians Gesicht hatte, wie Ranunculus bemerkte, während des Erzählens Farbe bekommen. Auch sprach er den guten Keksen und Früchten zu, was Ranunculus mit Wohlgefallen betrachtete. Nun begann auch er, aus seiner Vergangenheit zu erzählen bis hin zu seinen jüngsten Abenteuern, und er endete damit, wie er Gullian im Rapsfeld gefunden hatte. Sein Gegenüber unterbrach ihn während des Berichtes kein einziges Mal.

"... Und da bekam ich es mit der Angst zu tun, als das Weinen und Lachen überhaupt nicht aufhören wollte. Die Nacht schien kein Ende zu haben. Es hat mich so gegruselt."

"Mir ging es ganz ähnlich", sagte der Honigelf, "nur konnte ich deshalb nicht einschlafen, weil ich dachte, daß meine Peiniger zurückkommen würden. Ich war unfähig, zu fliegen oder zu fliehen. Der Honig, wie du dieses klebrige Zeug nennst, schmeckt eigentlich ganz wunderbar. Doch wenn das bei euch Sitte ist, ihn Fremden auf diese Art anzubieten, möchte ich darauf verzichten."

Ranunculus konnte ihm ansehen, was er dachte, denn seine schwarzen Augen funkelten zornig im Schein der Kerzen, die schon fast niedergebrannt waren. Sie sahen einander an, der Honiggelf und sein Retter. Eine Eule ließ ihren Ruf erschallen. Gullian ging zum Höhlenausgang und spähte hinaus. Ranunculus dachte schon, daß es für heute mit dem Erzählen vorbei sei, doch zu seiner großen Freude sprach Gullian wieder.

"Schade, daß man von hier aus den Himmel nicht sehen kann, ich kann kein Sternbild erkennen. Dabei wollte ich dir so gern zeigen, welches ich am liebsten mag und das, welches mir am Anfang meiner Reise geholfen hat, die Richtung einzuhalten. An jenem Morgen waren alle gekommen, um mir Lebewohl zu sagen. Der Wind trug mich in Richtung Süden, und das Lied, das man mir zum Abschied sang, verlor sich bald im Wind. Ich hatte es leichter als meine Freunde, die sich ohne Flügel auf dieses Abenteuer eingelassen hatten. Zwanzig Tage und Nächte war ich unterwegs, ließ mich treiben oder flog, ganz wie der Wind es zuließ. Ich wagte kaum zu schlafen in dieser Zeit, denn ich wollte auf keinen Fall in eine Strömung geraten, die mich zurück in Richtung Heimat tragen konnte. Am einundzwanzigsten Tag wurde die Luft merklich milder und fühlte sich angenehm auf der Haut an. Unter mir sah ich einen Fluß glitzern, und folgte ihm. Hast du schon einmal einen Fluß gesehen, dem man tagelang stromaufwärts folgen kann, ohne daß er an Breite verliert, Ranunculus?"

Dieser wollte gerade "O ja, in Indien" sagen, als Gullian leise weitererzählte.

"Unsere Märchenerzähler hatten diesen Fluß erwähnt, ich war auf ihn vorbereitet. Sie berichteten uns auch von einer Gemeinschaft von Elfen, die an einer Biegung des Flusses wohnt. Und da ich mittlerweile erschöpft war, beschloß ich, dort zu rasten. Du kannst dir vorstellen, wie überrascht ich war, dort Freunde aus meiner alten Heimat zu treffen, die vor langer Zeit ihrer Sehnsucht nach dem Süden gefolgt waren. Sie hatten hier eine neue Bleibe gefunden und waren recht zufrieden, denn es war wärmer, und es gab Blumen und tiefe Wälder. Ich nutzte die Zeit, um mich zu erholen. Es war wirklich eine sehr schöne Gegend, da konnte ich die Freunde gut verstehen, die hiergebliebenen waren und überlegte ernstlich, ob ich es ihnen nicht gleichtun und einfach dableiben sollte. In dieser bunt zusammengewürfelten Gesellschaft begann ich mich wohl zu fühlen, und ich fand eine Menge neuer Freunde.

Hier gebe es auch wandernde Märchenerzähler, sagte man mir, und ich war sehr gespannt. Es dauerte gar nicht lange, da machte ich Bekanntschaft mit einem. Er war außerdem so etwas wie ein Händler und hatte einen Wagen voller Waren, die man tauschen konnte. Auch brachte er von überallher Neuigkeiten mit, übergab Grüße und Päckchen von fernen Freunden und Verwandten. Mit ihm konnte ich mich stundenlang unterhalten. Er war sehr begierig zu erfahren, was es Interessantes aus dem hohen Norden gab. Für ihn war es sehr wichtig, viel zu wissen, denn es erhöhte sein Ansehen ungemein. Von ihm erfuhr ich auch die Geschichte von einem wunderschönen Garten, der oft auch “Das verlorene Paradies” genannt wurde. Niemand hatte ihn je gesehen. Doch in den Erzählungen tauchte der Name immer wieder auf. Ich stellte fest, daß niemand an die Existenz dieses Gartens glaubte. Denn was davon erzählt wurde, klang so unglaublich, daß man gar nicht versuchte herauszufinden, ob an dieser Geschichte etwas Wahres dran war. Meine Neugierde war geweckt und ließ mir keine Ruhe mehr. Ich sammelte fortan sämtliche Informationen, die ich darüber bekommen konnte, und nahm von den neuen Freunden Abschied. Nach all der Mühe, die ich bisher auf mich genommen hatte, um so weit zu gelangen, konnte mich nichts mehr erschüttern. Hatte ich doch viele Vorteile auf meiner Seite. Es war angenehm, sich vom warmen Wind tragen zu lassen. Alle Beschreibungen des Weges waren so vortrefflich, daß er nicht zu verfehlen war.

Hatte ich beim ersten Teil meiner Reise das große Glück, mich auf günstigen Wind verlassen zu können, so half mir jetzt mein gutes Gedächtnis, das sich an alle Einzelheiten erinnern konnte, die den Weg zu diesem unglaublichen Garten weisen sollten. Zustatten kam mir außerdem, daß ich mich anfangs noch auf viele Wegbeschreibungen stützen konnte; besonders wertvoll war das, was fliegende Elfen mir erzählt hatten. Ich stellte mir natürlich immer wieder die Frage, wieso niemand den Mut aufgebracht hatte, auf die Suche zu gehen, denn ich kam gut voran. Schwierig wurde es erst, als die großen Berge vor mir auftauchten. Dort, wo der große Fluß geboren wurde, nahm auch wieder die Kälte zu. In den Tälern lagen Schneereste, und die Gipfel hatten ihren glitzernden Eismantel angezogen. Hier war der Winter immer noch nicht auf dem Rückmarsch. Ich bekam das zu spüren. Einige Tage und Nächte habe ich gebraucht, um endlich den höchsten Gipfel zu erreichen. Statt der Schneeschauer und der kalten Winde, die mich immer wieder begleitet hatten, kam ich beim Abstieg auf einmal in eine dichte Nebeldecke, die mir jede Orientierung nahm. Wie lange ich herumgeirrt bin, weiß ich nicht mehr. Selten in meinem Leben habe ich so gefroren wie in dieser Zeit. Und es gab nichts, woran ich mich hätte wärmen können, kein Feuer und keine Schafwolle. Doch eines Tages, nachdem ich die Hoffnung fast verloren hatte, erblickte ich beim Erwachen blauen Himmel. Noch nie war er mir so schön erschienen. Mit wiedererwachtem Mut machte ich mich erneut auf den Weg zu meinem unbekannten Garten. Nach einiger Zeit bemerkte ich, daß die Beschreibungen des Weges nicht mehr so recht stimmten. Meine Versuche, jemanden zu finden, der mir helfen konnte, blieben erfolglos. Entweder gab es in den Bergen keine Elfen und Feen, oder sie hielten noch Winterruhe. Doch ich ließ mich nicht beirren. Irgendwo, weiter im Süden, würde mein Garten sein, mein neues Zuhause, und ich ließ mich treiben vom Wind und meiner Sehnsucht."

Gullian machte eine Pause, seine Augen waren fest auf Ranunculus gerichtet. Doch diesem schien, als blicke er durch ihn hindurch, um weit, weit in der Ferne seinen Garten zu suchen.

Ranunculus ergriff seine Hand und drückte sie fest.

"Glaube mir, mein Freund, du wirst ihn finden. Soviel Ausdauer wird der Himmel belohnen."

***

Bis hierhin war Pinaruh mit seiner Erzählung gekommen. Der Tag neigte sich, und in dem alten Haus, in das sich alle zurückgezogen hatten, um der Hitze des Tages zu entfliehen, bereitete man sich auf die Nacht vor.

Einige Gartenbewohner spielten indessen mit dem Gedanken, den Garten zu verlassen. Zu denen, die sich mit dieser Idee befaßten, gehörte auch Pompon. Er hatte es sich wahrlich nicht leichtgemacht, lange das Für und Wider abgewägt und sah doch keinen anderen Ausweg mehr. Vorsichtig versuchte er, die Gespräche, die er mit seinen Brüdern führte, in diese Richtung zu lenken, aber diese wiesen den Gedanken weit von sich. So beschloß Pompon, zu schweigen und heimlich mit den anderen zu gehen. Natürlich in aller Heimlichkeit, denn sie wußten, daß die anderen Gartenbewohner mit allen Mitteln versuchen würden, sie zurückzuhalten.

Niemand schöpfte Verdacht. Doch eines Morgens, ein Vogel ließ gerade den ersten Ruf erschallen, erwachte Pinaruh und hatte sofort das Gefühl, daß irgend etwas nicht stimmte. Er wußte, daß es nicht der Vogel war, der ihn geweckt hatte. Irgend jemand beobachtete ihn, so glaubte er zu spüren. Er setzte sich aufrecht hin und sah nur Rosantha, die vor ihm zwischen Grasbüscheln schlief. Sie konnte es also nicht gewesen sein. Beunruhigt stand er auf. Da, ein Wispern, Wortfetzen. Das hatte er doch schon einmal erlebt? Mit einem Sprung war er bei Rosantha.

"Aufstehen, sie wollen fort!"

Rosantha begriff sofort, was los war. Die Entdeckten beeilten sich, über die Mauer zu kommen. Als Letzter einer langen Reihe versuchte Pompon, der ein bißchen schwerfällig war, sich hochzuschwingen. Geistesgegenwärtig kletterte Rosantha ihnen nach.

"Laß mich", rief Pompon. "Ich will weg!" Dabei trat und strampelte er in ihre Richtung. Sie mußte ausweichen und verlor beinahe das Gleichgewicht.

"Bitte, Pompon, du darfst nicht gehen! Bleib, bitte bleib!" Sie erwischte einen Zipfel seiner Jacke und hielt sich daran fest. Alles, was ihr von ihm blieb, war ein Fetzen Stoff in der Hand.

Der Schwung, mit dem der Freund sich losgerissen hatte, setzte ihrem Aufenthalt in luftiger Höhe ein Ende.

“Nein! O nein!” rief sie.

O nein, dachte auch Pinaruh. Mit Tränen in den Augen trösteten sie einander. Schweren Herzens machten sie sich auf den Weg, um den Freunden die schlimme Nachricht zu überbringen.

Keine Abwechslung hatte das Wetter während der beiden letzten Tage gebracht. Noch immer lag an jedem Morgen der Tau auf den Gräsern, und märchenhaft weiße Blüten ergossen sich über das alte Gemäuer. Sogar die Bäume trugen die weißen Blütensterne der Waldreben bis hinauf in die höchsten Äste, so stolz, als wären es ihre eigenen. Ihnen konnte man am wenigsten ansehen, daß sie Schaden genommen hatten. Über die Wipfel der Bäume ließ Klimber seine Melodien erklingen, die immer trauriger und sehnsüchtiger klangen und in denen die Hoffnung keinen Platz mehr fand. Sie durchdrangen die Stille des Gartens und legten sich wie ein unsichtbarer schwerer Mantel um die Seelen der Elfen und Feen. Nur Pinaruh erreichten sie nicht, denn er war wieder gefangen in seinen Träumen, die ihn in die Höhle führten, wo Ranunculus Distel den Erzählungen Gullians lauschte.

***

"Eines Tages", sagte Gullian, "begann der Himmel sich zu verfinstern. Es war so drückend warm, wie ich es bis dahin noch nicht erlebt hatte. Kein Lüftchen regte sich, und ich mußte die Flügel benutzen, um vorwärtszukommen. Ich überflog viele Gärten, doch mein Garten war nicht dabei. Wolken zogen auf, der Himmel wurde schwarz und der Tag zur Nacht. Ich suchte mir eine geschützte Stelle, um abzuwarten. Es sah aus, als würde das Ende der Welt kommen. In einem riesigen Baumstamm fand ich schließlich eine Höhle. Das war meine Rettung. Als das große Krachen und Blitzen begann, begleitet von Hagelkörnern, die so groß waren wie mein Kopf, dachte ich, daß nun alles vorbei sei, und nahm Abschied von der Welt und meinem Traum, den Paradiesgarten zu finden. Da schlug in der Nähe ein Blitz ein. Die Erde zitterte und wankte. Ich befürchtete, blind zu werden, so grell war sein Licht. Beinahe wäre ich kopfüber hinausgefallen, als ich fühlte, wie mich etwas in die Höhle hineinzog. Du mußt wissen, daß ich mir vorher nicht die Mühe gemacht hatte, die Höhle zu untersuchen. Mein Schreck war im ersten Moment groß, doch dann sah ich in die freundlichen Augen eines Vogels, wie du dir ihn schöner nicht vorstellen kannst. Ich habe auf meiner Reise sehr viele Vögel kennengelernt, doch keiner war so wie er. Im Dunkel der Höhle konnte ich sehen, wie das Gefieder bei jedem Blitz aufleuchtete. Seine Nähe hatte etwas ungemein Beruhigendes. Du mußt wissen, Ranunculus, daß ich vorher große Angst hatte. Das mußte der Vogel gespürt haben, denn er breitete seine Flügel über mir aus, als wäre ich sein Junges, und meine Ängste schwanden. Das Gewitter schwächte sich ab, um in der Nacht noch einmal mit aller Heftigkeit zurückzukehren. Unaufhörlich rann der Regen hernieder. Doch ich brauchte mir keine Sorgen zu machen. Bald schlief ich ein und hatte glückliche Träume.

Ich flog und flog, ohne meine Flügel zu benutzen. Es war ein wunderschöner Traum. Als ich erwachte, stand mir fast das Herz still. Ich schwebte tatsächlich am Himmel, sicher gebettet zwischen den Federn des schönen Vogels. Ich hatte nicht gespürt, daß er mich aufgenommen hatte und mit mir wegflog. Ohne zu wissen, wohin die Reise führte, überließ ich mein Schicksal dem Vogel, bei dem ich mich so geborgen fühlte. Ich hatte Zeit und in mir die Gewißheit, irgendwann den Paradiesgarten zu finden, auch wenn es Jahre dauern sollte.

Wir flogen der aufgehenden Sonne entgegen. Der schöne Vogel verringerte seine Geschwindigkeit und seine Flughöhe. Er glitt über die Baumwipfel, und ich konnte mir die menschlichen Siedlungen von oben ansehen. Derer gab es viele. Ohne Ende schienen sie, mit hohen Häusern, die auf die Bäume herabblicken konnten. Siedlungen gab es, die waren größer als Wälder und voll von Menschen. Das hat mir gar nicht gefallen, denn ich konnte keine Blumen sehen zwischen den Häusern, kein Sonnenstrahl erreichte dort die Erde. Ich war froh, als der Vogel wieder zwischen den Wolken seinen Weg suchte, und mir schien, als könne er meine Gedanken fühlen. Traumhaft schön war die Reise, und ich bewunderte ihn, wie er dahinglitt auf dem Wind, ohne die Flügel zu bewegen.

Endlich, als der Abend kam, sah ich unter uns ein gelbes Leuchten, das fast bis an den Horizont reichte. Zu gern hätte ich es mir näher angesehen, und der Vogel, der wieder meine Gedanken zu erraten schien, sank mit mir nieder, und ich erkannte ein gelbes Blumenmeer, das sich sanft bewegte, und meinen inneren Wunsch, hier zu verweilen und die Blumen zu berühren, beantwortete der Wundervogel damit, daß er inmitten des gelben Blütentraumes landete. O Wunder, zum erstenmal während der Zeit, die wir zusammen verbracht hatten, richtete er das Wort an mich. Das hätte mich früher in Erstaunen versetzt, denn einem Vogel, der sprechen konnte, war ich zuvor noch nie begegnet. Doch bei ihm fand ich das natürlich.

“Ich werde dich jetzt verlassen”, sagte er zu mir, “dein Ziel ist ganz nah, du wirst es finden.” Dann sagte er Lebewohl und ließ mich allein.

Lange habe ich ihm noch nachgesehen, bis er im wolkenlosen Himmel nur noch als kleiner glitzernder Punkt zu erkennen war. Mir war schwindelig. Nun stand ich allein inmitten dieser herrlichen Blumen und überlegte, in welche Richtung ich fliegen sollte.

Ich beschloß, bis zum nächsten Morgen zu warten. Glücklich flog ich zwischen den vielen gelben Blumen umher und dachte an meine Brüder, die die Suche nach dem warmen Süden aufgegeben hatten. Da sah ich auf einmal unter mir ein paar Gestalten, die zu mir aufsahen. Na endlich hast du Gesellschaft, dachte ich. Sie gaben mir Zeichen näherzukommen und wirkten erfreut, mich zu sehen. Sie sahen sehr ungewöhnlich aus, doch ich hatte keinen Anlaß, ihnen zu mißtrauen. Arglos erzählte ich ihnen von meinem Traum, den Garten zu finden, was sie sehr spaßig zu finden schienen, aber sie ließen sich nicht dazu bewegen, mir einen Hinweis zu geben, wo ich ihn finden könne. Obwohl sie es wissen mußten, denn der schöne Vogel sagte mir doch, daß er ganz in der Nähe zu finden sei. Als ich ihnen von dem Vogel erzählte, blickten sie mich sonderbar an und tuschelten miteinander. Leider konnte ich nichts verstehen. Ich war müde geworden, was nach diesem langen Tag kein Wunder war. Im Glauben, daß ich ihnen vertrauen könne, legte ich mich zu ihnen.

Mitten in der Nacht erwachte ich, weil meine Nase juckte. Meine neuen Bekannten standen über mich gebeugt und grinsten heimtückisch. "Auf einen wie dich haben wir gerade gewartet", sagte der eine. "Ja, gewartet", sagte ein anderer. "Kommt einfach daher und behauptet, ein Vogel habe ihn gebracht. So ein Spinner. Will zum Paradiesgarten. Dir werde ich's zeigen."

"Nein, ich werd's ihm zeigen!"

"Nein, ich!"

Alle sprachen durcheinander, und im Nu war eine wilde Schlägerei im Gange. Ich versuchte, mich aus dem Staub zu machen, doch sie hatten mich bald eingeholt und waren sich wieder einig. Zwei hielten mich fest, und die anderen kitzelten mich so lange, bis mir die Tränen kamen. Sie haben sich ausgeschüttet vor Lachen. Aber das Gemeinste kam erst noch. Die, die mich gekitzelt hatten, fütterten mich mit dem süßen Zeug, das du, lieber Ranunculus, Honig nennst. Sie hörten nicht auf, mich damit zu stopfen. Sie hielten mir die Nase zu, so daß ich gezwungen war, den Mund zu öffnen. Doch das war ihnen immer noch nicht genug. Sie fanden, es sehe lustig aus, wenn mir der Honig aus dem Mund tropfe, und beschmierten mich von oben bis unten. Zuerst die Augen, damit ich nicht mehr sehen konnte, was sie mit mir vorhatten. Diese Quälgeister verloren erst ziemlich spät die Lust und verschwanden. Lange traute ich mich nicht, mich zu rühren, und stellte mich ohnmächtig. Als ich sicher sein konnte, daß sie nicht mehr zurückkommen würden, versuchte ich, das klebrige Zeug loszuwerden. Erfolglos, wie du ja weißt. Ich war danach völlig erschöpft und schlief weinend ein."

Von der Erinnerung übermannt, fing der Honigelf an zu zittern.

"Das war ja mindestens so schlimm wie bei den verflixten Ratten. O du Armer, was du ausstehen mußtest, wie gut, daß ich in der Nähe war." Ranunculus nahm Gullian tröstend in die Arme. "Du bist mein Freund, mein Bruder, gemeinsam sind wir stark. Diese Kobolde werden dir jetzt nichts mehr anhaben können. Komm näher zu mir." Ranunculus schaute geheimnisvoll. "Nun werde ich dir etwas erzählen, worüber sich dein Herz freuen wird."

***

Pinaruh stand auf und ließ seine Zuhörerschaft zurück, ohne zu verraten, was der Zauberer dem Honigelf erzählt hatte. Wieder einmal unterbrach er seine Geschichte mitten in einem spannenden Geschehen. Er tat es mit Absicht und lächelte vergnügt, denn er wußte, wie es weitergehen würde. Sollten sich seine Freunde ruhig ein bißchen den Kopf zerbrechen. Sein Kissen unter den Arm geklemmt, ging er zum Teich. Er warf Steine ins mondbeschienene Wasser und ließ sie an der Oberfläche hüpfen. Ich werde ein Bad nehmen, dachte er und entkleidete sich. Das Wasser war angenehm, da es die Wärme der Mittagssonne gespeichert hatte. Oh, das tat gut. Er würde es sofort seinen Freunden verordnen, damit sie auf andere Gedanken kämen. Pinaruh schwamm, was er seit Jahren nicht mehr getan hatte, und vor Freude schlug er aufs Wasser und sah zu, wie die Tropfen auf die Wasseroberfläche zurückfielen. Er blickte auf den mondbeschienenen See, um die Schönheit dieses Anblicks zu genießen. Da bemerkte er, daß der Mond im Wasser einen Punkt hatte, der sich vergrößerte. Er sah zum Himmel und entdeckte auch dort einen Punkt, der größer und größer wurde und sich schließlich als Vogel entpuppte. Pinaruh verharrte wie angewurzelt. Der Mondvogel! Wie war denn so etwas möglich? Den gab es doch nur in seinen Träumen. Der Mondvogel kam vom Himmel hernieder, tauchte elegant durch den ganzen See und stand plötzlich vor dem verdatterten Pinaruh, dem er eine Muschel zu Füßen legte. Dann schüttelte er das Wasser von seinem Gefieder, und im Mondlicht schien es, als fielen unzählige kleine Perlen in den Sand. Pinaruh stand still und hielt den Atem an.

"Bald wirst du glücklich sein, glaube daran. Vielleicht schon morgen." So sprach der Mondvogel, dann erhob er sich in die dunkelblaue Nacht, flog noch einmal über den Weiher und war bald nur noch als kleiner Punkt zu sehen, der mit dem Mond verschmolz. Immer noch unfähig zu glauben, was ihm eben passiert war, stand Pinaruh und sah ihm nach. Den Mondvogel zu sehen, das bedeutete Glück, das wußte er. Das hatte er selbst seinen Freunden immer wieder erzählt, so oft, daß er es selbst glaubte.

Nun, da er ihm begegnet war, konnte er es nicht fassen. Er überlegte, welcher Art das Glück wohl sein könnte. Da entdeckte er dort, wo der Mondvogel gestanden hatte, etwas Glitzerndes, und als er sich bückte, sah er drei wunderschöne Perlen. Sie leuchteten hell in der Nacht und verschafften Pinaruh die endgültige Gewißheit, nicht geträumt zu haben. Er hob sie auf, um sie besser betrachten zu können, und fühlte, wie Kraft und Mut aus diesen drei Perlen auf ihn übergingen. Er wußte nicht wie ihm geschah, und er legte die Perlen in die Muschel, die der Mondvogel vom Grund des Sees heraufgeholt hatte. Verwirrt trat er den Heimweg an und dachte dabei an die Worte des Mondvogels. Er sah keinen rechten Sinn darin. Er fühlte die Muschel mit den Perlen in seiner Hand, und war glücklich. Es machte ihn auch glücklich, wenn alle seine Freunde glücklich waren, und das konnten sie nur sein, wenn die Blumen wieder so herrlich bunt blühten wie einst. Es war schon eine sonderbare Sache mit dem Mondvogel, der plötzlich vom Himmel herunterkam, eine Botschaft und Perlen daließ und einfach verschwand. Und soviel Pinaruh auch grübelte, es wollte ihm nicht in den Sinn, wieso er Dinge sah, die eigentlich in seinen Träumen zu Hause waren oder zumindest sein sollten. Er stellte sich viele Fragen, doch was herauskam, waren nur Vermutungen. Auch sein blaues Kissen verhalf ihm nicht zu einer Lösung. Vergebens wartete er in dieser Nacht auf neue Träume. Er konnte sich nicht erinnern, daß ihm das, seit er von dem Blumenzauberer träumte, bisher passiert war. Immer gab es eine Fortsetzung dieser Geschichte. Pinaruh schüttelte sein Kissen und wendete es zum soundsovielten Male von der einen auf die andere Seite. Lag es etwa an ihm selbst?

Seine Gedanken waren in heller Aufruhr. Jetzt, da er geglaubt hatte, der Lösung des Rätsels auf der Spur zu sein, verließ ihn seine Fähigkeit zu träumen, und er brauchte dringend seine Träume, die ihm bestätigen sollten, was sein Verstand nicht glauben konnte. Er fiel in einen unruhigen Schlaf.

Als es dämmerte, fühlte Pinaruh sich noch sehr müde. Ungern erhob er sich und ging hinunter zum See, um sich zu waschen. Sorgsam legte er die Muschel mit den kostbaren Perlen auf seine

Kleider. Am Himmel verblaßten die Sterne, der Mond war weitergewandert. Pinaruh schaute in die Ferne, wohin der Mondvogel verschwunden war. Dabei stellte er sich die Frage, ob es klug sein würde, seinen Freunden von dieser unglaublichen Geschichte zu erzählen. Er kam zu dem Schluß, daß es vorerst besser sei zu schweigen. Sollte sich seine Vermutung nicht bestätigen, war es immer noch früh genug, ihnen alles mitzuteilen und die Muschel mit den Perlen zu zeigen. Er verstaute den Schatz tief in seine Tasche und hielt ihn ganz fest, um sich Mut zu machen. Bald schon würde die Sonne wieder vom Himmel brennen, also wandte er seine Schritte wieder dem Tempel zu, um in dessen grünen Mantel den Tag zu verbringen. Plötzlich vermeinte er ein Miauen zu hören. Erschrocken blickte er sich um. Eine Katze? Die Katze! Dem Mondvogel sei Dank. Seine Träume meldeten sich wieder. Erleichtert nahm Pinaruh auf seinem Kissen Platz und schloß die Augen. Sein Herz klopfte.

***

Reglos lag das Tier unter dem Baum und versperrte mit seinem Körper den Ausgang. In der Höhle regte sich noch nichts. Die lange Nacht, in der so viel erzählt worden war, zeigte ihre Wirkung, und aus dem Vorsatz, sich bei Sonnenaufgang auf den Weg zu machen, wurde vorläufig nichts. Die rauhe Wirklichkeit, in Gestalt einer Katze, hatte die beiden eingeholt und würde ihnen noch zu schaffen machen. Doch davon wußten die Schläfer in der Höhle noch nichts.

Tiefe Dunkelheit herrschte, als Ranunculus aufwachte. Seltsam, er fühlte sich erholt und frisch, und das mitten in der Nacht. Vielleicht sollte er sich noch ein bißchen ausruhen und warten, bis die Sonne aufging. Es würde ein anstrengender Tag werden. Sein Blick versuchte, ein Stück vom Himmel zu erhaschen, den er von seinem Schlafplatz aus sehen konnte. Rabenschwarz und ohne Sterne schien er. Verflixt seltsam, dachte Ranunculus und schloß wieder die Augen. Er streckte die Hand aus, um sich zu vergewissern, ob sein neuer Freund noch da sei. In Gedanken fing er an, den Wagen zu packen, und er wurde unruhig, weil immer noch kein Schimmer den neuen Tag ankündigte. Nun erwachte auch Gullian.

"Ist es soweit?"

"Nein, es ist stockfinstere Nacht. Ich werde eine Kerze anzünden." Ranunculus tastete sich durch die Dunkelheit. "Ich hätte geschworen, vor dem Einschlafen ein Stück Himmel gesehen zu haben." Verflixt, wo ist der Wagen? dachte der Zauberer.

Die Katze erhob sich und gähnte. Das plötzlich einfallende Tageslicht ließ die beiden Freunde aufschrecken. Ranunculus war der erste, der begriff.

"Die Katze!"

"Was? ... Wer?" Gullian schaute verwirrt um sich.

"Die verflixte Katze!" Nun war es soweit. Ach, es wäre auch zu schön gewesen, wenn der letzte Teil der Reise ohne Schwierigkeiten vorübergegangen wäre. Nun mußte es sich zeigen, ob die Wirkung der Bälle noch die gleiche war.

***

Pinaruh träumte sehr lebhaft. Bei ihm standen Dudel und Billfor und beobachteten ihn. Man konnte sehen, wie sich unter seinen geschlossenen Lidern die Augäpfel bewegten, sein Atem ging ungleichmäßig, und manchmal kamen Wortfetzen aus seinem Mund. Doch die waren so unverständlich, daß niemand sich einen Reim darauf machen konnte. Etwas schien ihn sehr zu beunruhigen.

"Sollen wir ihn wecken?" fragte Billfor.

"Nein, lieber nicht, es sieht so interessant aus, wenn er die Augen rollt", rief Dudel.

"Du bist gemein. Siehst du denn nicht, daß er Angst hat?" sagte Billfor. Die beiden Brüder sahen sich erschrocken an. Aber die Geschichte endete doch gestern so nett. Das konnte nur bedeuten, daß die Katze Ranunculus und Gullian gefunden hatte. Aber Pinaruh träumte doch nicht zum ersten Mal von ihr, was war diesmal anders? Besorgt ließen die beiden Brüder ihn den ganzen Tag nicht aus den Augen. Wie ein Lauffeuer hatte sich im Garten die Nachricht verbreitet, daß es mit Ranunculus Distel sehr schlecht stehen müsse. Es gab Momente, in denen Pinaruh lächelte, und alle, die um ihn herumstanden, schöpften neue Hoffnung. Der Blumenzauberer und der Elf aus dem hohen Norden waren ihnen ans Herz gewachsen und niemand wünschte sich, daß deren Leben zwischen den Zähnen der Katze endete.

Pinaruh wirkte erschöpft und traurig, als er die Augen öffnete.

"Laßt mich allein, Freunde, mir geht es nicht gut."

Wortlos drehte er sich um und nahm den Weg zum See, eine betroffene Gesellschaft zurücklassend. Der See war für Pinaruh ein Ort geworden, von dem er sich Trost erhoffte, denn er hatte schlechte Träume gehabt, und die Hoffnung war ihm genommen. Wie sollte es nun weitergehen? Tränen füllten seine Augen, sein Blick verschwamm. Plötzlich legten sich zwei Arme um seinen Hals.

"Ich bin bei dir, wenn du mich brauchst", sagte Billfor tröstend und setzte sich.

"Oh, es steht nicht gut, Billfor." Pinaruh hielt den Kopf gesenkt, er wagte nicht, dem Freund in die Augen zu sehen.

***

Ranunculus war es gelungen, die Katze abzulenken. Der Weg war holprig. Bei diesem Tempo war das eine gefährliche Sache. Die hastig in den Wagen geworfenen Teppiche und Kissen schwankten bedrohlich, und es geschah immer wieder, daß einige Teile herunterfielen. Lange hatten die beiden in ihrer Wurzelhöhle aushalten müssen. Es war nicht einfach gewesen, die Katze vom Ausgang wegzulocken. Ihr Verhalten hatte sich geändert. Ranunculus konnte sich keinen Reim darauf machen. Nun galt es, aufzupassen wie noch nie.

"Wie gut, daß ich nicht mehr allein bin, zu zweit haben wir gegen die Katze vielleicht eine Chance, denn vier Augen sehen mehr als zwei. Nur schade, daß wir zwei mit unseren vier Beinen nicht so schnell laufen können wie eine Katze mit ihren vieren."

Gut eine Stunde verging, in der sie nichts von ihr sahen.

"Weißt du, Gullian", fragte Ranunculus, "was mein größter Wunsch war, als ich noch in Indien lebte? Fliegen. Fliegen mit und ohne Teppich. Fliegen ohne Flügel, einfach so. Die Arme und Beine ausbreiten und schweben, hoch und nieder, und Purzelbäume in die Luft schlagen. Ach wäre das schön, wenn ich das könnte", seufzte Ranunculus. Wehmütig blickte er in die Ferne.

"Mein Freund", antwortete Gullian. "Auch ich wäre froh, endlich wieder fliegen zu können", und er sah zu, wie der Honig an ihm in der Sonne weich wurde und die Blätter ins Rutschen gerieten. "Du wirst sehen, daß ich schöne Flügel habe."

Sie schauten sich an und mußten grinsen.

"Wir sind die Schönsten, nicht wahr?" scherzte Ranunculus. Sie brachen in schallendes Gelächter aus.

"Pst, die Katze", warnte Gullian.

Fortan war nur noch das quietschende Geräusch der Räder in der Stille der weiten Landschaft zu hören. An einer Biegung des Weges wartete die Katze. Träge lag sie da und versuchte, mit der Pfote eine Mücke zu haschen. Kein Weg führte an ihr vorbei. Sie

ließ sich nicht stören und tat so, als sei sie allein auf weiter Flur. "Miau", sagte sie und zeigte dabei ihre spitzen Zähne in voller Größe, so daß den beiden Wanderern angst und bange wurde, und sie rührte sich nicht vom Fleck. Hinter dem Wagen versteckt, berieten die beiden, was zu tun sei. Sie beschlossen, zu bleiben, sich unter den Wagen zu setzen und ihrerseits so zu tun, als sei die Katze nicht da. Interessiert schaute das Tier zu, wie der Wagen mit Teppichen verhängt wurde. Ganz besonders gefiel ihr einer, dessen Quasten lustig hin und her baumelten. Sie rückte den beiden, die mit angehaltenem Atem und Herzklopfen unter dem Wagen ausharrten, unangenehm nahe. Heiß wurde ihnen in ihrem Gefängnis. Einige Ameisen hatten Gullian entdeckt und wurden ihm lästig.

"Sei mir nicht böse, Ranunculus, aber ich muß schreien." Und noch ehe der ihm den Mund zuhalten konnte, war es passiert. Er schrie, wie es der Blumenzauberer noch nie gehört hatte. Solch hohe Töne kamen aus Gullians Kehle, daß er sich erschrocken die Ohren zuhalten mußte. Der Katze sträubten sich die Haare, und ein angstvolles Miauen war zu hören, bevor sie mit großen Sätzen das Weite suchte.

"Wie hast du das gemacht? So etwas habe ich noch nie gehört. Du bist ein Genie!"

"Das weiß ich auch nicht. Plötzlich hat es mich gezwickt, und da ist es geschehen."

"Oh, schrei noch einmal, Honigelf."

Und Gullian schrie und schrie. Aber so sehr er sich auch anstrengte, es reichte höchstens aus, um eine Maus zu erschrecken. Es fehlte das Ameisenzwicken, um die gewünschte Wirkung zu erreichen. Doch das machte nichts, die Katze war auf jeden Fall nicht mehr da, drum nutzten die beiden die Gelegenheit, um schnellstens diesen Ort zu verlassen.

In der Ferne zeichneten sich die Umrisse eines Waldes ab. Dorthin lenkten sie ihre Schritte. Brütende Hitze, ungewohnt für diese Jahreszeit, lastete schwer auf ihnen. Besonders Gullian, der das nicht gewohnt war, litt sehr darunter. Schweigend zogen sie die staubigen Wege entlang und wagten nicht, eine Pause einzulegen. Ihre Nerven waren zum Zerreißen gespannt. Die Deichsel in der einen, den Fliegenwedel in der anderen Hand, quälte sich Ranunculus vorwärts. Seine Gedanken eilten voraus zu dem Garten. Er würde nicht allein dort ankommen. Zum ersten Mal hatte er einen Freund, der ihm bei seiner Arbeit zuschauen würde. Noch nie hatte er das jemandem erlaubt. Eine große Hilfe war Gullian nicht. Er warf ihm einen prüfenden Blick zu. Verklebt und schmutzig, war er ein Bild des Jammers. Er konnte einem schon wirklich leid tun. Aber wie er als nordischer Elf die große Hitze bewältigte, das war schon erstaunlich. Es gab kein Wasser weit und breit, weder zum Waschen noch zum Trinken.

"Ich brauche eine Pause, bitte!" Gullian setzte sich auf einen Stein. "Das ist der härteste Teil meiner Reise, Blumenzauberer. Was glaubst du, wieviel Zeit wir für das letzte Wegstück noch brauchen werden?"

"Unter normalen Umständen habe ich diese Strecke bis zum Sonnenuntergang bewältigt. Da war ich nicht unter diesem verflixten Zeitdruck. Es war immer eine gemütliche Reise mit vielen Pausen zum Stärken." Ranunculus beobachtete sorgsam die Gegend. Plötzlich schien ihm, als husche ein schwarzer Schatten an der Böschung entlang.

"Schrei, Gullian, schrei! Die verflixte Katze ist wieder da. Was haben wir dir getan! Du Stinktier, du!" Ohnmächtige Wut ließ Ranunculus Dinge sagen, die Gullian die Schamröte ins Gesicht trieben, doch bei der Katze hinterließen sie nicht den geringsten Eindruck. Sie rannten, was die müden Beine hergaben. Mit der Katze im Rücken erreichten sie eine tolle Geschwindigkeit. Doch sie war schneller. Mit einem Mal stand sie vor ihnen auf dem Weg und machte einen Buckel.

"Leg die Ohren an, Gullian!" rief Ranunculus und rannte mit dem Wagen zwischen den Beinen der Katze hindurch. Als sei nichts Besonderes geschehen, trabte sie hinter ihnen her, ohne Gullian zu beachten, der damit beschäftigt war, die Kissen aufzuheben, die während dieses Manövers heruntergefallen waren. Ranunculus rannte und rannte, die Katze neben ihm. Wie lange er schon gerannt war, wußte Ranunculus nicht, und da er immer nur auf den Weg geschaut hatte, war ihm entgangen, daß der Elf nicht mehr da war. Erst als er auf einen Zuruf keine Antwort bekam, schöpfte er Verdacht. Weit und breit war von Gullian nichts zu sehen.

"Gullian!" rief er laut. "Gullian!" Ranunculus traute sich nicht anzuhalten. "Gullian!" Guter Geist, wo war der Honigelf? Ranunculus wurde unruhig, und er kämpfte mit seiner Angst vor der Katze und der Angst um Gullian. "Gullian, wo bist du?" rief er und lief dabei weiter, ohne sich umzusehen. Aber selbst wenn dieser in der Nähe gewesen wäre, hätte er ihn nicht verstanden, denn beim Laufen war ihm sein Turban über die Ohren gerutscht. "O nein, o nein, guter Geist" und "Gullian, wo bist du?", das war alles, was er noch sagte, bevor er die Deichsel losließ und mit einem Satz unter dem Wagen verschwand, weinend und zornig, weil er sich schämte, wieder einmal zuerst an sich gedacht zu haben. Der Wagen über ihm wackelte, als würde sich jemand auf ihn stützen. "Gemeines Biest", heulte er los. "Verschwinde, du schwarzer Teufel in Gestalt einer Katze! Gullian! Hilfe!" Da sah er, wie sich ihre Schwanzspitze unter den Wagen schob, und dem Gedanken folgte die Tat. Mit einem schmerzerfüllten Miauen nahm die Katze Reißaus.

Zitternd an allen Gliedern, kroch Ranunculus unter dem Wagen hervor. Seine Beine versagten ihm beinahe den Dienst. Er holte ein großes Taschentuch heraus und wischte sich damit den Angstschweiß von der Stirn. Das war noch einmal gutgegangen.

"Bist du verletzt?" Gullian, den man hinter den Kissen, die er schleppte, kaum sehen konnte, stand vor ihm.

"Ich hab` ihr in den Schwanz gebissen."

Gullian ließ die Kissen fallen.

"Du hast ...?"

"Ja, ich habe!" bestätigte Ranunculus und nickte mit dem Kopf. "Ich, Ranunculus Distel, habe der Katze in den Schwanz gebissen." Langsam gewann er seine Fassung zurück.

"Ich habe dich im Stich gelassen, ich habe nur an mich gedacht, ich war entsetzlich feige. Nie hätte ich gedacht, so feige zu sein."

“Das sehe ich aber ganz anders”, erwiderte Gullian, “du bist sogar sehr mutig, jawohl. Auf einen Freund wie dich kann man stolz sein. Ich hätte nie gewagt, einer Katze in den Schwanz zu beißen. Und im Stich gelassen fühle ich mich überhaupt nicht. Für mich zeigt die Katze nämlich nicht das geringste Interesse, folglich brauche ich keine Angst zu haben.”

“Meinst du wirklich? Ist das kein Zeichen von Feigheit, wenn ich vor der Katze ausreiße?”

“Wäre sie mir hinterhergerannt, hätte ich genauso gehandelt.”

Ranunculus fiel ein Stein vom Herzen. “Da bin ich aber froh, daß du mir nicht böse bist.”

✻✻✻

Der Vogel war immer noch auf der Suche. So viele Male hatte er schon dieses große Gebiet überflogen. Sein Gefieder schimmerte wie edles Geschmeide, wenn die Sonne darauffiel. Es schien, als würde er bei jedem Flügelschlag eine glitzernde Spur am Himmel hinterlassen. Der Mondvogel war auf der Suche nach Ranunculus. Alle Gärten, in denen der Blumenzauberer haltzumachen pflegte, hatte er aufgesucht und gesehen, daß er ganze Arbeit geleistet hatte. Nur einen Garten hatte er vergessen, und das beunruhigte ihn sehr. Er kannte den Blumenzauberer als sehr gewissenhaft. In all den Jahren, in denen er ihm gefolgt war, war das noch niemals vorgekommen.

Wieder und wieder drehte er seine Runden. Auch machte er sich Sorgen um den kleinen Elfen, den er im Rapsfeld abgesetzt hatte, von ihm fehlte ebenfalls jede Spur. Beide waren wie vom Erdboden verschwunden. Nur eine Katze konnte er sehen, die einsam und allein durch die Felder wanderte oder ab und zu vor einem Mauseloch wartete. Doch gerade sie war es, die den Vogel auf die beiden Wanderer aufmerksam machte. Beruhigt sah er, daß der Blumenzauberer und der Elf sich gefunden hatten und auf ihr gemeinsames Ziel zusteuerten. Er flog in den großen Garten, um sie anzukündigen.

***

Ranunculus ahnte schon, daß die Katze sie bald einholen würde. Er betrachtete seinen Fliegenwedel und kam zu dem Schluß, daß er wohl nichts nützen würde. Schon oft hätte er Gelegenheit gehabt, ihr einen Schlag auf die Nase zu geben, doch aus Angst den Mut nicht dazu gefunden. Zu Gullian sagte er: “Mein lieber Freund, wir sind in einer sehr gefährlichen

Situation, wie du weißt. Wir beide brauchen Mut, ja, den brauchen wir und deswegen müssen wir uns stärken" Er holte ein Likörfläschchen und zwei kleine Becher aus seinem Wagen und goß ein. Gullian, der nie zuvor Himbeer-, Erdbeer- oder Heidelbeerlikör getrunken hatte, war sehr entzückt. Es war nicht einfach, während des Wagenziehens auch noch einzuschenken. Doch Ranunculus hatte die Deichsel fest im Griff. Nur Gullian wirkte nach einer Weile nicht mehr so ganz taufrisch.

"Mit meinen Augen ist etwas nicht in Ordnung und meine Beine sind so komisch," sagte der Elf verwirrt.

"Dagegen hilft verflixt gut ein Kräuterlikörchen, Freund Gullian," riet ihm Ranunculus, und schenkte sich auch gleich einen ein. "Wir tun diesmal so, als sei sie nicht da. Wir übersehen sie einfach, das ist das Beste. Wir werden uns diesmal nicht verstecken, wir laufen einfach weiter."

Dann nahm Ranunculus die Deichsel des Wagens und stürmte los, als hätte er Flügel an den Füßen. Das ging eine Weile gut, bis er neben seinen Füßen die der Katze ausmachte. Jetzt begriff er, daß es kein Entrinnen gab.

"Auf den Wagen, Honigelf, jetzt zeigen wir es ihr!"

Nachdem Gullian sich an den Befehl des Freundes gehalten hatte, sah er die Lage, in der sie sich befanden, gar nicht mehr so ernst. Im Gegenteil, er versuchte, mit der Katze Kontakt aufzunehmen.

"Bald sind wir in einem schönen Garten, Katze, weißt du das? Willst du mit uns kommen, oder willst du einen Keks, Schrecken einsamer Wanderer?" Und einer von Glissers selbstgebackenen Keksen fiel der Katze vor die Pfoten. "Oder einen Salbeibonbon, du Ungeheuer?" Gullian suchte nach etwas Besonderem. "Willst du ein bißchen mit mir spielen? Schau, was ich hier Schönes für dich habe." Und er ließ einen der Bälle, die Ranunculus mühsam angefertigt hatte, über den Wagenrand hängen. "Komm her, komm, ist das nicht ein schönes Bällchen?"

Ranunculus ahnte nicht, was sich da hinter ihm zusammenbraute. Er lief und lief und freute sich, daß er nicht von der Katze überholt wurde. Schon konnte er den Weg erkennen, der im

Schatten der riesigen Bäume sein Ende zu finden schien. Es beschlich ihn das Gefühl, ein Staubkorn zu sein, soviel Erhabenheit ging von ihnen aus. Für Ranunculus waren sie beinahe so etwas wie himmlische Geschöpfe, wiegten sie doch ihre Kronen hoch oben in den Wolken. Zeitweise hatte er nicht mehr daran geglaubt, sie noch einmal wiederzusehen, und jetzt war sogar noch ein Kamerad dabei, ein echter Freund, der wie er die Blumen liebte und der einen abenteuerlichen langen Weg auf sich genommen hatte, um in einen Garten zu kommen, den er nur vom Hörensagen kannte. Je länger er über Gullians Worte nachgedacht hatte, desto mehr war er gewiß, daß nur ein Garten dafür in Frage kam, nämlich der, dem sie jetzt zustrebten. Er freute sich auf das Gesicht, das der Elf machen würde, wenn er all diese Herrlichkeit zu sehen bekäme. Ranunculus, hatte zwar, so gut er vermochte, versucht, Gullians Wissenslücken zu füllen, die den Garten betrafen. Doch das war wahrscheinlich so, als hätte er einem Blinden erklärt, wie das Sonnenlicht aussieht. Er, der gewiß eine sehr blumenreiche Sprache sein eigen nannte, war um Worte verlegen, wenn es darum ging, einem Außenstehenden dieses Paradies zu beschreiben. Um den Elfen brauchte er sich keine Sorgen zu machen, den hatte er sicher auf dem Wagen verfrachtet. Ab und zu drang Gullians Stimme an sein Ohr, doch er verstand nur "Salbeibonbon", alles andere wurde vom Geräusch der Wagenräder übertönt. Immer näher rückten die Schatten der Bäume. Gullians Gekichere wurde immer lauter. Neugierig warf Ranunculus im Laufen einen Blick nach hinten. Was er sah, ließ ihm das Blut in den Adern gefrieren. Der Honigelf stand auf dem schwankenden Wagen, und es schien, als wolle er auf den Rücken der Katze steigen. "Nein", schrie Ranunculus und versuchte, den Wagen und gleichzeitig Gullian in Schach zu halten. Das wilde Fuchteln mit seinen Armen schien die Katze als eine Aufforderung zum Spielen anzusehen, und sie haschte mit ihren Pfoten nach seinem Turban. Ranunculus ließ in Panik die Deichsel los und rannte blindlings davon. Der Wagen war schneller und holte ihn ein. Ranunculus stolperte über die Deichsel und die ganze Wagenladung, alle Teppiche, die Kissen und Kleider und auch Gullian flogen in hohem Bogen an ihm vorbei in die grüne Wildnis. Der Wagen überschlug sich und begrub den armen Zauberer unter sich.

* * *

Das war nun das Ende. Nervös spielte Pinaruh an den Seidenquasten seines himmelblauen Kissens und versuchte, seine Ruhe zurückzugewinnen. Am Anfang hatten alle noch geglaubt, daß die Geschichte weitergehen würde, doch mit dem letzten Satz, den er gesprochen hatte, enttäuschte er ihre Hoffnungen. Und noch immer saßen sie da, auf ein Wunder wartend. Leise war Dudels Stimme zu vernehmen.

"Jetzt ist es aus. Niemand wird den Blumenzauberer finden." Er schluchzte.

"Gullian, ja, Gullian. Was ist mit Gullian?"

Pinaruh schüttelte kaum merklich den Kopf. Sein Traum hatte ihm noch gezeigt, wie die Katze mit etwas Grünem spielte, und er befürchtete Schlimmes. Er wollte die Augen nicht mehr schließen, denn er hatte große Angst zuzusehen, wie die Katze den Honigelf auffraß; das wollte er seinen Freunden ersparen. Vorläufig würde er sich nicht freiwillig auf sein Kissen setzen, es sei denn, seine Träume würden sich wieder so stark melden. Er klemmte es sich unter den Arm und ging in den Garten. War die Katze daran schuld, das alles schiefging? Wieso folgte sie überhaupt so beharrlich der Fährte des Zauberers? Pinaruh fand, daß diese Geschichte es wert war, um darüber noch einmal gründlich nachzudenken.

In den Baumwipfeln spielte Klimber ein wehmütiges Lied. Klimber war traurig. Seine Augen suchten durch das Gewirr der Blätter Pinaruh. Gern hätte er gewußt, wieso die Geschichte so endete.

Das war auch der Grund, warum er die Nähe des Märchenerzählers suchte. Er hoffte, eine Möglichkeit zu finden, um mit ihm reden zu können. Dies ergab sich bald, denn auch Pinaruh, der mit seinen Überlegungen allein nicht weiterkam, war froh, einen Gesprächspartner gefunden zu haben. Sie wollten allein sein, darum hatte Pinaruh vorsorglich nachgeschaut, bevor er sich mit Klimber in dessen Versteck zurückzog. Er erzählte dem staunenden Flötenspieler, zu welchen Schlußfolgerungen er gekommen war.

"Auf einmal fügte sich alles wie ein Mosaik zusammen. Ich bin ganz sicher, daß alles gut geworden wäre, wenn dieser fremde Elf nicht so sehr Ranunculus' Likör zugesprochen hätte, aber jetzt?" schloß er mit einem fragenden Blick ab.

"Nun sorge dich nicht um jemanden", entgegnete Klimber", der wahrscheinlich nur in deiner Phantasie existiert. Alles, was du in den letzten Monaten geträumt hast, ist letztlich darauf zurückzuführen, daß in unserem Garten alles anders geworden ist. Wir haben in einem Paradies gelebt. Für uns war das alles selbstverständlich. Uns ging es so gut, zu gut, wenn du mich fragst. Glaube nicht, daß ich mich daran gewöhnt habe. Das sieht nur so aus. Wer genau zuhört, findet in meinen Liedern meine Traurigkeit und alle meine Wünsche wieder. Ich schicke sie hinauf in den Himmel in der Hoffnung, daß meine Bitten erhört werden. Doch ich tröste mich damit, daß andere Gärten nie so schön waren wie unser. Trotzdem gibt es dort viele Schmetterlinge. Sie sind auch schön, und sie sind genauso nützlich, wie ihre großen und bunten Brüder und Schwestern. Daran sollten wir denken. Und jetzt müssen wir uns ganz einfach darauf einstellen, daß in Zukunft unser Garten nicht mehr so sein wird wie in alten Zeiten. Wir sollten in Dankbarkeit daran denken, wenn wir unzufrieden und traurig werden. Glaube nur nicht, lieber Pinaruh, daß ich stark bin, ich spreche mir nur Mut zu; ab und zu hilft es sogar."

Schweigend hatte Pinaruh zugehört. Es klang so tröstlich, was Klimber ihm erzählte. Doch es fiel ihm ungeheuer schwer, von seinen Hoffnungen Abschied zu nehmen. Zu sehr war er noch gefangen in dieser fantastischen Geschichte, als daß er sich so schnell davon hätte lösen können.

Aber da war der Besuch des Mondvogels. Er fühlte die Muschel in seiner Tasche und wußte, es war kein Traum. Kühl und glatt lag sie in seiner Hand, in ihrem Innern verborgen die drei Perlen. Vorsichtig legte er die Muschel auf das blaue Seidenkissen und öffnete sie. Das Licht der untergehenden Sonne ließ die Perlen geheimnisvoll aufleuchten. Klimber, der noch nie in seinem Leben solch schöne Perlen gesehen hatte, war wie geblendet von dem Zauber, der von ihnen ausging. Ehrfurchtsvoll sah er auf sie herab.

“Woher hast du sie?”

“Die hat mir der Mondvogel geschenkt.”

Und Pinaruh erzählte, wie es dazu gekommen war, daß er die Perlen sein eigen nennen konnte. Sie waren die Verbindung zu seinen fantastischen Träumen, waren wirklich und wahrhaftig.

“Bald wirst du glücklich sein, glaube daran. Vielleicht schon morgen. Das hat der Mondvogel doch zu dir gesagt, oder nicht? Heute ist doch morgen, hab` ich recht? Nun, dieser Tag ist bald vorbei, und nichts ist passiert”, überlegte Klimber, “es bleibt uns nur die Hoffnung, daß der Mondvogel sein Wort hält.”

Beide sahen noch lange die Perlen an, als könnten sie von ihnen eine Antwort auf ihre Fragen bekommen. Die Sonne war schon lange hinter der Mauer verschwunden, und der Mond warf sein milchiges Licht auf die Perlen, die aussahen, als seien sie eigens dafür geschaffen worden, diese Nacht zu erhellen. Noch immer saßen die beiden Freunde da und führten tiefsinnige Gespräche.

Kein Laut war im Garten zu hören, der Wind schwieg. Auch er schien müde geworden zu sein in dieser anhaltenden Hitze, die sich sogar abends nicht aus dem Garten vertreiben ließ. Sie lastete auf allen Gemütern und trug dazu bei, daß die Sorgen noch schwerer zu tragen waren.

Der Duft der Blumen, der sonst betäubend über dem Garten hing, fehlte allen, die hier zu Hause waren. Es würde ihn fortan nur noch in ihren Erinnerungen geben, wenn nicht doch noch ein Wunder geschah. Klimber versuchte, mit seiner Flöte etwas von diesem Zauber zurückzuholen. Die zarten Töne fingen sich in den Bäumen und verteilten sich in alle Winkel des großen Gartens. Sie wurden zurückgeworfen von den alten Mauern, suchten ihren Weg in die Herzen der Feen und Elfen, die dort schliefen oder auch noch wach waren, und ließ sie erschauern bis in den tiefsten Grund ihrer Seelen. Sie glaubten in dieser Melodie das Rauschen der Bäume und des Windes zu vernehmen, den Duft der Blumen und Kräuter zu riechen und den Gesang der Nachtigall im alten Fliederbusch zu hören, so als wäre die Zeit zurückgedreht worden. Klimbers Flöte entlockte die Tränen, die sie zurückgehalten hatten, um niemandem zu zeigen, wie sehr sie unter diesem Geschehen litten.

Pinaruh, der selbstvergessen den Erinnerungen lauschte, sah ihn als erster. Im Mond, der sich rund und weiß im Wasser spiegelte, war ein dunkler Punkt zu sehen, der sich rasch vergrößerte. Er gewann zusehends an Gestalt; hinter ihm, einem Kometenschweif gleich, blitzte und funkelte es silbern.

Schnell hatte Pinaruh seine Muschel mit den Perlen in seine Tasche gesteckt und Klimber durch seinen Ruf aus der Versunkenheit gerissen. Ungläubiges Staunen machte sich auch bei den anderen breit. Wie ein Lauffeuer verbreitete sich die Nachricht, selbst der schläfrigste der Gartenbewohner schaute verwundert das Schauspiel an, das sich über ihnen abspielte. Verwunderung und Entzücken spiegelten sich in den Gesichtern wider, als der Vogel sich anschickte, im Garten zu landen. Langsam strich er über die Bäume, drehte seine Runden und setzte sich auf das halbverfallene Gemäuer, das einmal in seinen Glanzzeiten ein prachtvolles herrschaftliches Haus gewesen war, und ordnete sein Gefieder. Perlen tropften von seinen Flügeln und verfingen sich in den Schlinggewächsen auf dem Dach, wo sie zerstoben.

Helle Aufregung entstand, und schnell befanden sich alle auf dem Weg zum alten Haus. Sie waren gekommen, um diesen Vogel aus Pinaruhs Märchen zu sehen. Denn daß es der Mondvogel war, daran bestand nicht der geringste Zweifel. Niemand sprach ein Wort. Schweigend, mit staunenden Augen standen sie da und warteten auf das, was nun geschehen würde. Laut und klar erhob er seine Stimme zu einem wunderschönen Gesang, und als er geendet hatte, richtete er das Wort an Pinaruh, den Märchenerzähler.

“Eigentlich bin ich gekommen, um dir zu sagen, daß du nicht mehr traurig zu sein brauchst. Ich hatte dir versprochen, daß alles wieder gut wird. Doch ich hatte erwartet, noch jemanden in eurer Mitte zu sehen. Du kannst es dir sicher denken, Pinaruh, ich spreche von Ranunculus, dem Blumenzauberer. Denn er ist es, der Jahr für Jahr in euern Garten kommt und die Blumen verzaubert. Das macht er schon, seit es diesen Garten gibt. Am Anfang war es nur ein Spaß für ihn, und er tat es hauptsächlich, um in Übung zu bleiben, doch dann stellte sich heraus, daß die Blumen nicht mehr die Kraft hatten, allein für ihre Farben zu sorgen. Und so kommt in jedem Jahr, so wie zu vielen anderen Gärten, Ranunculus Distel, der Blumenzauberer, auch zu euch. Niemand hat ihn je zu Gesicht bekommen bei seiner Tätigkeit, deswegen wußte auch niemand von seiner Existenz. Doch in euerm Fall wird sich das nicht mehr vermeiden lassen, ihr wißt jetzt, daß es ihn gibt, und das liegt daran, daß du, Pinaruh, ihn gesehen hast. In deinen Träumen, wie du sie nennst, die aber in Wirklichkeit nie richtige Träume waren, sondern wirkliche Geschehnisse, die du in deinem Innern gesehen hast. Alles, was du bisher geträumt, das heißt gesehen hast, ist wirklich passiert, nicht hier, in euerm Garten, sondern irgendwo auf dieser Welt. Diese besondere Gabe wird dir nie mehr verlorengehen, weil du in der blauen Rose geschlafen hast. Mit ihrem Duft hast du die Fähigkeit eingeatmet, ferne Ereignisse zu sehen. Die Menschen werden es niemals aufgeben, blaue Rosen züchten zu wollen, aber es wird ihnen nie gelingen. All diese Rosen, die sie blau nennen werden, werden nie dieses leuchtende Himmelsblau und diesen Duft haben wie deine Rose aus vergangenen Tagen."

Alle starrten Pinaruh an, der unversehens in den Mittelpunkt der Ereignisse gerückt war. Der Mondvogel, der diese schier unglaublichen Dinge erzählt hatte, war aber noch nicht fertig mit seinem Bericht, es sollte noch viel Unglaublicheres gesagt werden an diesem Abend.

"Doch diese Geschichte ist jetzt nicht so wichtig. Der eigentliche Grund, warum ich hier bin, ist nicht erfreulich. Wenn ihr alle Pinaruh genau zugehört habt, wißt ihr, wie die Geschichte, die er euch erzählt hat, ausgegangen ist. Es liegt nun in euren Händen, daß sich die Sache zum Guten wendet. Das kann ich euch nicht abnehmen, denn ich muß noch vielen helfen, die ohne Schuld in Not geraten sind, so wie ihr und der Blumenzauberer. Ich habe euch die Augen geöffnet, sehen müßt ihr nun allein. Findet Ranunculus!"

Damit war alles gesagt. Er erhob sich langsam in den nächtlichen Himmel, schimmernd und leuchtend wie der Mond, dem er entstiegen schien und der ihn wieder aufnahm, als habe es ihn nie gegeben.

Dem ergriffenen Schweigen folgte nun ein unvorstellbarer Trubel. Die ganz Schlauen wollten es schon immer gewußt haben, und Pinaruh kam sich höchst unbehaglich vor, er mußte selbst erst mit der Tatsache, daß er ein richtiger Hellseher war, fertig werden. Ihm war die Aufmerksamkeit an seiner Person nicht recht. Er vertrat den Standpunkt, daß es nicht sein Verdienst war, in Zukunft oder Vergangenheit sehen zu können. Warum sollte er sich jetzt mit fremden Federn schmücken. Gut, er hatte ihnen verschwiegen, daß er in einer blauen Rose geschlafen hatte. Aber das hätte ein anderer auch gekonnt, wenn ihm daran gelegen gewesen wäre. Und daß er seit dieser Zeit schöne Träume hatte, lag eben nur an dieser Rose. Ja, wenn er sich diese fantastischen Geschichten selbst ausgedacht hätte, das wäre ein Grund für Lob gewesen.

Doch er konnte sagen, was er wollte, alles Zieren half nichts. Er wurde gefeiert wie ein Held. Die Aussicht, daß der Garten wieder so sein würde wie zu alten Zeiten, versetzte alle in eine Hochstimmung, die schwer zu bremsen war. Gesang und Jubel, Tränen der Freude und Erleichterung, Küsse und Umarmungen ohne Ende. Pinaruh hatte es schwer, in diesem allgemeinen Wirrwarr zu Wort zu kommen. Er wollte es seinen Freunden nicht verübeln, daß sie so ausgelassen waren, doch er dachte auch an die Worte des Mondvogels, der gesagt hatte: "Findet Ranunculus." Seine Freunde aber verhielten sich so, als hätten sie ihn schon gefunden. Klimber kam ihm unerwartet zu Hilfe. Seine Musik, die aus dem Himmel zu kommen schien, ließ selbst die Ausgelassensten unter ihnen verstummen.

"Bitte hört mir zu, meine lieben Freunde, ich muß ein ernstes Wort mit euch reden! Ihr alle wißt, daß irgendwo da draußen in der Finsternis Ranunculus ist und Hilfe braucht. Für uns besteht erst ein Grund zum Feiern, wenn er gesund in unserer Mitte weilt. Und noch jemand wartet auf eure Hilfe, Gullian. Er hat Strapazen auf sich genommen, ist in Lebensgefahr gewesen, nur um hierzusein, in unserem Garten. Ich finde, er ist es wert, daß man sich auch um ihn Sorgen macht. Wir werden jetzt einen Plan ausarbeiten, nach dem wir vorgehen, und dazu brauche ich eure Hilfe, weil ich es nicht allein schaffe. Also, liebe Freunde, hört mir genau zu! Wir brauchen einige Leute, die keine Angst davor haben, den Garten zu verlassen, denn von hier aus ist keine Hilfe möglich."

Diese Worte schlugen ein wie ein Blitz. Niemand hatte sich ernstlich Gedanken darüber gemacht, wie denn diese Hilfe aussehen könnte, die sie zu leisten hätten. Es gab nicht wenige, die bei dem Gedanken, außerhalb des Gartens zu sein, in Angst und Schrecken versetzt wurden, und es waren gewiß nicht nur die Kleinsten und Schwächlichsten unter ihnen, die dabei in Panik gerieten. Doch Pinaruh, wie immer sehr einfühlsam, gelang es vorzüglich, die meisten Bedenken zu zerstreuen.

Dudel, der früher so ängstlich gewesen war, überraschte sie alle. Er war der erste Freiwillige, der sich meldete. Sein beispielhaftes Verhalten machte es möglich, daß sich erstaunlich viele meldeten, da niemand sich die Blöße geben wollte, feiger und ängstlicher zu sein als Dudel, den sie früher immer ausgelacht hatten. Und mehr noch, er machte den vernünftigen Vorschlag, Pinaruh solle sich doch wieder auf sein Kissen setzen und in seinen Träumen dort ein bißchen spazierengehen, wo Ranunculus Distel unter seinem Wagen begraben lag, da es sehr hilfreich sein könne zu wissen, wie die Gegend dort aussehe. Auf diese Weise brauchten die, die ihn suchten, sich nicht unnötiger Gefahr auszusetzen. Womöglich würde sogar noch die Katze dort ihr Unwesen treiben, und es wäre schlimm, wenn nicht alle zurückkommen würden von dieser gefährlichen Expedition. Sofort wurden wieder Stimmen laut, die das Ganze am liebsten abblasen wollten, doch sie wurden vom Großteil der Gemeinschaft überstimmt. Sie redeten sich die Köpfe heiß, und schließlich war ein ganz brauchbarer Plan zustande gekommen. Die Gruppe war jetzt zwar kleiner als zu

Anfang, doch auf die, die übriggeblieben waren, konnte man sich verlassen. Zu diesen Tapferen gehörten Rosantha, Billfor, Alanda und Dudel. Ja, und natürlich noch Pinaruh selbst, denn seine hellseherischen Fähigkeiten waren von großem Nutzen für das Unternehmen. Der Rest der Gruppe bestand aus zwei Bewohnern des dunkleren Gartenteils. Myrja, eine winzige Elfe mit langen Haaren, die bis zu ihren Füßen reichten, wenn sie ihre Zöpfe öffnete, und Uglam, einer ihrer vielen Brüder, mit einem losen Mundwerk und rascher Auffassungsgabe. Sobald es dämmerte, sollte es losgehen. Im Moment nutzten sie noch die wenigen Stunden, die ihnen blieben, um etwas Schlaf vorzuholen, sie würden ihn bitter nötig haben.

Den Rest der Nacht verbrachte Pinaruh auf seinem Kissen. Es war für ihn ein seltsames Gefühl zu wissen, daß er in die Zukunft sehen konnte. Ja, früher, da hatte er sich einfach hingesetzt, die Augen geschlossen und zugeschaut. Jetzt wußte er, daß es aufzupassen galt. Jede noch so winzige Kleinigkeit mußte er sich merken. Früher hatte er sich nicht immer mit Einzelheiten aufgehalten, weil er dachte, daß sie für den Verlauf der Geschichte unwichtig seien. Jetzt konzentrierte er sich fest auf alles, was in seinem Blickfeld erschien. Das war im Moment der Wagen, dessen Umrisse er in der mondhellen Nacht gut wahrnehmen konnte, und er hörte deutlich ein leises Schnarchen, das von Ranunculus, der unter dem Wagen lag, stammte. Ansonsten war noch nicht viel zu erkennen, denn der Mond verfremdete die Farben und versteckte alles in seinem fahlen Licht. Das, was großen Steinen ähnlich schien, konnten wirklich Steine sein oder aber die Kissen, die vom Wagen gefallen waren. Ob das, was er als Teppiche sah, auch Teppiche waren oder ein Körper? Vielleicht der von Gullian oder der Katze, wer konnte das sagen? Angespannt saß Pinaruh da, er war müde von dem, was in der Nacht alles auf ihn eingestürmt war.

Ein grauer Streifen am Himmel zeigte den kommenden Tag an. Es war schwül, trotz der soeben beendeten Nacht. Pinaruh war eingenickt und erwachte, als er kopfüber in das Gras purzelte. Ihm fiel sofort auf, daß es trocken war. Das bedeutete schlechtes

Wetter, und das hatte gerade noch gefehlt. Er sah zum Himmel, und erkannte darin die Zeichen des kommenden Regens. Zu jeder Zeit wäre ihm der Regen willkommen gewesen, aber jetzt? Es stand so viel auf dem Spiel. Er weckte sanft die Schläfer.

Die Lianen an der Mauer waren vertrauenerweckend stark. Es bereitete niemandem Schwierigkeiten, sie zu erklimmen. Trotz der frühen Stunde hatte es sich keiner der Gartenbewohner nehmen lassen, den Aufbruch mitzuerleben. Der Wind, dessen Macht sie alle fürchteten, schlief. Niemand brauchte Sorge zu haben, von ihm weggetragen zu werden. Die Krone der hohen Mauer war bald erreicht. Dahinter versperrten Bäume und Büsche den Blick auf das freie Land. So weit das Auge sehen konnte, war undurchdringliches Grün. Furcht durchdrang die dünne Schale ihres Mutes. Jetzt galt es, sich an die Ratschläge zu halten, die ihnen Pinaruh gegeben hatte. Sie bildeten eine Kette, um einander nicht zu verlieren. Der einzige Hinweis darauf, daß die Richtung, die sie eingeschlagen hatten stimmte, war der zunehmend sich lichtende Dschungel. Plötzlich lag er hinter ihnen, und sie sahen das, was Pinaruh in seiner Geschichte als weites Land beschrieben hatte. Ein Gefühl der Verlassenheit überkam sie; selbst Uglam, der nie um lockere Sprüche verlegen war, stand dieser weiten Fläche, in der das Auge keinen Halt fand an Bäumen oder Büschen, ungewohnt ruhig gegenüber. Sie warfen noch einmal einen letzten Blick zurück, dann folgten sie einem Pfad, der in einiger Entfernung an der Mauer entlangführte. Niemand sprach ein Wort. Augen und Ohren waren geöffnet und empfänglich für Geräusche.

Pinaruh schritt voran. Er hatte sein geliebtes Kissen auf dem Rücken festgebunden, um es vor Beschädigungen zu schützen. Gleich hinter ihm kam Rosantha; sie hatte es sich nicht nehmen lassen, bei diesem schwierigen Unterfangen dabeizusein. Bewundernswert war auch der Entschluß der kleinen Myrja, die trotz ihrer geringen Körpergröße erstaunlichen Mut besaß. Sie war wie eine kleine flinke Maus, die jedem um die Beine hüpfte und nicht müde zu werden schien. Dudel konnte es nicht lassen, seinen Bruder Billfor immer wieder anzustoßen, wenn er einen Käfer oder eine Raupe sah, die es im Garten nicht gab. Die Luft stand regungslos über dem Land. Es ist Zeit, sich auf das Kissen zu setzen, dachte Pinaruh, Ranunculus wird wach sein.

***

Das erste, was Ranunculus sah, war nichts. Um ihn herum war schwarze Finsternis, die er fast greifen konnte. Sein Kopf steckte immer noch im Turban, der ihm über die Nase gerutscht war und der ihn beim Sturz wahrscheinlich vor schmerzenden Beulen bewahrt hatte. Im Moment aber wußte er nicht, wo er sich befand. Die Erinnerung an das Gestern kam nur allmählich zu ihm zurück. Es war eng, das konnte er fühlen, seine Hände spürten den weichen Flor eines Teppichs, und direkt vor seiner Nase verströmte ein Rosenlikör seinen Duft. Das wunderte ihn sehr, denn er konnte sich nicht erinnern, ihn offengelassen zu haben. Ranunculus beendete die Finsternis, indem er seinen Turban zurechtrückte. O guter Geist, wie kam er hierher? Sein Schädel brummte ganz fürchterlich, auch sein Bein war eingeklemmt. Und überhaupt, wie lag er denn da, ganz verdreht. Er wollte aufstehen, aber es ging nicht. Gullian! Richtig, da gab es doch Gullian! Ranunculus rief, so laut er konnte, seinen Namen, bis er heiser wurde. Doch er bekam keine Antwort. Hatte er ihn nur geträumt? Seine Gedanken versuchten sich einen Reim darauf zu machen. Noch waren sie ziemlich verworren, sie sagten ihm aber, daß er der Wahrheit auf der Spur war. Wenn er nur den Wagen bewegen könnte. Offensichtlich hatte er sich irgendwo verhakt. Es mußte Morgen sein oder Abend, dem Licht nach zu urteilen, das durch den schmalen Spalt fiel. Er konnte ganz deutlich die Deichsel sehen. Verflixt, noch nicht einmal richtig aufstehen konnte er. Die Luft war heiß, die Kleider klebten am Körper. Sein Mund war ausgetrocknet, und das war auch kein Wunder, denn er hatte diesen Staub selbst aufgewirbelt mit seinen Versuchen, hier herauszukommen. Ranunculus schob die Nase ganz nahe an die Holzwand des Wagens, die ihn von der Freiheit trennte, um Luft zu schnappen. Doch das brachte keine Erfrischung. Sehnsüchtig äugte er nach draußen in der Hoffnung, etwas zu sehen, das ihm behilflich sein könnte. Doch da war nichts, was er gern gesehen hätte. Nur die dünnen Stämme von ein paar kleinen Bäumen. Komisch, er war sicher, sie vorhin nicht bemerkt zu haben. Er mußte völlig verwirrt sein. Als er wieder hinsah, waren sie verschwunden, um gleich darauf wieder dazusein. O guter Geist, es waren Katzenbeine. Plötzlich war die Erinnerungslücke gefüllt.

***

Pinaruh erwachte und mahnte zum Aufbruch. Jetzt wußten sie zwar, daß Ranunculus bei guter Gesundheit war, doch wie lange würde er es noch sein? Der einzige Hinweis, den sie hatten, war, daß sie ihn da suchen mußten, wo die Schatten der Bäume endeten. Aber Schatten verändern sich und werden lang oder kurz, und heute hatte die Sonne gar keine Kraft, Schatten zu werfen. Es nutzte nichts, immer nur geradeauszulaufen. Ranunculus konnte ebensogut neben dem Weg liegen. Und überhaupt, wer sagte denn, daß es der richtige Weg war, auf dem sie sich befanden. Viele Pfade trafen auf ihren, und an jeder Kreuzung wurde besonders gut nachgesehen und jedes Grasbüschel durchkämmt. Sie waren sich der Gefahr, in der sie schwebten, bewußt, denn überall konnte die Katze lauern. Eine beängstigende, fremde Welt umgab sie, unbekannte Geräusche drangen an ihre Ohren, ließen ihren Atem stocken und das Blut in den Adern gefrieren. Das Rascheln der Tiere im Dickicht des verfilzten Grases jagte ihnen Schauer über den Rücken. Das war sie also, die fremde, unbekannte Welt; mehr als einmal sehnten sie sich zurück, hinter die Mauer.

Die kleine Gruppe traute sich kaum, eine Pause zu machen. Nur wenn Pinaruh sich setzte, um nach Ranunculus zu sehen, gönnten sie sich ein bißchen Ruhe. Ihre Augen schmerzten von dem anstrengenden Suchen. Hinter jeder Bodenwelle oder auch einem Stein konnten sie Ranunculus oder Gullian finden.

Sie sahen die Blumen erst, als ihnen ein zarter Duft in die Nase stieg. Wo hatten sie denn ihre Augen gehabt? Natürlich, hier draußen galt ja die Regel nicht, hier war die Welt noch in bester Ordnung. Hier blühten die Blumen wie eh und je, kein Zauberer wurde gebraucht, um ihre Farben zum Leuchten zu bringen. Oh, du schöne Welt. Nun waren sie alle im Kreis um die Blumen versammelt, als seien sie die schönsten der Welt; ihre Sorgen waren auf einmal vergessen. Plötzlich wußten sie wieder, daß der Einsatz sich lohnen würde.

Ein heftiger Windstoß ließ sie aufschrecken. Laub wurde aufgewirbelt, und die Halme bogen sich. Aus der Ferne war ein leiser Donner zu vernehmen. Uglam faltete seine Flügel zusammen und band sie mit einer Schnur fest an den Körper.

"Ich rate euch dringend, es mir gleichzutun. Außerdem halte ich es für notwendig, daß wir uns ein Mauseloch von innen ansehen."

"Ich hör` wohl nicht recht. Sag mal, bist du jetzt total übergeschnappt", ereiferte sich Dudel. "Das hat uns gerade noch gefehlt! Was sollen wir denn in einem Mauseloch?" Er griff sich an den Kopf, um damit zu zeigen, was er von Uglams Vorschlag hielt. Die Antwort gab ein erneuter Windstoß.

Es sollte sich zeigen, daß es gar nicht so einfach war, in der Eile ein schönes Mauseloch zu finden. Einige Zeit vorher schien es noch, als wenn die Bevölkerung dieser Wiese nur aus Mäusen bestand. Überall gab es Löcher, und man mußte vorsichtig sein, um nicht aus Versehen in eines hineinzufallen.

Die ersten Tropfen fielen auf die ausgetrocknete Erde und wurden von ihr aufgesogen wie von einem Schwamm. Zu allem Überfluß stolperte Myrja in ein Loch, und erst als sie sie an ihrem langen Zopf herausziehen wollten, merkten sie, wie groß es war. Das war für alle ein unerwartetes Glück, denn auf diese Weise fanden sie endlich doch noch eine brauchbare Unterkunft, bevor das Unwetter hereinbrach. Das Loch erwies sich als ein längst verfallener Gang eines Mäusebaus, den man zwar nicht als Aufenthaltsort benutzen konnte, weil er halb zugeschüttet war mit Geröll, aber da ein ordentlicher Mäusebau immer mehrere Gänge hat, brauchten sie nicht lange zu suchen, bis sie vor dem Eingang eines unbeschädigten Tunnels standen. Der Bau schien verlassen. Es waren keinerlei Spuren zu entdecken, die einen Rückschluß auf noch anwesende Bewohner zuließen. Nur der durchdringende Geruch nach Mäusen war geblieben, sehr zum Leidwesen der

Feen und Elfen, die Angenehmeres gewohnt waren. Doch in der Not mußte man auch damit fertig werden.

Der Tag wurde zur Nacht, und ab und zu fegte ein Windstoß Sand zu ihnen hinunter. Dudel fing an, durch Zählen die Zeit zu bestimmen, die zwischen den Donnerschlägen lag. Es wurde immer weniger. Pinaruh, der sich Sorgen um Ranunculus machte, saß auf seinem Kissen und ließ seinen Eingebungen freien Lauf.

***

Grell erleuchtete ein Blitz die Landschaft und ließ die Umrisse des kleinen Gefährts erkennen, unter dem Ranunculus lag. Die Situation war unverändert. Der Zauberer schlief, das heißt er versuchte zu schlafen. Was hätte er auch anderes tun sollen in seiner Lage. Das heraufziehende Gewitter beunruhigte ihn nicht, denn er konnte nur ein kleines Stück seiner Umgebung erkennen. Er nahm an, es sei Nacht. Durch das Schlafen hatte er jegliches Zeitgefühl verloren. Noch glaubte er, daß Gullian ihn finden würde, lange konnte es nicht mehr dauern. Er wälzte sich in seinem engen Gefängnis herum und versuchte, ein wenig die Beine auszustrecken. Regentropfen klatschten auf den Wagen, und der Geruch feuchter Erde stieg in seine Nase; endlich würde es ein bißchen kühler werden. Die Nase fest an die schmale Ritze gepreßt, versuchte er, so viel wie möglich von dieser herrlichen frischen Luft einzuatmen.

Unter der dichten Hecke, ganz in der Nähe von Ranunculus, kauerte sich die Katze eng an den Boden. Ihr dunkles Fell glänzte regennaß. Ungeschützt der unfreundlichen Witterung ausgesetzt, versuchte sie auf ihre Weise, das Beste aus der Situation zu machen. Sie hatte ein Spielzeug gefunden, Gullian. Zuerst hatte sie ihm Honig abgeleckt und ihn ein wenig hin und her gerollt. Nun lag er, immer noch benommen von Ranunculus' Likör trocken und geschützt zwischen den Pfoten der Katze und bekam vom schlechten Wetter so gut wie nichts mit. Ab und zu traf ihn ein schläfriger Blick aus blauen Katzenaugen. Er fühlte keine Angst, im Gegenteil, bei jedem neuen Donnerschlag kroch er ein wenig dichter an ihren Körper heran, um Schutz zu suchen. Und die Katze ließ ihn gewähren.

***

Im alten Mauseloch erweckte diese Geschichte gemischte Gefühle. Niemand konnte sich vorstellen, was die Katze mit Gullian vorhatte. Am Ende würde sie ihn doch noch auffressen, wer konnte das wissen? Um Pläne zu seiner und Ranunculus' Rettung zu machen, mußte erst einmal der Regen aufhören, damit sie die beiden finden könnten. Bis jetzt hatten sie keinerlei Anhaltspunkte, die ihnen das Suchen erleichterten. Wie lang die Schatten der Bäume waren, konnten sie nur feststellen, wenn die Sonne wieder schien. Doch der Regen fiel und fiel, und langsam wurde es klamm in der Höhle. Von den Wänden lief das Wasser, und bald tat es sich schwer, im Boden zu versickern. Das Gewitter stand nun über ihnen. Mit Macht entluden sich die Blitze, und jeder Donnerschlag antwortete sofort dem vorangegangenen. Es schien, als wolle einer den anderen an Lautstärke übertreffen.

Vom Eingang her bewegte sich ein dünner Rinnsal auf die Gruppe in der Höhle zu, die sich daraufhin notgedrungen noch tiefer zurückziehen mußte. Die Luft roch streng nach ihren früheren Bewohnern. Die Kleider hatten diesen Geruch aufgenommen und auf ihren Körpern verteilt. Doch hier war es immer noch besser als in dem tosenden Unwetter, das sie draußen vor der Höhle erwartete. Die Zeit kroch dahin, mittlerweile mußte es wohl Abend sein.

In der Tiefe der Höhle bereiteten sich die Freunde auf die Nacht vor. Es war wohl nicht anzunehmen, daß das Unwetter so bald aufhörte. Am folgenden Tag würde man weitersehen. Sie fielen in einen unruhigen Schlaf, der immer wieder von lautem Donner unterbrochen wurde. Die Feuchtigkeit kroch auf die Haut, und es wurde unangenehm kühl. Pinaruh schützte sein Kissen, so gut es ging, und bereute zutiefst, es mitgenommen zu haben. Es war eine dumme Angewohnheit, es überallhin mitzuschleppen, doch da er es liebte und es so schön weich war, hatte er gedacht, es könne ihm unterwegs als Kopfkissen dienen. Er legte sein Gesicht darauf und hielt es dabei fest in seinen Armen. Mitten in der Nacht, nach einem besonders lauten Donnerschlag, dessen Echo in den Gängen widerhallte, wurde er wach. Zuerst dachte Pinaruh, vom Donner wach geworden zu sein, doch dann bemerkte er, daß er im Wasser lag. Mit einem Schlag erfaßte er die Situation. Jetzt wußte er auch, warum der Bau unbewohnt war. Das Wasser konnte wegen des felsigen Untergrundes nicht abfließen. Schnell weckte er seine Gefährten. Eile tat not. Er wußte nicht, wie schnell das Wasser steigen würde, unnötiges Zaudern konnte sie alle in große Gefahr bringen. Und so stellten sie sich in die Nähe des Ausgangs, um notfalls sofort draußen zu sein. Das Wasser stieg und reichte ihnen schon bis an die Waden. Der Regen schien keine Pause einlegen zu wollen; draußen, in den Senken, bildeten sich kleine Seen. Die Erde war satt und konnte keine Feuchtigkeit mehr aufnehmen. Was würde Ranunculus machen? Diese Frage brannte allen in der Seele.

***

Überall hatten sich Inseln gebildet, größere und kleinere. Sie schwammen auf dem Wasser und bildeten eine Zuflucht für allerlei Getier, das einträchtig nebeneinandersaß wie in einer Arche. Gullian hielt sich am Fell der Katze fest. Die Wirkung, die der Likör auf ihn gehabt hatte, war verflogen. Er schwor sich, niemals wieder etwas derartiges zu trinken. Doch ohne ihn hätte er niemals den Mut aufgebracht, sich der Katze zu nähern. Es war für ihn ein Schock gewesen, an ihrem Bauch aufzuwachen, doch nun war alles anders, er fühlte sich in ihrer Nähe wohl und geborgen. Nicht weit von ihm, auf einer anderen Insel, lag der Wagen von Ranunculus, doch er konnte ihn nicht sehen, denn Büsche versperrten ihm die Sicht.

Der stundenlange Regen ging Ranunculus allmählich auf die Nerven. Er trommelte auf den Wagen und strapazierte sein Gehör. Dazu kam noch dieser schreckliche Donner, der nicht aufhören wollte. Bei jedem Schlag zuckte er zusammen. Plötzlich bemerkte er, daß er nicht mehr allein in seinem Wagen war. Es kam ihm vor, als hätten sich, wie schon einmal, eine ganze Menge Käfer bei ihm eingenistet. Es juckte und kitzelte ihn, und er konnte sich nicht wehren. Wo Gullian nur blieb? Seine Geduld war am Ende, und er hatte entsetzlichen Hunger. Den ganzen Tag hatte er noch nichts gegessen, denn er hatte festgestellt, daß sich nichts mehr im Wagen befand außer ein paar aufgeweichten Bonbons und seinem Likör. Es war schon verflixt ärgerlich, seine guten Sachen draußen im Regen zu wissen. Ranunculus suchte im Dunkeln nach seinen Pantoffeln; er war es leid, von diesem Krabbelzeug in die Füße gezwickt zu werden. Wann wurde es denn endlich wieder hell? Zornig trat er von innen gegen den Wagen, und ein Schwall Wasser, das sich oben angesammelt hatte, setzte sich in Bewegung und floß zu ihm hinein. Alles ging aber auch schief. Womit hatte er das verdient? Er tastete nach den Flaschen und suchte nach den Bechern. Sie waren wohl auch draußen. Ungeschickt versuchte Ranunculus, den Stöpsel zu entfernen. Schluck um Schluck floß durch seine ausgetrocknete Kehle. Ah, tat das gut. Bald würde es wieder hell werden, und Gullian würde ihn befreien. Er sah durch den Schlitz hinaus in den Regen und wunderte sich. Etwas hatte sich verändert. Was es war, konnte er nicht genau feststellen. Und das war gut so, denn es hätte ihn in Angst und Schrecken versetzt. Die Blitze spiegelten sich im Wasser und ließen es aufleuchten. Spät in der Nacht, es ging schon auf Morgen zu, hatte der Himmel endlich ein Einsehen, der Regen ließ langsam nach. Die Natur, die so sehr in Aufruhr war, besänftigte sich und ließ ihre verängstigten Kinder endlich zur Ruhe kommen. Ab und zu wetterleuchtete es noch heftig.

Sanft fiel nun der Regen vom Himmel und trommelte monoton auf den Wagen. Dieses einschläfernde Rauschen ließ Ranunculus die Augen schließen. Er döste und war in Gedanken im Garten und konnte seine Zauberstäbe nicht finden. Es war ihm schrecklich peinlich, denn er hatte allen erzählt, welch großer Zauberkünstler er sei. Er kehrte seine Taschen um, doch alles, was er fand, waren zusammengeklebte Bonbons, die aussahen wie Käfer. Am liebsten hätte er sich versteckt, denn auf einmal fing seine Hose an zu rutschen, und immer wenn er sie festhalten wollte, rutschte ihm der Turban über die Augen. Da fingen alle, die um ihn herumstanden, an zu lachen, bis er davon wach wurde. Verflixter Traum, dachte er ärgerlich.

Sein Rücken schmerzte, und seine Beine waren eingeschlafen. Wo Gullian nur blieb? Langsam machte Ranunculus sich Sorgen. Wenn ihm etwas zugestoßen war? Nicht auszudenken, was dann los wäre. Das würde für sie beide das Ende bedeuten, denn keiner konnte dem anderen helfen. O guter Geist, und er hatte sich wegen der Katze Sorgen gemacht. Doch selbst die war seit dem vorigen Tag verschwunden. Was konnte er tun, um hier herauszukommen? Noch einmal versuchte Ranunculus, mit aller Kraft den Wagen zu bewegen. Langsam sah er ein, daß es aussichtslos war; er würde verhungern und verdursten. Er würde sterben, einsam und allein, niemand würde ihn finden. Er schluchzte. Alles war aus, nie mehr würde er die Sonne sehen, die Blumen, die Vögel, nie mehr. Die Trostlosigkeit traf ihn mit voller Wucht. Was ist in solch einer Lage besser, als sich einen Rausch anzutrinken, dachte er und leerte nacheinander alle Likörfläschchen, die er fand. Dann schloß ser eine tränennassen Augen und sang sich selbst in den Schlaf.

***

Der Bau stand jetzt fast völlig unter Wasser, es floß an ihnen vorbei und nahm keine Rücksicht auf ihre Müdigkeit. Mit Mühe konnten sich die Freunde auf den Beinen halten. Es war ihnen gelungen, einen Platz zu finden, an dem sie einigermaßen sicher vor den Fluten waren. Eine ganze Nacht hatten sie im kalten Wasser ausgehalten, immer auf der Hut, jederzeit auf das Schlimmste gefaßt. Jetzt, bei Tagesanbruch, sahen sie das ganze Ausmaß der nächtlichen Katastrophe. Wie recht sie daran getan hatten, auf dem Weg zu bleiben. Weiter unten, in den Wiesen, stand das Wasser und bildete große Seen. Sie konnten schon zufrieden sein, nicht zu denen zu gehören, die von den Fluten eingeschlossen waren. Ihnen blieb immer noch die Möglichkeit, wieder in den Schutz des Gartens zurückzukehren. Zum Glück hatte wenigstens der fürchterliche Regen aufgehört. Vorerst jedoch konnte man nicht daran denken, Ranunculus zu suchen. Es mochte noch Stunden dauern, bis das Wasser abgelaufen sein würde.

***

Das Unwetter hatte auch im Garten Schaden angerichtet, Äste abgerissen und tiefergelegene Teile überflutet. Der schöne Plan zur Errettung von Ranunculus war buchstäblich ins Wasser gefallen. Alle, die zurückgeblieben waren, waren sehr besorgt. Klimber, den man beauftragt hatte, Ausschau zu halten, saß im Baum. Von Unruhe erfüllt, blickte er hinunter ins weite Land, wo seine Freunde waren. Die hohen Bäume an der Mauer boten eine wunderbare Aussicht. Klimber kannte jeden Busch und jeden Hügel jenseits der Gartenmauer, bis zum Horizont. Jede Veränderung fiel ihm auf. Es war schon der dritte Tag, seitdem die kleine Expedition ausgezogen war, um den Zauberer zu suchen. Wenn er richtig vermutete, mußten die Freunde die erste Seite der Mauer hinter sich gebracht haben, drei lagen also noch vor ihnen. Doch ob sie links oder rechts begonnen hatten, den Garten zu umrunden, das wußte er nicht. Von hier aus konnte er ihnen, falls er sie überhaupt sah, keine Zeichen geben. Doch es war ihm möglich, ihnen zu zeigen, daß er da war und daß er an sie dachte. Sein Flötenspiel würden sie hören, dessen war er sicher. Er legte alle seine Fragen in diese Musik. "Hallo, wo seid ihr?" rief er ins Land.

***

Es tat gut, Klimbers Melodie zu hören. Sie war wie ein unsichtbares Band, das sie fest mit dem Garten verknüpfte. Die Sonne schien, und es war angenehm, ihre Wärme auf der Haut zu fühlen, Haare und Kleider wurden endlich trocken. Myrja löste ihren nassen Zopf und ließ die Haare im Wind wehen. Pinaruh mußte sein Kissen ausdrücken, so vollgesogen war es.

Die Bäume warfen lange Schatten, und sie liefen an ihrem Saum entlang. Die Furcht vor dem Unbekannten, die die kleine Gruppe noch zu Beginn der Reise verspürt hatte, war verschwunden und hatte gesunder Neugier Platz gemacht. Hier draußen war alles so anders als im Garten. Blumen, die sie noch nie gesehen hatten, blühten im Gras, dicke Schnecken ohne Haus krochen über den Weg und hinterließen breite Schleimspuren. Wenn nur nicht diese riesigen Wasserpfützen gewesen wären, die sie zu weiten Umwegen zwangen. Doch Vögel badeten in ihnen und planschten und spritzten, daß es eine Freude war, ihnen zuzuschauen. Großen Spaß bereitete es Myrja und Rosantha, die vielen Spinnennetze zwischen den Gräsern zu sehen, die man, obwohl vom Regen zerstört, noch als Haarschmuck nutzen konnte. Sie fingen auch gleich an zu sammeln, denn solch eine Gelegenheit kam so schnell nicht wieder. Die zarten Fäden waren so leicht, daß man eine Menge davon tragen konnte, ohne ihr Gewicht zu spüren. Sie ließen sich in die Haare flechten und zu silbrigen Bändern drehen, in denen die Schirme der Pusteblumen wunderbar festhielten. Gegenseitig umwickelten sich die beiden Feen mit dem zarten Gespinst, bis von ihren alten Kleidern nichts mehr zu sehen war. Schließlich sahen sie aus, als hätten sie in Silber gebadet. Auch ihre Freunde konnten nicht umhin, sie voll Bewunderung anzusehen, und Dudel wich der kleinen Myrja nicht mehr von der Seite.

Doch auch dieser Tag ging zu Ende, und sie hatten Ranunculus immer noch nicht gefunden. Nirgends ein Hinweis, kein Kissen, kein Kleidungsstück, nichts. Noch nicht einmal die Katze oder Gullian hatten sie gefunden. Langsam machten sie sich Gedanken darüber, ob sie wirklich an der richtigen Mauer suchten. War vielleicht eine ganz andere gemeint? Wieder und wieder beratschlagten sie. Ihnen blieb keine andere Wahl, als bis zum nächsten Tag zu warten.

Sie hatten wieder eine kleine Pause eingelegt und schauten fasziniert der großen Elster zu, die über ihnen in einem Wipfel ihr stacheliges Nest gebaut hatte. Dudel vermutete in allen größeren Vögeln erst einmal den Mondvogel. Liebend gern hätte er ihn wiedergesehen. Eine Elster, und wenn ihre Federn noch so herrlich in der Sonne schimmerten, konnte es natürlich nicht mit einem solchen Vogel an Schönheit aufnehmen. Elstern sah man nie in ihrem Garten. Es kam schon einmal vor, daß eine ihn überflog, aber das geschah sehr selten. Man erzählte sich allerlei schlimme Dinge von diesen Vögeln. Zum Beispiel, daß sie andere junge Vögel aus dem Nest raubten und auch sonst diebisch seien. Doch hier, von der sicheren Erde aus, wirkte sie ganz und gar nicht gefährlich, sondern nur interessant.

Wieder einmal hatte Pinaruh versucht, etwas über den Verbleib von Ranunculus zu erfahren, indem er sich auf sein Kissen gesetzt und in sich hineingehorcht hatte. Doch es brachte keine neuen Erkenntnisse. Dort, wo der Blumenzauberer unter seinem Wagen lag, sah es aus, wie es fast überall auf ihren Wegen ausgesehen hatte: Wiese, ein paar Büsche und Bäume. Das Wasser war auch dort zurückgegangen. Auch die Katze konnte Pinaruh sehen. Sie leckte sich ihr Fell, und, o Schreck, auch Gullian. Doch dem, so sah es jedenfalls aus, schien das zu gefallen.

Der Honigelf war auch auf der Suche nach Ranunculus. Doch er brauchte sich nicht so viel Mühe zu geben wie Pinaruh und seine Freunde, schließlich hatte er ja die Katze. Er wußte, daß sie ihn sicher zu ihm bringen würde. Schon von weitem sah er den Inhalt des Wagens, der verstreut in der Gegend herumlag. Bunt leuchteten die Kissen, die Turbane und Kleider und all der Krimskrams von Ranunculus. Kopfschüttelnd besah sich Gullian die Bescherung. Ihm war unbegreiflich, wie sein neuer Freund all diese Dinge in seinem Wagen untergebracht hatte. Es würde viel Zeit beanspruchen, alles wieder zu verstauen. Als sie schließlich am Wagen standen, dachte er, Ranunculus sei fort. Doch dann konnte er ihn hören. Laut und sehr unmelodisch drang ein Schnarchen an sein Ohr.

"Ranunculus, aufwachen!"

Es kam ihm sehr seltsam vor, daß dieser den Wagen noch nicht wieder vollgeladen hatte. Gullian rief noch einmal, und wieder bekam er keine Antwort. Den Versuch, den Wagen ein wenig anzuheben, mußte er aufgeben. Ratlos schaute er sich um, ob in der Nähe nicht etwas lag, womit sich der Wagen anheben ließ. Doch er fand nichts Geeignetes, und er sah, daß sich dort, wo die Deichsel war, ein Stein darübergeschoben hatte. Seine Kraft reichte nicht aus, um ihn wegzuheben. Ja, wenn die Katze ihm helfen könnte, doch die saß nur da, leckte sich und ließ sich die Sonne auf das Fell scheinen. Ach, es war zum Verzweifeln.

Was er nicht wußte, war, daß er seinem Ziel so nahe war. Nicht weit entfernt konnte er eine Mauer und Bäume sehen, die größer waren als alle, die er bisher gesehen hatte auf seiner Reise. Dort, hinter dieser Mauer, würden seine Träume, die er seit seiner Kindheit geträumt hatte, wahr werden. Aber das wußte Gullian noch nicht.

Im Moment galt seine ganze Sorge Ranunculus. Er konnte ihn unmöglich allein lassen. Er wußte nicht, ob der Zauberer krank war oder nur müde. Ihm hatte er es zu verdanken, daß er noch am Leben war; nun hatte er die Gelegenheit, sich dankbar zu erweisen. Wenn er doch nur wüßte, was er tun könnte. Ganz verzweifelt saß Gullian da und suchte nach einer Antwort. Plötzlich hatte er eine Idee. Seine Flügel waren immer noch mit Honig verklebt, so daß es ihm nicht möglich war, sie zu benutzen, doch wozu hatte er denn die Katze? Schließlich war sie nicht ganz unschuldig an der Situation, in der sich Ranunculus jetzt befand. Er suchte in den Sachen des Zauberers nach etwas, das sich als Leine benutzen ließ, um die Katze anzubinden. Die wollte erst nicht so recht und versuchte, die lästige Schnur loszuwerden. Aber er hatte viel Geduld. So kam es, daß eine Katze, geführt von einem Elf, auf dem Weg zum Garten war.

***

Wie immer in den letzten Tagen pendelten Pinaruh und seine Freunde zwischen dem sonnenbeschienenen Grasland und dem Schatten hin und her. Schon oft, wenn sie von weitem etwas Buntes im Gras leuchten sahen, hatten sie gedacht, endlich auf ein Kissen gestoßen zu sein, das sie zu Ranunculus führen würde, aber es waren stets nur Blumen gewesen. Die Enttäuschung war jedesmal groß, wenn sie ihren Irrtum bemerkten. Sie malten sich schon aus, wie sie zurückkommen würden, ohne Ranunculus gefunden zu haben. So viele Hoffnungen hatten die Gartenbewohner auf sie gesetzt, die sie nicht erfüllen konnten. Und auch der Mondvogel würde enttäuscht sein. Vielleicht würden sie ihn nie wieder zu Gesicht bekommen.

Wenn sie den Elstern zusahen, die über ihren Häuptern kreisten, wünschten sie sich, auch so hoch fliegen zu können, ganz schnell hätten sie dann den Blumenzauberer gefunden. Oder aber der Mondvogel würde kommen und mit ihnen zu ihm fliegen. Doch das blieben nur Wunschträume. Zumal die Elstern ganz andere Pläne hatten. Die hatten nämlich schon gefunden, wonach sie suchten. Seit einer geraumen Weile wurde die kleine Gruppe von ihnen beobachtet. Immer hungrig, sahen sie in allem, was sich auf der Erde bewegte, etwas zum Fressen. Uglam und seine Schwester schwebten in höchster Gefahr. Sie hatten sich ein Stück von ihren Freunden entfernt, weil er glaubte, zwischen den Halmen etwas gesehen zu haben, das möglicherweise ein Gegenstand aus Ranunculus' Wagen sein konnte. Er wollte die anderen überraschen. Als hätten die Elstern auf diesen Augenblick gewartet, stürzten sie wie schwarze Pfeile zur Erde. Alle waren wie gelähmt vor Entsetzen und warteten auf ihren Tod. Doch die Situation änderte sich so plötzlich, daß ihnen keine Zeit blieb, sich Gedanken zu machen. Als sie später danach gefragt wurden, sprachen sie nur von einem Wunder ...

***

Die Katze folgte Gullian an einem seidenen Faden. Das ungleiche Paar hatte schon eine gute Strecke zurückgelegt. Gullian sah auf dem Weg zum Garten so viel Merkwürdiges, daß er sich bald nicht mehr darüber wunderte. Da waren zum Beispiel Schmetterlinge, die ihre langen Rüssel in eine Regenpfütze gesteckt hatten, um zu trinken, und eine Pflanze, die einfach ihre Blätter zuklappte, als eine Fliege sich daraufsetzte. Höchst störend dabei war die Katze, die für ihn kein Verständnis zeigte. Unruhig lief sie hin und her und versuchte, sich der Schnur zu entledigen. Gullian gab auf. Die Katze lief immer schneller und schneller, und dann war es mit einemmal Gullian, der hinterhergezogen wurde. Durch alle

Pfützen schleifte sie ihn, so daß ihm Hören und Sehen verging. Dann riß endlich, zu seinem, Uglans und Myrjas Glück, der Faden. Mit einem Satz stürzte sich die Katze auf die Elstern. Federn flogen, Bisse und Krallenhiebe wurden nach beiden Seiten ausgeteilt. Stark gerupft suchten die Vögel Schutz in den Bäumen. Man konnte nicht sagen, daß die Freunde nun sehr viel glücklicher waren, denn statt der Vögel war nun die Katze da, die sie fast noch mehr fürchteten. Für sie machte das keinen großen Unterschied, ob sie nun im Magen der Elstern oder im Magen der Katze endeten. Nirgends war ein Loch, in das sie sich hätten verkriechen können, schicksalergeben standen sie da, mit bebenden Herzen, und warteten auf ihr Ende. Billfor glaubte schon die Enden ihrer Schnurrbarthaare in seinem Gesicht zu spüren. Er konnte ihren Atem riechen und sah ihre spitzen Zähne, als sie miaute und anfing, ihr Fell zu säubern, so als wäre er überhaupt nicht vorhanden. Noch immer stand Billfor, die Augen fest zugekniffen da, unfähig wegzulaufen, und wartete darauf, gefressen zu werden. Doch nichts geschah. Pinaruh fand als erster seinen Mut wieder. Er zerrte Billfor zurück. Gerade wollte er rufen: "Verteilt euch", um ihre Überlebenschancen zu vergrößern, als ein dunkles schmutziges Gespenst am hellichten Tag auf sie zugehumpelt kam, eine schlammige Spur hinter sich herziehend. Es wollte ihnen etwas sagen, doch es war nur sehr undeutlich zu verstehen, und plötzlich fiel es um, einfach so. Sofort war die Katze da und beleckte es und nahm es ganz sanft zwischen ihre Pfoten. Zwischen dieselben Pfoten, die vor einigen Minuten noch kräftige Hiebe gegen die Elstern ausgeteilt hatten. Jetzt war allen klar, das konnte nur Gullian sein. Doch das Mißtrauen, das in den sieben Freunden schlummerte, war nicht so rasch zu besiegen. So standen sie da, in sicherer Entfernung, und betrachteten das ungewöhnliche Schauspiel, wie aus einem unglaublich schmutzigen Elf ein sauberer wurde.

Gullians erster Blick traf Rosanthas Augen und ließ sie erröten bis in die Flügelspitzen. Auf einmal wußte sie, worauf sie ihr ganzes Leben lang gewartet hatte. Sie trat einen Schritt näher, ohne auf die warnenden Zurufe der anderen zu hören, ohne die

Katze zu beachten, und beugte sich herab, um ihm den Schmutz aus dem Gesicht zu wischen. In dieser Geste lag tiefe Hingabe, die ihren Freunden nicht verborgen blieb.

“Wir brauchen dringend Wasser”, sagte Rosantha. Mit einemmal war die Spannung gelöst. Alle lachten und freuten sich. Wasser gab es genug, doch leider nichts, mit dem man es tragen konnte. Doch was sollte es, überall luden die Pfützen zum Baden ein. Als der wahre Gullian nach langer Zeit endlich wieder zum Vorschein kam, gab es keinen Honigelf mehr. Die Blätter, die Ranunculus so kunstvoll auf seinem mit Honig beschmierten Körper befestigt hatte, schwammen im Wasser. Aufmerksam befühlten sie seine Kleider aus weicher, glänzender Wolle und konnten gar nicht genug staunen über die zarten bunten Flügel, die er hatte. Sie strichen seine helle Haut und wunderten sich über ihre Zartheit, denn sie hatten gedacht, daß sie sich viel rauher anfühlen würde. Er ließ es sich lächelnd gefallen und erfuhr staunend, daß sie seine Geschichte und die von Ranunculus schon lange kannten. Also brauchte er ihnen nicht zu erklären, daß ganz in ihrer Nähe der Blumenzauberer auf ihre Hilfe wartete.

Es war ein schwieriges Unterfangen, den umgestürzten Wagen in seine ursprüngliche Position zu bringen. Sie hatten Glück, daß sie kräftig zuzupacken verstanden. Gemeinsam brachen sie den dicken Ast, der das Gefährt festhielt, und hoben es auf seine Räder. Wenn sie nicht gewesen wären, hätte es für Ranunculus tatsächlich das Ende bedeutet.

Da lag er also vor ihnen, hineingewühlt in seine Kissen, und verschlief seine Rettung. Von seinem Gesicht war kaum etwas zu sehen. Der Mund stand offen, und er schnarchte. Er machte einen ganz erbärmlichen Eindruck. Vorsichtig drehte ihn Pinaruh auf den Rücken. Sofort erkannten alle, daß der Zauberer sich im Zustand der Hoffnungslosigkeit sinnlos betrunken hatte. Uglam schüttelte den Kopf.

“Kann sich jemand vorstellen, daß dieser beschwipste, trottelige Turbanträger jemals wieder in der Lage sein wird, seinen Kopf zu heben oder einen Zauberstab?” fragte er sehr respektlos und sprach damit aus, was alle dachten.

Voller Mitleid betrachteten sie, was die Todesangst von dem Blumenzauberer übriggelassen hatte. Ohne seinen Riesenturban wirkte er klein. Die wenigen Haare, die er immer schamhaft vor fremden Blicken zu verbergen suchte, standen zu Berge. Das Gesicht war zerknautscht, seine Kleider befleckt von Likör und Bodennässe. Ohne daß er etwas davon mitbekam, wusch und kleidete man ihn und legte ihn auf seinen Wagen zwischen die Kissen und Teppiche. Man sammelte die weitverstreuten Utensilien ein, darunter auch die Schachtel mit den Zauberstäben, die, dem Himmel sei Dank, nicht gelitten hatten. Nach einer Weile war auch das geschafft, und die kleine Karawane konnte sich, mit Pinaruh an der Spitze und der Katze mit Gullian und Rosantha am Ende, in Bewegung setzen. Unbelästigt von gierigen Elstern und bösartigen Kobolden, erreichten sie die Hecken, die die Gartenmauer umgaben. Nun standen sie vor der steinernen Wand, hinter der sie mit Sehnsucht erwartet wurden. Niemand hatte sie zurückkehren sehen. Sie hörten Klimbers Flöte irgendwo in den Baumwipfeln schluchzen, und ein heimatliches Gefühl überkam sie. Den Aufstieg über die Mauer würden sie auch ohne Hilfe schaffen. Das Problem war nur der Wagen, den sie sicher nicht hinaufheben konnten. Man würde ihn an eine Liane binden und ihn später hochziehen müssen. Auch Ranunculus mußte sich eine ähnliche Behandlung gefallen lassen. Von Ast zu Ast, geschnürt wie ein Paket, schickte man sich an, diese kostbare Fracht über die Mauer zu hieven.

Die Katze aber ließen sie draußen.

❋❋❋

Helle Aufregung herrschte, als sie entdeckt wurden. Der Mondvogel hätte keinen größeren Auflauf zustande gebracht. Ein unbeschreibliches Gedränge herrschte in den vorderen Reihen, jeder wollte einen Blick auf den Blumenzauberer werfen oder ihn anfassen. Noch immer schlief er einen todesähnlichen Schlaf, aus dem ihn selbst der Transport über die Mauer nicht geweckt hatte. Er sah sehr respektabel aus in seinen feinen Kleidern, die zwar immer noch feucht waren, aber sehr wirkungsvoll seine Persönlichkeit unterstrichen. An den kleinen zerknautschten Ranunculus, den sie gefunden hatten, erinnerte nichts mehr. Sein Schnarchen war auch leiser geworden, er brauchte sich keine Sorgen mehr zu machen, daß sein Ansehen darunter leiden würde. Sein Atem roch noch stark nach Likör. Aber etwas anderes störte sie viel mehr, und zwar ein ganz strenger Geruch, der nicht nur an Ranunculus, sondern auch an Dudel und Myrja und allen anderen, die draußen vor der Mauer gewesen waren, haftete. Um sie herum wurde es immer leerer, und manche hielten sich sogar die Nase zu. "Merkst du was?" flüsterten sie einander zu, "sie stinken nach Maus". Tatsächlich, der Geruch der Maushöhle haftete noch immer an ihren Kleidern, daran hatte auch der Regen nicht viel geändert. Erst viel später kam Pinaruh auf die Idee, diesen Geruch mit der Katze in Verbindung zu bringen. Der Duft! Darum war die Katze dem Zauberer gefolgt! Mit einemmal war es sonnenklar. Wieso war denn niemand früher auf die Idee gekommen, daß es der Geruch nach Maus und Mauselöchern war, der die Katze seinen Spuren folgen ließ. Nach einem gründlichen Bad und dem Waschen ihrer Kleider war von diesem unliebsamen Andenken nichts mehr übriggeblieben. Auch Ranunculus hatte, nachdem er endlich wach geworden war, diesem Angebot zu baden nicht widerstehen können. Sein Kopf brummte fürchterlich und ein pelziger Geschmack war in seinem Mund. Der Zauberer hatte sich sehr gewundert, als er beim Erwachen feststellen mußte, daß er im Garten war. Zuerst war er überzeugt, gestorben zu sein. Er wagte nicht, sich zu bewegen, und hielt Alanda, die weiße Fee mit ihren langen Haaren, für einen Engel. Aber sein Schädel erinnerte ihn grausam daran, daß er noch einen lebendigen Körper hatte.

Abwechselnd hatten die Gartenbewohner bei ihm Wache gehalten, damit sofort jemand zur Stelle war, wenn er die Augen aufschlug. Jetzt saß er zwischen Gullian und Pinaruh auf einem Ehrenplatz und erzählte vor einem staunenden Publikum den letzen Teil seines Abenteuers, das draußen vor dem Garten sein unrühmliches Ende gefunden hatte, und alle wollten den Wagen sehen. Doch der stand noch vor der Gartenmauer. Das wird noch ein schönes Stück Arbeit geben, dachten die Elfen. Doch weit gefehlt. Denn Ranunculus hielt für sie noch eine Riesenüberraschung bereit.

"Bevor wir den Wagen holen, werde ich euch noch eine Geschichte erzählen", sagte er und lockte damit alle, die schon ein Stück vorausgelaufen oder geflogen waren, zurück.

***

"Meine Lieben", begann Ranunculus, "ich werde euch jetzt etwas erzählen, was ich vorher noch niemandem erzählt habe. Auch ich war einmal ein junger Bursche, wenn es mir auch heute nicht mehr anzusehen ist." Er machte hier eine Pause, um seinen Zuhörern Gelegenheit zu geben, sein jugendliches Aussehen zu loben. Ein bißchen enttäuscht war er schon, als niemand darauf reagierte. Dann sprach er weiter.

"Mir hat kein Weiser an der Wiege erzählt, daß ich einmal so weit in der Welt herumkommen würde. Mein Vater war ein großer Zauberer, der mit seiner Familie in der Nähe von Kalkutta, in einem der schönsten Gärten der Stadt, wohnte. Er hatte sein Auskommen, denn von überall kamen die Leute, um sich von ihm helfen zu lassen. Er verstand sich vorzüglich auf die Kunst des Heilens. Seine Spezialität war das Richten gebrochener Gliedmaßen, speziell der Füße. Wißt Ihr eigentlich, daß in Indien die Kühe einfach so auf der Straße herumlaufen? Niemand sperrt sie ein, und niemand darf ihnen ein Leid antun, denn sie sind heilig. Sie treiben ihr Unwesen, sehr zum Leidwesen der Feen und Elfen, bis in die schönsten Gärten. Sie schlagen mit ihren schmutzigen Schwänzen um sich und laufen mit ihren großen Füßen durch die schönsten Beete und treten dabei auf Elfen, ohne auf sie zu achten. Aber halt, ich schweife ab.

Mein Vater wollte, daß ich denselben Beruf ergreife wie er, oder zumindest einen ebenso respektablen. Deswegen wurde ich in die Lehre zu einem der besten Zauberer Indiens geschickt. Er führte ein großes Haus und hatte viele Lehrlinge. Sie kamen aus der ganzen Welt, um sich dort in der Einsamkeit den Kopf mit gelehrtem Zeug vollzustopfen. Die Wände des Hauses waren voller Regale, mit kostbaren Büchern aus aller Welt, und mein Meister konnte sie alle lesen. Ganz egal, in welcher Sprache sie geschrieben waren. Er verstand auch die Sprache der Tiere und der Vögel, er wußte alles über die Sterne und den Himmel und was sich darunter abspielte. Für den Sohn meines Vaters war dieser Meister genau der richtige. Doch wir armseligen Lehrlinge mußten ganz von unten anfangen. Er holte uns mitten in der Nacht aus dem Bett, um den Himmel zu beobachten, und schickte uns in den Wald, um die Stimmen der Tiere unterscheiden zu lernen. Wir lernten die Vögel zu locken und ihre Stimmen zu imitieren. Aber zaubern lernten wir noch lange nicht. Wir durften nur zuschauen, zwei lange Jahre nur zuschauen. Ich gebe es zu, heimlich habe ich oft probiert, aber da ich keine echten Zauberstäbe besaß, ging es natürlich daneben. Die richtigen, die hielt unser Meister streng unter Verschluß. Ich war aber nicht der einzige, der ab und zu über die Stränge schlug. Alle machten das so, und unser Meister tat, als würde er es nicht bemerken.

Aber dann kam der große Tag. Wir wurden in die Zauberei eingeführt. Unsere ersten Versuche mußten die Blumen über sich ergehen lassen. Es machte uns allen großen Spaß. Wir zauberten sie groß und wieder klein und veränderten ihre Farben. Als wir alles konnten, was wir über Blumen wissen mußten, bekamen wir unsere ersten eigenen Zauberstäbe. Mitten in dieser feierlichen Angelegenheit mußten wir uns verstecken. Sehr viele feingekleidete Menschen kamen in den Garten, so viele hatte ich bis dahin noch nie auf einmal gesehen. Sie standen herum, zeigten auf Bäume und andere Pflanzen, und dann gingen sie wieder und brachten die Gärtner mit, die unseren Garten pflegten. Doch das war alles noch nicht schlimm. Was wir dann sehen mußten, stürzte viele meiner Freunde ins Unglück. Die Bäume, unter denen sie sich häuslich eingerichtet hatten, wurden ausgegraben, und in große Kisten verpackt. Wir fühlten uns im hinteren Teil des Gartens sicher, bis auf einmal eine große schlanke Dame auf meinen Baum zuging. Sie sagte etwas zu den Gärtnern und deutete auf ihn. Daraufhin kamen sie mit ihren Schaufeln, und fingen an, auch meinen Baum auszugraben. Ich hatte große Furcht, sie könnten meinen Schlupfwinkel entdecken, und rührte mich nicht. Bis jetzt hatte ich immer noch geglaubt, daß alles ein gutes Ende nehmen würde. Aber auch die Kiste mit meinem Baum wurde weggetragen, und ich mit ihm.

Was nun seinen Anfang nahm, kann ich nur als große Tragödie bezeichnen. Den Meister und meine Freunde sollte ich nie wiedersehen. Durch einen Schlitz in der Kiste konnte ich verfolgen, wohin die Reise ging. Ab und zu kam ein Wasserschwall herab, um den Baum nicht vertrocken zu lassen. Meistens stand ich gerade darunter. Wir fuhren auf einem Schiff, und es war schrecklich heiß in der Kiste. Mir war übel, das kann ich euch sagen. Um uns herum, in den anderen Kisten und Kästen, hörte ich es wispern und rufen. Doch ich war viel zu weit davon entfernt, als daß ich ein Wörtchen hätte mitreden können. Vom Schiff wurden wir auf einen Wagen verfrachtet. Die Reise endete schließlich vor einer hohen Mauer, soviel konnte ich durch den Schlitz erkennen. Viele Kisten wurden abgeladen und hinter ein Tor getragen. Was man damit anstellte, konnte ich nicht sehen. Dann ging die Reise weiter, und die gleiche Prozedur begann: man trug Kisten hinter eine Mauer und fuhr weiter. Schließlich waren noch ganz wenige übrig. Doch auch die wurden abgeladen und hinter die Mauer gebracht. Auf einmal bemerkten die Männer, daß sie eine Kiste vergessen hatten, nämlich meine. Doch das Tor war schon verschlossen. So stellten sie die Kiste mit mir und meinem Baum einfach davor ab. Aber niemand kam, um uns abzuholen. Man hatte uns vergessen. So standen wir da, verlassen und heimatlos. Es war ein großes Glück für mich, daß von meinem Eigentum alles heil die beschwerliche Reise überstanden hatte. Das Werkzeug, das sich in meinem Schrank befand, konnte ich gut brauchen. Es gelang mir, mein Gefängnis zu öffnen.

Oh, tat das gut, endlich wieder frische Luft atmen zu können. Ich sah dann, daß die Kiste, in der sich mein Baum befand, beschädigt war. Der Boden hatte sich gelockert, und er stand mit seinen Wurzeln auf der Erde. Das war sein großes Glück. Es regnete sehr viel, und eines Tages konnte ich sehen, daß er neue Wurzeln gebildet hatte. Da wußte ich, mein Baum würde überleben. So fanden wir beide eine neue Heimat. Ich konnte mich nicht so recht anfreunden mit ihr, denn es war kalt in diesem Land. Mein Baum wuchs, und eines Tages sah ich, daß er mit seinem Stamm ein großes Loch in die Mauer gedrückt hatte. Damit hatte sich meine Wohnung vergrößert, und ich hatte einen großen Garten dazubekommen. Am Anfang ging ich noch heimlich hinein, bei Sonnenuntergang, denn ich wußte nicht, ob mir seine Bewohner wohlgesonnen waren. Ich erkannte noch manche Bäume aus meiner alten Heimat, doch die Freunde von damals waren verschwunden. Es war ein wunderschöner Garten, doch er war nicht so schön wie der, den ich verlassen mußte. So kam es mir damals jedenfalls vor. Heute weiß ich, daß das nicht stimmt, denn ich habe viele Gärten kennengelernt auf meinen Reisen. Die Blumen schienen mir damals so farblos, daß ich nicht umhinkonnte, sie mit meinen Zauberstäben zu verschönern. So tat ich das, jahraus, jahrein. Und dann war auf einmal der Tag gekommen, wo die Blumen ohne meine Hilfe nicht mehr in der Lage waren, allein ihre Farben zu bekommen. Seit dieser Zeit ziehe ich in jedem Frühling durch das Land und tu meine Pflicht. Nur in diesem Jahr ist mir etwas ganz Sonderbares dazwischengekommen. Das muß ich euch noch erzählen."

Großes Gelächter erscholl, und Ranunculus mußte, wie vorher Gullian, erfahren, daß sie alles schon längst wußten. Man erzählte ihm von Pinaruh und seinem himmelblauen Kissen, ohne das man sich ihn nicht mehr vorstellen konnte. Die beiden gehörten zusammen wie Billfor und Alanda. Oder neuerdings wie Gullian und Rosantha. Ja, so war das. Für Ranunculus war es eine große Überraschung, dieses Kissen zu sehen, erkannte er es doch als seines wieder, das er vor langer Zeit im Garten verloren hatte. Aber da er noch so viele andere besaß, unternahm er gar nicht erst den Versuch, es wiederzubekommen. Somit war es endgültig zum Eigentum Pinaruhs geworden.

Ranunculus hatte, während er erzählte, unmerklich die Schritte zur Gartenmauer gelenkt. Sie standen nun vor einem großen alten Baum, der mit seinem Umfang die Mauer längst gesprengt hatte. Die eine Hälfte seines mächtigen Stammes stand vor, die andere innerhalb der Mauer. Liebevoll sah Ranunculus ihn an. Er streichelte seine Rinde und lehnte seine Stirn gegen den Stamm, so als wolle er ihn begrüßen. Dann bückte er sich, gerade so, als suche er etwas. Tatsächlich, da war es. Er schob tarnendes Gestrüpp beiseite, und zum Vorschein kam eine Tür, die zuvor noch niemand gesehen hatte. Er öffnete sie und trat ein.

"Bitte tretet näher, hier wohne ich", sagte er, und mit einemmal standen sie in der Behausung von Ranunculus Distel. Die Überraschung war gelungen. Unbemerkt lebte Ranunculus in ihrer Nähe, und nie hatten sie ihn zu Gesicht bekommen. Es war ein merkwürdiges Gefühl, in einer Wohnung zu stehen, die einem richtigen Zauberer gehörte. Und was sie da sahen, versetzte sie in ungläubiges Erstaunen. Aus den Erzählungen Pinaruhs kannten sie alle seine Eigenarten. Doch was sie hier entdeckten, übertraf jede Erwartung. Da stand eine Kommode, deren Schubladen alle geöffnet waren, sie zeigten ihren erstaunlichen Inhalt den neugierigen, gebannten Augen der Elfen und Feen. Es funkelte und glitzerte in allen Winkeln, Turbane lagen darin und farbige Seide. Perlen schimmerten neben einfachen Steinen, getrocknete Früchte und verhutzelte Pilze verströmten ihr Aroma zusammen mit vielen Gewürzen und getrockneten Blumen, deren Farben und Streifen man ansah, daß Ranunculus an ihnen seine Zauberkünste ausprobiert hatte. Es standen Gläser in den Regalen, gefüllt mit einem unbestimmbaren Inhalt, die aufleuchteten, als das Tageslicht auf sie fiel. Spinnennetze, in denen sich Federn gefangen hatten, Knochen, Schneckenhäuser und Rinden, Blumensamen und Nüsse, die er zu Trommeln umfunktioniert hatte. Kochtöpfe waren zweckentfremdet worden, Ranunculus bewahrte in ihnen seine Knöpfe auf, und Glocken in allen Größen und Formen. Sein Diwan, es war zweifellos ein echt indischer, war belegt mit einer Decke aus Pfauenfedern. Eierschalenstücke hatte er zusammengesetzt und so seinem Fußboden zu einer glatten Oberfläche verholfen. Kleine Spiegel und Muscheln bildeten Ornamente an der Wand, die sehr orientalisch auf die Betrachter wirkten, und viele andere Dinge waren da, denen man wahrlich nicht mehr ansehen konnte, welcher Bestimmung sie zugeführt werden sollten oder was sie einmal gewesen waren.

Was die Besucher besonders interessierte, waren die Gläserreihen auf dem Schrank, denn in ihnen waren die Früchte eingelegt, die Ranunculus für seine Likörherstellung benötigte. Ganz hinten auf dem Schrank stand sein ganzer Stolz, für Nichteingeweihte nur ein Sammelsurium von Röhren und Glaskolben, der Destillationsapparat. Den hütete er sorgsam wie einen Schatz. Mit ihm braute er den Schnaps, den er für seine fruchtigen Liköre benötigte, nach eigenen Rezepten, versteht sich. Das alles und noch vieles mehr machte die Wohnung des Zauberers besonders reizvoll. Sie war zum Bersten voll, und jeder wollte einen Blick hineinwerfen. Niemand bemerkte, daß Ranunculus wieder eine Tür geöffnet hatte, die Tür zur Außenwelt. Immer mehr drängten von hinten nach, und plötzlich standen sie draußen und wußten nicht, ob sie sich fürchten oder staunen sollten.

Verdeckt von den Büschen, stand dort ein Wagen und wartete auf seinen Herrn. Die Lianen, die Pinaruh und Gullian daran befestigt hatten, waren jetzt überflüssig, denn nun konnte man ihn bequem durch die Tür in den Garten ziehen. Mit quietschenden Rädern hielt er Einzug.

Die Gartenbewohner schienen vergessen zu haben, zu welchem Zweck er eigentlich gekommen war. Das Thema Blumenverzaubern schien im Moment nicht gefragt zu sein. Selbst Ranunculus hatte ganz andere Dinge im Kopf. Er war überglücklich, so eine große Schar Zuhörer um sich versammelt zu haben, und er sah seine Wohnung mit ganz anderen Augen als vorher. Nie hätte er gedacht, daß es jemanden gäbe, der sich für seine Sammlungen interessieren würde. Stolz beantwortete er alle Fragen, die man ihm stellte. Zum Beispiel, woher er die vielen Teppiche hatte oder die schönen Turbane und wieso sein Wagen innen größer schien als außen und warum er keinen indischen Namen habe und und und. Was blieb ihm anderes übrig, als weiterzuerzählen.

“Ich sagte euch bereits, daß mein Baum nicht der einzige war, der hierher in den Garten gebracht wurde. Sie kamen alle in großen Kisten, in denen sie Erde und Platz für ihre Wurzeln hatten. Zwischen diesen Wurzeln gab es Hohlräume, und in diesen ließ es sich wunderbar wohnen. Das heißt also, daß die Möglichkeit bestand, daß mit den Bäumen auch noch ihre Bewohner in euren Garten eingezogen waren. Als ich zum ersten Mal diesen Garten betrat, habe ich mich umgesehen. Viele Bäume lebten nicht mehr. Doch die, die ich fand, waren verlassen. Kann sein, daß ihre Bewohner auf der Fahrt gestorben waren oder daß sie flüchten konnten, als man ihre Bäume ausgegraben hatte. Aber unter manchen fand ich noch Sachen, die ich gut gebrauchen konnte, zum Beispiel Kleidung und Teppiche und vieles mehr. So auch diesen wunderbaren Wagen. Als ich alles, was ich unter den Wurzeln fand, eingeladen hatte, war immer noch eine Menge Platz darin. Somit hatte ich meine zukünftigen Transportprobleme gelöst. Er hat mir bis jetzt treue Dienste geleistet, nur ab und zu muß ich ein wenig die Räder schmieren."

"Aber du hast uns immer noch nicht gesagt, wieso du Ranunculus heißt", rief hinter ihm ein Stimmchen.

"Kommt her, ich werde euch jetzt etwas verraten", sagte Ranunculus, und er trat hinaus vor den Garten und zeigte auf ein verwittertes, mit Moos bedecktes Schild, das über dem Eingang zu seiner Behausung angebracht war. "Ranu" war darauf zu lesen. "Das ist mein wirklicher Name. Den haben mir meine Eltern gegeben, und so heiße ich eigentlich noch heute. Ich habe ihn nur ein klein wenig geändert, einer Lieblingsblume zu Ehren, indem ich einfach ein 'nunculus' darangehängt habe. Seitdem nenne ich mich Ranunculus, und Disteln waren die ersten Blumen, die ich hier in meiner neuen Heimat zu Gesicht bekommen habe, sie standen direkt an der Tür." Er begann, den Wagen auszuladen, und alle staunten, mit welcher Geschwindigkeit er den Inhalt in seiner Wohnung verteilte, um schließlich mit einem spitzbübischen Lächeln ein Kästchen hervorzuziehen, in dem die Zauberstäbe lagen.

Gebannt warteten alle auf das Schauspiel, das sich jetzt vor ihren Augen abspielen sollte. Überall in Bäumen und Sträuchern drängelte sich eine bunte Gesellschaft, es sah aus, als würden bunte Schmetterlinge in den Zweigen sitzen. Wie ein richtiger Gaukler zog Ranunculus eine bunte Schau ab, er verstand es meisterlich, die Spannung zu erhöhen. Von Pinaruh waren sie ja schon allerlei gewohnt. Doch der Blumenzauberer war einsame Spitze. Seine schlanken Finger jonglierten mit den bunten Stäben oder hoben sie wie einen Taktstock zu einer Musik, die nur er zu hören schien. Oder er entlockte ihnen richtige Töne, die der einer Flöte nicht unähnlich waren, und veranlaßte die Blumen, sich zu wiegen, als wären sie Schlangen. Mit jedem Schritt, den er tat, wurde der Garten bunter. Welke Stiele hoben sich, wurden straff und glänzend. Knospen erröteten und wurden prall, die warme Sommerluft füllte sich mit Düften. Eine festliche Stimmung war zu spüren. Hüpfend und übermütig bewegte sich der bunte Zug durch den Garten und hinterließ Farben auf den Pflanzen. Immer ausgelassener wurde Ranunculus, erst benutzte er nur ein, dann zwei, dann drei Stäbe auf einmal. Dabei lief er auf den Händen, fing sie mit dem Mund auf und warf sie mit den Füßen wieder in die Luft. So konnte es nicht ausbleiben, daß er auch mal die falsche Farbe erwischte, oder daß er Streifen oder Punkte zauberte. Da kam natürlich auch die Bemerkung des Mondvogels wieder ins Gespräch, daß es nie mehr eine richtig blaue Rose geben würde. Das ließ der Ehrgeiz von Ranunculus nicht zu, und so machte er sich auf die Suche nach einer jungen Rosenpflanze, die noch nie geblüht hatte. Er kannte das Geheimnis, wie man Blumen dazu bringt, ihre Farben zu ändern, warum sollte er nicht auch hier erfolgreich sein. Mit unverständlichem Gemurmel und Umschreiten der Rose fing er an. Mit dem Verhängen der Knospen beendete er die Zeremonie. Bald würde es sich zeigen, ob der Zauber seine Wirkung tat.

✻ ✻ ✻

Die Tage gingen vorbei, und es geschah wirklich etwas Besonderes. Der Garten versuchte, innerhalb kurzer Zeit alles aufzuholen, was er zuvor versäumt hatte, und gedieh prächtig.

Mit Gullian und Rosantha lebte hinter seinen Mauern ein neues Liebespaar. Der Elf aus dem Norden kannte viele seltsame Geschichten aus seiner kalten Heimat, und auch Ranunculus ließ es sich gutgehen, er pflegte neue Freundschaften und erzählte immer wieder jedem, der es hören wollte, aus seinem bewegten Leben. Sein zerschlissener Turban aus der Abflußröhre hatte einen Ehrenplatz in seiner Wohnung erhalten und konnte von jedermann bewundert werden. Doch was war aus der Rose geworden, die eine blaue Farbe bekommen sollte?

Sie wurde groß, und man sah ihr an, daß sie außergewöhnlich werden sollte. Ranunculus' Mühe hatte sich gelohnt. Es war eine ganz besonders schöne Rose geworden, rund wie ein Kohlkopf, weiß wie Elfenbein und mit prächtigen blauen Blättern. Sie bildete lange Zeit einen Anziehungspunkt für alle Gartenbewohner, denn jeder wollte einmal in ihren Blüten schlafen, um zu sehen, ob sie nicht vielleicht doch eine besondere Eigenschaft hatte. Sogar Auratus Rosenkäfer und seine Verwandtschaft zeigten Interesse an ihr. Aber das war ganz anderer Natur.

Im Garten nahm alles wieder seinen normalen Lauf. Wunderschöne Sommertage wurden abgelöst von ebenso schönen Nächten, die erfüllt waren von Geplauder und dem Gelächter der Elfen und Feen. Der berauschende Blütenduft stieg über die Mauer und wurde vom Wind weit in das Land getragen. Schmetterlinge machten sich auf den Weg, um den Garten aufzusuchen.

Doch eines Tages war für Ranunculus die Zeit des Abschieds gekommen. Sein Herz war schwer, doch die Unruhe trieb ihn hinaus in das Land, wo viele neue Abenteuer auf ihn warteten. Niemand konnte ihn zurückhalten. Mit hochbepacktem Wagen verließ er den Garten und seine Freunde. Er verschloß sein Haus und machte sich auf die Reise. Seine Weggefährtin aus vergangenen Tagen, die Katze, hatte treu auf ihn gewartet. Nie mehr würde er Angst haben müssen vor ihr. Im Gegenteil, sie würde ihn vor vielerlei Gefahren beschützen. Und es würde auch ganz gewiß nichts schaden, so dachte er, die Katzensprache zu lernen. "Miau" konnte er schon.

Klimber, auf seinem Lieblingsbaum, sah, wie die beiden ungleichen Freunde aus dem Schatten der riesigen Bäume heraustraten. Er schickte ihnen eine Melodie nach, die sie ein Stück des Weges begleiten sollte. Schade, daß Ranunculus gehen mußte, er fehlte ihm schon jetzt. Aber er würde zurückkommen, spätestens im nächsten Frühling. Sein Blick löste sich von den beiden Wanderern, die von der weiten Landschaft verschluckt wurden, und kletterte hinunter in den Garten, wo er Alanda auf ihrer Schaukel sehen konnte. Alles war wie früher. Doch nein, halt, da war ja Gullian, seine melodische Stimme drang zu ihm hinauf, und er konnte ganz deutlich hören, wie er zu Rosantha sagte: "Ich liebe dich." Plötzlich sah er, wie Pinaruh eilig die große Allee entlanglief, sein blaues Seidenkissen unter dem Arm. Unter seinem Baum machte er halt, schüttelte es glatt und setzte sich darauf.

***

Weit zwischen hohen Bergen flog ein wunderschöner Vogel, seine Federn schimmerten silbern im Mondlicht, und es sah aus, als ob aus seinen Schwingen Perlen auf die Erde fielen. In seinem Schnabel trug er große Blätter, die er zu einem Baum trug, wo ein anderer Vogel auf ihn wartete. Die beiden tanzten, verbeugten sich voreinander und sangen ihre Liebe in die Nacht hinaus.

Und so begann die neue Geschichte, die Pinaruh eines schönen Sommerabends seinen Freunden zu erzählen begann.

***

Weitere empfehlenswerte Bücher aus dem Dana Verlag

„Kamu"
94 Seiten, illustriert, ISBN 3-9801976-5-4
Ein Märchen, gewoben aus Licht und Dunkelheit.
Es erzählt die Geschichte von Kamu dem Zigeunerjungen, der auszieht den Geisterwolf zu jagen, der sein Dorf in Angst und Schrecken versetzt. Kamu trifft auf Naturwesen, die seine Lehrmeister werden und ihn auf die Begegnung mit Isma, der Göttin des Lichts, und Boktor, dem Herrn der Dunkelheit, vorbereiten. Kamu besteigt den sagenumwobenen Lichtberg, wo eine letzte Prüfung auf ihn wartet, bevor er mit neuem Wissen in sein Dorf zurückgesandt wird.
Eine spannende, humorvolle und hintergründige Geschichte über den Mut, seinen eigenen Weg zu gehen und die verbindende Kraft der Liebe zu entdecken.

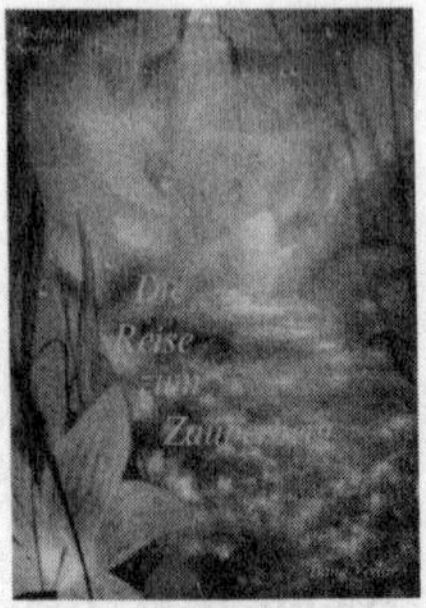

„Die Reise zum Zauberberg"
144 Seiten, illustriert, ISBN 3-9801976-0-3
Ein Märchen für Menschen, in denen das Kind noch lebt, die Sinn für Humor haben, und die an das Schönste glauben, was es auf der Welt gibt: die Liebe.
Wolfgang Sewalds „Die Reise zum Zauberberg" ist nicht nur ein phantastisches Märchen, sondern für jeden Leser eine innere Reise zum eigenen „Zauberberg". Mit viel Witz und Spannung entfaltet der Autor die Symbolik der Selbstfindung auf der abenteuerlichen Suche von Mona, Mellie und Franz nach dem „großen Abhoras".
Roland Kübler

„Im Herzen des Waldes"
96 Seiten, ISBN 3-9801976-1-1
Durch die Welt seiner Träume wird Daniel tiefer und tiefer in sein Inneres gezogen. Während einer Reise in das norwegische Hochland begegnet er Aischa, einer Frau, deren faszinierender Persönlichkeit er sich nicht entziehen kann. Sie konfrontiert ihn mit Aspekten seines Wesens, die er sich bisher nie anzusehen gewagt hatte. Eine phantasievolle, lebendige Geschichte über das wahre Wesen der Liebe und die Magie der Natur.